ALFAGUARA M.R.

MONSTER HIGH
Publicado por acuerdo con Little, Brown and Company un sello editorial de
    Grupo Hachette Book
D.R. © Monster High y las marcas asociadas pertenecen a y se utilizan bajo
    licencia de Mattel, Inc.
D.R. © Lisi Harrison, 2010
D.R. © de la cubierta: David Wyatt
Santillana Ediciones Generales, S.L., 2010

D.R. © de esta edición:
Santillana Ediciones Generales, S.A. de C.V., 2010
Av. Río Mixcoac 274
Col. Acacias, C.P. 03240
México, D.F.

Alfaguara es un sello editorial del **Grupo Prisa.**
Éstas son sus sedes:

ARGENTINA, BOLIVIA, CHILE, COLOMBIA, COSTA RICA, ECUADOR, EL SALVADOR, ESPAÑA,
ESTADOS UNIDOS, GUATEMALA, MÉXICO, PANAMÁ, PARAGUAY, PERÚ, PUERTO RICO,
REPÚBLICA DOMINICANA, URUGUAY Y VENEZUELA.

Primera edición: agosto de 2010
Cuarta reimpresión: agosto de 2013

ISBN: 978-607-11-0641-4

Impreso en México

PRISA EDICIONES

Lisi Harrison

Para Richard Abate, amigo fiel, representante excepcional, compañero mascador de chicle e incansable generador de ideas. Millones de gracias.
F. U. P. M.

AGRADECIMIENTOS

Mi especial agradecimiento a Barry Waldo, a Cindy Ledermann y a mi editor, Erin Stein (no es pariente de Frankie) por otorgarme su confianza. ¡Fueron electrizantes!

Escribir *Monster High* me habría resultado monstruosamente difícil de no haber sido por las siguientes personas: Kevin Harrison, Luke y Jess, Alex Kohner, Logan Claire, Jim Kiick, Hallie Jones, Jocy Orozco, Shaila Gottlieb, Ken Gottlieb. Y también por JJ, con su constante suministro de chicle y de Coca-Cola *light*.

ÍNDICE

Prólogo

PRÓLOGO

Las tupidas pestañas de Frankie Stein se separaron con un aleteo. Una potente luz blanquecina centelleaba ante sus ojos mientras se esforzaba por enfocar la mirada, pero los párpados le pesaban demasiado como para terminar de abrirlos. La estancia se oscureció.

—Ya se cargó la corteza cerebral —anunció un hombre cuya voz profunda denotaba una mezcla de agotamiento y satisfacción.

—¿Puede oírnos? —preguntó una mujer.

—Puede oírnos, vernos, entendernos e identificar más de cuatrocientos objetos —repuso él, exultante—. Si seguimos introduciendo información en su cerebro, dentro de dos semanas tendrá la inteligencia y las aptitudes físicas de una típica quinceañera —hizo una pausa—. De acuerdo, quizá un poco más lista de lo normal. Pero tendrá quince años.

—Ay, Viktor, es el momento más feliz de mi vida —la mujer ahogó un sollozo—. Es perfecta.

—Lo sé —él también ahogó un sollozo—. La niñita perfecta de papá.

Uno detrás del otro, besaron a Frankie en la frente. Él olía a productos químicos; ella, a flores frescas. Juntos, despedían un aroma a ternura.

Frankie trató de abrir los ojos de nuevo. Esta vez, apenas pudo parpadear.

—¡Pestañeó! —exclamó la mujer—. ¡Intenta mirarnos! Frankie, soy Viveka, soy mamá. ¿Puedes verme?

—No, no puede —respondió Viktor.

El cuerpo de Frankie se tensó al escuchar aquellas palabras. ¿Cómo era posible que otra persona determinara de lo que ella era ella capaz? Carecía de sentido.

—¿Por qué no? —preguntó su madre, al parecer por las dos.

—La batería está a punto de agotarse. Necesita una recarga.

—¡Pues recárgala!

«¡Sí, recárgame! ¡Recárgame! ¡Recárgame!».

Más que nada, Frankie deseaba contemplar aquellos cuatrocientos objetos. Quería examinar los rostros de sus padres mientras éstos los iban describiendo con sus voces amables. Deseaba cobrar vida y explorar el mundo en el que acababa de nacer. Pero no podía moverse.

—No puedo recargarla hasta que los tornillos acaben de fijarse —explicó su padre.

Viveka empezó a llorar; sus débiles sollozos no eran ya de alegría.

—Tranquila, cariño —musitó Viktor—. Unas cuantas horas más y se habrá estabilizado por completo.

—No es por eso —Viveka inspiró con fuerza.

—Entonces, ¿por qué?

—Es tan hermosa, con tanto potencial y... —sollozó otra vez—. Me parte el corazón que tenga que vivir... ya sabes... como nosotros.

—¿Y qué tiene de malo? —replicó él. A pesar de todo, algo en su voz daba a entender que conocía la respuesta.

Viveka soltó una risita.

—Estás bromeando, ¿verdad?

—Viv, las cosas no van a seguir así eternamente —declaró Viktor—. Los tiempos cambiarán. Ya lo verás.

—¿Cómo? ¿Quién va a cambiarlos?

—No lo sé. Alguien lo hará... tarde o temprano.

—Bueno, pues confío en que sigamos estando aquí para verlo —repuso ella con un suspiro.

—Estaremos —le aseguró Viktor—. Nosotros, los Stein, solemos vivir muchos años.

Viveka se rió con suavidad.

Frankie se moría de ganas de saber qué tenía que cambiar de aquellos «tiempos». Pero formular la pregunta resultaba impensable, ya que su batería se había agotado casi por completo. Con una sensación de ligereza y, al mismo tiempo, de increíble pesadez, Frankie se fue sumiendo en la oscuridad y acabó por instalarse en un lugar desde donde ya no oía a quienes la rodeaban. No podía escuchar la conversación de sus padres ni percibir el olor a flores y a sustancias químicas de sus respectivos cuellos.

A Frankie sólo le quedaba confiar en que, al despertar, *eso* por lo que Viveka quería «seguir estando aquí» se hubiera hecho realidad. Y, de no ser así, que la propia Frankie tuviera la entereza necesaria para conseguírselo a su madre.

CAPÍTULO 1
NUEVOS
EN EL VECINDARIO

El trayecto de catorce horas de Beverly Hills (California) a Salem (Oregon) había sido un auténtico horror. El viaje por carretera estuvo impregnado desde el primer momento de un sentimiento de culpabilidad, y la tortura no cesó a lo largo de los mil quinientos kilómetros. La única vía de escape para Melody Carver era fingir que dormía.

—Bienvenidos a Aburrilandia —masculló su hermana mayor mientras atravesaban la frontera del estado de Oregon—. O mejor, Bostezolandia. ¿Qué tal Espantolandia? Quizá...

—¡Basta ya, Candace! —zanjó su padre desde el asiento del conductor del flamante todoterreno urbano BMW. Verde en cuanto al color de la carrocería y al ahorro de combustible, el vehículo diésel era una de las múltiples compras que sus padres habían efectuado para demostrar a la gente de la zona que Beau y Glory Carver eran algo más que distinguidos y opulentos desplazados del distrito de Beverly Hills.

Otras de sus adquisiciones se encontraban en las treinta y seis cajas trasladadas con antelación por la empresa UPS, llenas de kayaks, tablas de *windsurf,* cañas de pescar, cantimploras, DVD ilustrativos de la cata de vino, bolsas de frutos secos variados de cultivo biológico, artículos de acampar, trampas para osos, transmisores portátiles, crampones, punzones para hielo, martillos de escalada, azuelas, equipos para esquiar —esquís, botas y bastones—, tablas de *snowboard,* cascos, prendas de abrigo Burton y ropa interior de franela.

Pero las protestas de su hija mayor aumentaron de tono cuando empezó a llover.

—¡Aaaaah, agosto en Lluvialandia! —Candace olisqueó el aire—. Fabuloso, ¿verdad?

A continuación, puso los ojos en blanco. Melody no necesitaba mirar para averiguarlo. Aun así, echó una ojeada a través de sus párpados apenas abiertos a modo de confirmación.

—¡Aggh! —Candace, indignada, dio un puntapié en la parte posterior del asiento de su madre. Luego, se sonó la nariz y frotó el hombro de su hermana con el pañuelo de papel húmedo. Melody notó que el corazón se le aceleraba, pero consiguió mantener la calma. Era más sencillo que contraatacar.

—No lo entiendo —continuó Candace—. Melody ha sobrevivido quince años respirando aire contaminado. Otro año más no va a matarla. ¿Y si se pusiera una mascarilla? La gente podría firmarla, como se firman las escayolas. Igual serviría de inspiración para una nueva línea de accesorios para asmáticos. Por ejemplo, inhaladores engarzados en collares o...

—Ya está bien, Candi —Glory soltó un suspiro, a todas luces exhausta debido a la discusión que se venía prolongando desde hacía un mes.

—En septiembre del curso que viene estaré en la universidad —presionó Candace, poco acostumbrada a salir perdiendo en una disputa. Era rubia y de proporciones perfectas; las chicas como ella siempre se salían con la suya—. ¿Es que no podían esperar un año más para mudarse?

—Este traslado beneficiará a toda la familia. No es sólo cuestión del asma de tu hermana. Merston High es uno de los mejores institutos de Oregon. Además, se trata de entrar en contacto con la naturaleza y alejarse de toda esa superficialidad de Beverly Hills.

Melody sonrió para sí. Su padre, Beau, era un famoso cirujano plástico, y su madre había ejercido como asesora de imagen de las estrellas de Hollywood. La superficialidad dominaba la vida de ambos. Los dos eran sus zombis. Con todo y eso, Melody agradecía los esfuerzos de su madre por evitar que Candace culpara a su hermana de la mudanza. Aunque Melody consideraba que, en efecto, de alguna manera era culpa suya.

En una familia de seres humanos genéticamente perfectos, Melody Carver suponía una incoherencia. Una rareza. Una peculiaridad. Una anormalidad.

Beau había sido agraciado con una belleza al estilo italiano a pesar de sus raíces del sur de California. El destello de sus ojos negros era como un rayo de sol en la superficie de un lago. Su sonrisa tenía la calidez del cachemir, y su bronceado permanente no había afectado en lo más mínimo su piel, de cuarenta y seis años de edad. Con la proporción precisa tanto de barba incipiente como de fijador para cabello, contaba con tantos pacientes hombres como mujeres. Todos y cada uno de ellos confiaban en que, al quitarse las vendas, presentarían un aspecto eternamente joven... igual que Beau.

Glory tenía cuarenta y dos años y, gracias a su marido, su cutis libre de imperfecciones había sido sometido a estiramientos mucho antes de que hubiera necesidad. Daba la impresión de que Glory, con su pie impecablemente cuidado, hubiera dado un paso más allá del desarrollo humano habitual y alcanzado el siguiente estado de evolución, uno que desafiaba la ley de la gravedad y en el que se dejaba de envejecer a partir de los treinta y cuatro años. Con su cabello castaño y ondulado a la altura de los hombros, sus ojos azul verdoso y sus labios tan carnosos por naturaleza que no necesitaban colágeno, Glory podría haber ejercido como modelo de no haber sido tan menuda. Todo el mundo lo decía. Pero quedarse cruzada de brazos no era lo suyo, y juraba que la asesoría de imagen habría sido en cualquier caso su profesión elegida, aunque Beau le hubiera aplicado extensiones en las pantorrillas.

La afortunada Candace era una combinación de sus padres. Al estilo de los grandes depredadores, se había apoderado de todo lo bueno y había dejado las sobras para el retoño más débil. Aunque la constitución menuda que había heredado de su madre perjudicaba una posible profesión como modelo, hacía maravillas con respecto a su armario, a rebosar de ropa descartada que iba de Gap a Gucci (pero en su mayor parte Gucci). Tenía los ojos azules de Glory y el risueño centelleo de Beau; el bronceado de Beau y el cutis impecable de Glory. Sus elevados pómulos semejaban barandillas de mármol. Y su larga melena, que adoptaba por igual una textura lisa así como ondulada, tenía el color de la mantequilla salpicada de *toffee* derretido. Las amigas de Candi (y sus respectivas madres) sacaban fotos de su mandíbula cuadrada, su barbilla pronunciada o su nariz recta y se las entregaban a Beau con la esperanza de que sus manos pudieran obrar los mismos milagros que una vez obrara su ADN. Y, por supuesto, acababan consiguiéndolo.

Incluso en el caso de Melody.

Convencida de que una familia que no le correspondía se la había llevado a casa desde el hospital, Melody le daba poco valor a la apariencia física. ¿Qué sentido tenía? Su barbilla era pequeña; sus dientes, como colmillos, y su cabello tenía un apagado tono negro. Sin mechas. Ni reflejos. Sin el color de la mantequilla o la llovizna de *toffee*. Negro apagado, sin más. Sus ojos, aun sin problemas de visión, tenían el color gris acero y la forma rasgada de los de un gato escéptico. Y no es que alguien se fijara alguna vez en sus ojos, pues su nariz era el centro de atracción. Compuesta de dos protuberancias y un tabique pronunciado, parecía un camello en la postura de perro boca abajo. Aunque poco importaba. En lo que a Melody concernía, la habilidad para cantar era su mejor virtud. Los profesores de música alababan con entusiasmo el timbre perfecto de su voz. Limpia, angelical y evocadora, ejercía un efecto hipnotizante sobre todos cuantos la escuchaban, y el público, con los ojos cuajados de lágrimas, se ponía de pie después de cada recital. Por desgracia, para cuando cumplió los ocho años, el asma había cobrado protagonismo y le había arrebatado el espectáculo.

Una vez que Melody empezó la etapa de bachillerato, Beau se ofreció a operarla. Pero Melody se negó. Una nariz nueva no le iba a curar el asma, así que, ¿por qué preocuparse? No tenía más que aguantar hasta la universidad y las cosas cambiarían. Las chicas serían menos superficiales y los chicos, más maduros. Lo académico adquiriría el dominio supremo.

«¡Ja!»

Las cosas empeoraron cuando Melody acudió al instituto Beverly Hills. Las chicas la llamaban Narizotas a causa del tamaño de su nariz; los chicos no la llamaban de ninguna manera. Ni siquiera la miraban. Para cuando llegó el día de Acción de Gracias, era prácticamente invisible. De no haber sido por su incesante dificultad para respirar y el uso de su inhalador, nadie habría reparado en su existencia.

Beau no pudo soportar que su hija —con gran «potencial simétrico»— siguiera sufriendo. Esas mismas navidades comunicó a Melody que Santa Claus había descubierto una nueva técnica de rinoplastia que prometía abrir las vías respiratorias y aliviar el asma. Tal vez fuera capaz de volver a cantar.

—¡Qué maravilla! —Glory unió sus pequeñas manos en actitud de oración y elevó los ojos al cielo en señal de gratitud.

—No más *Rudolph*, el reno narizón —bromeó Candace.

—Se trata de su salud, Candace, y no de su aspecto físico —amonestó Beau, a todas luces tratando de convencer a Melody.

—¡Guau! Alucinante —Melody, agradecida, abrazó a su padre, aunque no estaba segura de que la forma de la nariz tuviera algo que ver con los bronquios obstruidos. Pero el hecho de fingir que se creía la explicación le otorgaba a sí misma una cierta esperanza. Además, resultaba menos doloroso que admitir que su familia se avergonzaba de sus rasgos faciales.

Durante las vacaciones de Navidad, Melody se sometió a la cirugía. Al despertar, se encontró que tenía una nariz fina y respingada al estilo de Jessica Biel, así como fundas dentales en lugar de dientes con forma de colmillo. Al finalizar el periodo de recuperación había perdido más de dos kilos, obteniendo así el acceso a la ropa descartada de su madre, que iba de Gap a Gucci (pero en su mayor parte Gucci). Lamentablemente, seguía sin poder cantar.

Cuando regresó al instituto Beverly Hills, las chicas se mostraron cordiales, los chicos se quedaron boquiabiertos y los moscardones empezaron a rondar a su alrededor. Descubrió un nivel de aceptación social con el que jamás habría soñado.

Pero ningún aspecto de aquel recién estrenado encanto consiguió hacerla más feliz. En lugar de presumir y coquetear, pasaba el tiempo libre oculta bajo las mantas, sintiéndose como el bolso metalizado de Tory Burch que tenía su hermana: hermoso y brillante por fuera pero, por dentro, una auténtica calamidad. «¿Cómo se atreven a ser amables conmigo sólo porque ahora soy guapa? ¡Soy la misma de siempre!»

A la llegada del verano, Melody se había encerrado en sí misma por completo. Se vestía con ropa holgada, jamás se cepillaba el pelo y su único accesorio consistía en el inhalador que llevaba enganchado a las presillas del cinturón.

Durante la barbacoa que los Carver organizaban anualmente con motivo del 4 de julio, donde solía cantar el himno nacional, Melody sufrió un grave ataque de asma que la condujo al centro médico Cedars-Sinai. En la sala de espera, Glory pasaba ansiosamente las páginas de una revista de viajes y se detuvo ante una exuberante fotografía de Oregon, afirmando que, con tan sólo mirarla, percibía el aire fresco. Cuando Melody fue dada de alta, sus padres le comunicaron que se mudaban. Por primera vez, una sonrisa cruzó su rostro perfectamente simétrico.

«¡Hola, Maravillolandia!», murmuró para sí mientras el BMW verde avanzaba a toda velocidad.

Entonces, arrullada por el rítmico vaivén de los limpiaparabrisas y el golpeteo de la lluvia, Melody se quedó dormida.

Y esta vez, de verdad.

CAPÍTULO 2
COSER Y CANTAR

Por fin salió el sol. Los petirrojos y las golondrinas entonaban sus respectivas listas de éxitos matinales. Tras la ventana de cristal esmerilado del dormitorio de Frankie, los niños en bicicleta empezaban a tocar el timbre y a dar vueltas alrededor del callejón sin salida de Radcliffe Way. El vecindario había despertado. Ahora, Frankie podía poner a Lady Gaga a todo volumen.

I can see myself in the movies, with my picture in city lights...

Más que nada, Frankie deseaba sacudir la cabeza al ritmo de *The Fame*. No, un momento. No exactamente. Lo que de veras quería era pegar saltos sobre su cama de metal, lanzar de una patada sus mantas electromagnéticas al suelo de cemento pulido, balancear los hombros, agitar los brazos, contonear el trasero y sacudir la cabeza al ritmo de *The Fame*. Pero alterar el fluido de electricidad antes de que la recarga se hubiera completado podía derivar en pérdida de memoria, desvanecimientos o, incluso, un coma.

La parte positiva, sin embargo, consistía en que nunca tenía que enchufar su iPod táctil. Siempre que estuviera cerca del cuerpo de Frankie, la batería del dispositivo se mantendría a rebosar.

Disfrutando de su transfusión matinal, permanecía acostada boca arriba con un revoltijo de cables negros y rojos conectados a sus tornillos. Mientras las últimas corrientes eléctricas rebotaban a través de su cuerpo, Frankie hojeaba el número más reciente de la revista *Seventeen*. Con cuidado de no estropear su esmalte de uñas azul marino, todavía húmedo, examinaba los cuellos suaves y de colores extraños de las modelos en busca de tornillos de metal, preguntándose cómo se las arreglaban para «recargarse» sin ellos.

En cuanto Carmen Electra (así llamaba Frankie a la máquina de recarga, ya que el nombre técnico resultaba difícil de pronunciar) se detuvo, Frankie notó el agradable hormigueo de sus tornillos del cuello —del tamaño de un dedal— a medida que se enfriaban. Pletórica de energía, pegó su respingada nariz a la revista y durante un buen rato olfateó el aroma de la muestra de perfume Miss Dior Cherie que venía en el interior.

—¿Te gusta? —preguntó, agitándola ante los hocicos de las *fashionratas*. Cinco ratas blancas se mantenían erguidas sobre sus rosadas extremidades traseras y arañaban la pared de cristal de su jaula. La capa de purpurina multicolor (no tóxica) que les cubría el lomo se les iba desprendiendo como la nieve de un toldo.

Frankie volvió a aspirar el perfume.

—A mí también —agitó el papel doblado a través del fresco ambiente con olor a formol y se levantó para encender las velas con esencia de vainilla. El avinagrado hedor de la solución química se le infiltraba en el cabello y ocultaba el toque floral de su acondicionador Pantene.

—¿Es vainilla eso que huelo? —preguntó su padre, llamando con suavidad en la puerta cerrada.

Frankie apagó la música.

—¡Sííí! —repuso ella con entusiasmo, ignorando el tono de fingido enfado de su padre, tono que llevaba utilizando desde que Frankie empezara a transformar el laboratorio paterno en un enclave glamoroso. Frankie escuchó ese mismo tono cuando decidió dar a las ratas un toque *fashion* a base de purpurina, cuando empezó a almacenar sus brillos de labios y accesorios para el pelo en los vasos de precipitado de su padre, y cuando pegó la cara de Justin Bieber al esqueleto (el póster en el que salía sentado en el monopatín era «electrizante»). Pero sabía que a su padre, en el fondo, no le importaba. Ahora, el laboratorio también era el dormitorio de su hija. Además, si realmente le molestara, no la llamaría...

—¿Cómo está la niñita perfecta de papá? —Viktor Stein volvió a golpear en la puerta con los nudillos y, acto seguido, la abrió. No obstante, la madre de Frankie fue la primera en entrar.

—¿Podemos hablar un minuto, tesoro? —preguntó Viveka con una voz cantarina que hacía juego con el susurrante dobladillo de su vestido de tirantes de crepé negro. Su voz era tan delicada que la gente se conmocionaba al notar que provenía de una mujer de más de un metro ochenta de estatura.

Viktor, haciendo oscilar una bolsa de viaje de cuero, entró a continuación, vestido con un juego de *pants* Adidas color negro y las pantuflas marrones UGG con un agujero en la punta, sus favoritas.

—Viejas y desgastadas, igual que Viv —solía responder cuando Frankie se burlaba de ellas, y luego Viveka le daba una palmada en el brazo. Pero Frankie sabía que su padre bromeaba, porque su madre era de esas mujeres que te gustaría encontrar en una revista para poder contemplar a tus anchas sus ojos violeta y su cabello negro, brillante, sin que te tacharan de *friqui* o de acosadora.

Viktor, por otro lado, recordaba más bien a Arnold Schwarzenegger, como si sus rasgos cincelados hubieran sido estirados para cubrir por completo su cabeza cuadrada. Seguramente, la gente también deseaba clavarle la mirada, pero se asustaba de su estatura de casi dos metros y la manera tan exagerada en la que solía bizquear. Pero cuando bizqueaba no era porque estuviera enfadado. Significaba que estaba pensando. Y, al tratarse de un científico loco, siempre estaba pensando... al menos, así lo explicaba Viveka.

Viv y Vik atravesaron el suelo de cemento pulido tomados de la mano, como siempre, presentando un frente unido. Pero esta vez, tras sus sonrisas orgullosas se adivinaba un rastro de preocupación.

—Siéntate, cariño —Viveka señaló el diván estilo árabe, de color rubí y cubierto de almohadones que Frankie había encargado a Ikea por Internet. En el rincón más apartado del laboratorio, junto a su escritorio cubierto de pegatinas, su Sony de pantalla plana y un arco iris de coloridos armarios atestados de compras *online,* el sofá miraba a la única ventana de la estancia. Aunque de cristal esmerilado para mantener la intimidad, le otorgaba a Frankie una cierta visión del mundo real o, al menos, la promesa de la misma.

Frankie recorrió el mullido sendero de piel de borrego teñida de rosa, que conducía de su cama al diván, temiendo en silencio que sus padres hubieran reparado en las últimas descargas que había bajado en iTunes. Nerviosa, jaló la fina costura de puntadas negras que le mantenía la cabeza en su sitio.

—¡No jales los puntos! —advirtió Viktor, tomando asiento en el sofá sin respaldo. La estructura de abedul emitió un crujido en señal de protesta—. No tienes por qué ponerte nerviosa. Sólo queremos hablar contigo —colocó a sus pies la bolsa de piel con cremallera.

Viveka dio unos golpecitos al cojín vacío que tenía a su lado; luego, empezó a juguetear con su característica chalina de muselina negra. Pero Frankie, temiendo otro sermón sobre el valor del dinero, se ciñó su bata de seda negra de Harajuku Lovers y optó por sentarse en la alfombra rosa.

—¿Qué pasa? —preguntó al tiempo que sonreía y, con el tono de voz, trataba de ocultar que acababa de gastarse 59.99 dólares en un abono para la temporada de *Gossip Girl*.

—Se avecinan cambios —Viktor se frotó las manos y respiró hondo, como si se preparara para escalar el monte Hood, en el estado de Oregon.

«¿No más tarjetas de crédito?», especuló Frankie, temerosa.

Viveka asintió con la cabeza y forzó otra sonrisa frunciendo sus labios pintados de púrpura. Miró a su marido, alentándolo a continuar; pero él abrió sus ojos oscuros de par en par como dando a entender que no sabía qué decir.

Frankie, incómoda, se rebulló sobre la alfombra. Nunca había visto a sus padres tan necesitados de palabras. Mentalmente, recorrió sus compras más recientes, abrigando la esperanza de averiguar cuál de los artículos los había llevado al límite de su paciencia. «Abono de temporada de *Gossip Girl*. Ambientador con esencia de azahar. Calcetines Hot Sox a rayas, con los simpáticos agujeros en los dedos. Suscripciones a las revistas *Us Weekly, Seventeen, Teen Vogue, CosmoGirl*. Aplicaciones de horóscopo. Aplicaciones de numerología. Aplicaciones de interpretación de sueños. Loción Moroccanoil contra el encrespamiento del cabello. *Jeans* holgados Current Elliott...»

Nada demasiado grave. Aun así, la espera provocaba que sus tornillos echaran chispas.

—Tranquila, querida —Viveka se inclinó hacia delante y acarició la larga melena negra de su hija. La muestra de cariño detuvo la fuga de energía, pero no supuso un alivio para las piezas interiores de Frankie, que seguían silbando y estallando como los fuegos artificiales del 4 de julio. Sus padres eran las únicas personas que había conocido. Eran sus mejores amigos, sus mentores. Decepcionarlos significaba decepcionar al mundo en su totalidad.

Viktor volvió a respirar hondo; luego, exhaló al informarle:

—El verano ha terminado. Tu madre y yo tenemos que volver a dar clases de Ciencias y Anatomía en la universidad. No podemos seguir enseñándote en casa —agitaba sin parar el tobillo.

—¿Cómo dices? —Frankie frunció las cejas, perfectamente esculpidas.

«¿Qué tendrá eso que ver con las compras?»

Viveka colocó una mano en la rodilla de Frankie, como dando a entender: «Ahora sigo yo»; a continuación, se aclaró la garganta.

—Lo que tu padre intenta decir es que tienes quince días de edad. Cada uno de esos días ha implantado en tu cerebro los conocimientos equivalentes a un año: matemáticas, ciencia, historia, geografía, idiomas, tecnología, arte, música, cine, canciones, modas, expresiones idiomáticas, convencionalismos sociales, buenos modales, profundidad emocional, madurez, disciplina, voluntad propia, coordinación muscular, coordinación lingüística, reconocimiento de los sentidos, profundidad de percepción, ambiciones e, incluso, un cierto apetito. ¡No te falta nada!

Frankie asintió con la cabeza, preguntándose cuándo saldría a relucir el asunto de las compras.

—Así que, ahora que eres una chica hermosa e inteligente, estás preparada para... —Viveka aspiró por la nariz y reprimió una lágrima. Volvió la vista a Viktor, quien hizo un gesto de asentimiento, apremiándola a continuar. Tras lamerse los labios y lanzar un suspiro, se las arregló para esbozar una última sonrisa, y entonces...

Frankie echaba chispas. El asunto estaba tardando más que el transporte por tierra.

Por fin, Viveka soltó de sopetón:

—Un instituto de *normis* —pronunció la palabra en dos tiempos: *nor-mis*.

—¿Qué significa «normis»? —preguntó Frankie, temiendo la respuesta. «¿Será una especie de centro de rehabilitación para adictos a las compras?»

—Los normis son individuos con atributos físicos comunes y corrientes —explicó Viktor.

—Como... —Viveka recogió un ejemplar de *Teen Vogue* de la mesa auxiliar lacada en naranja y lo abrió en una página al azar—. Como ellas.

Dio unos golpecitos sobre un anuncio de H&M en el que aparecían tres chicas en sostén y pantalones cortos ajustados; una rubia, una castaña y una pelirroja. Todas tenían el pelo rizado.

—¿Soy yo una normi? —preguntó Frankie, sintiéndose tan orgullosa como las radiantes modelos.

Viveka sacudió la cabeza de un lado a otro.

—¿Por qué no? ¿Porque tengo el pelo liso? —insistió Frankie. Era la lección más desconcertante de cuantas había recibido por parte de sus padres.

—No, no es porque tengas el pelo liso —intervino Viktor con una mueca de frustración—. Es porque yo te fabriqué.

—¿Qué los padres de los demás no los han «fabricado»? —Frankie hizo el gesto de comillas en el aire—. Ya sabes, técnicamente hablando.

Viveka enarcó una ceja oscura. Su hija tenía razón.

—Sí, pero yo te fabriqué en el sentido más literal —expuso Viktor—. En este laboratorio. A partir de piezas perfectas que construí con mis propias manos. Programé tu cerebro y lo llené de información, uní con puntos las partes de tu cuerpo, y te coloqué tornillos a ambos lados del cuello para poder recargarte. No necesitas alimento para sobrevivir, sólo comerás por placer. Y mira, Frankie, como no tienes sangre, en fin, tu piel es… es de color *verde*.

Frankie se miró las manos como si fuera por primera vez. Eran del color del helado de menta con virutas de chocolate, al igual que el resto de su cuerpo.

—Ya lo sé. Y es genial.

—Sí, lo es —Viktor se rió entre dientes—. Por eso eres tan especial. No le ocurre a ningún otro alumno del instituto. Eres la única.

—¿Quieres decir que habrá más gente en el instituto? —Frankie paseó la vista por el glamoroso laboratorio, la única estancia que había conocido en su vida.

Viktor y Viveka asintieron, mientras en sus respectivas frentes se iban formando líneas de culpabilidad y preocupación.

Frankie contempló los ojos húmedos de sus padres mientras se preguntaba si aquello estaba sucediendo de verdad. ¿En serio pensaban soltarla así, nada más porque sí? ¿Iban a abandonarla en un instituto lleno de normis desconocidos de pelo rizado y esperaban que se las arreglara por su cuenta? ¿De veras tenían la sangre fría de dejar de instruirla para, a cambio, impartir clases en aulas abarrotadas de universitarios que no eran más que perfectos desconocidos?

A pesar de los labios temblorosos de ambos y de sus mejillas manchadas de sal, daba la impresión de que, en efecto, era lo que se proponían. De pronto, una sensación que únicamente podría haberse medido con la escala Richter retumbó en las tripas de Frankie. Le subió hasta el pecho, le atravesó la garganta como una bala y, al llegar a la boca, explotó.

—¡¡ELECTRIZANTE!!

CAPÍTULO 3
CHICO GUAPO

—¡Hemos llegado!—anunció Beau, haciendo sonar el claxon una y otra vez—. ¡Vamos, despierta!

Melody apartó la oreja de la fría ventanilla y abrió los ojos. A primera vista, el vecindario parecía estar cubierto de algodón. Pero su visión se agudizó como una Polaroid en pleno revelado en cuanto sus ojos se ajustaron a la brumosa luz matinal.

Los dos camiones de mudanzas bloqueaban el acceso al camino de entrada circular y tapaban la vista de la casa. Lo único que Melody distinguía era la mitad de un porche que rodeaba la vivienda y su inevitable columpio; ambos parecían estar construidos con troncos de juguete de tamaño natural. Se trataba de una imagen que Melody no olvidaría jamás. O tal vez fueran las emociones que la imagen conjuraba: esperanza, entusiasmo y miedo a lo desconocido, todo ello estrechamente ligado, creando una cuarta emoción imposible de definir. Ahora tenía una segunda oportunidad para ser feliz, y le hacía cosquillas por dentro como si se hubiera tragado cincuenta orugas peludas.

¡Bip bip bip bip!

Un fornido hombre de montaña vestido con *jeans* y un chaleco acolchado marrón asintió con la cabeza a modo de saludo mientras sacaba del camión el sofá modular color berenjena de Calvin Klein.

—Basta ya de tocar el claxon, cariño. Aún es temprano —Glory dio una palmada a su marido en plan de broma—. Los vecinos nos van a tomar por lunáticos.

El olor a café y a vasos desechables de cartón provocó que el estómago vacío de Melody se encogiera.

—Sí, papá, para ya —protestó Candace, cuya cabeza aún reposaba sobre su bolso metálico de Tory Burch—. Estás despertando a la única persona agradable de todo Salem.

Beau se desabrochó el cinturón de seguridad y se giró para mirar a su hija.

—¿Y se puede saber quién es?

—Yoooo —Candace se estiró; Coco y Chloe se elevaron y luego, como boyas en un mar agitado, se hundieron bajo la camiseta sin mangas azul celeste. Debía de haberse quedado dormida sobre su puño furioso, crispado, porque en la mejilla llevaba la marca del corazón de su nueva sortija, la que sus llorosas mejores amigas le habían dado como regalo de despedida.

Melody, desesperada por ahorrarse la ráfaga de ametralladora al estilo «echo-de-menos-a-mis-amigas» que Candace, sin duda alguna, dispararía tan pronto como se fijara en su mejilla, fue la primera en abrir la puerta del BMW y pisar la serpenteante calle.

Había dejado de llover y el sol empezaba a salir. Una capa de neblina de tono rojo púrpura envolvía al vecindario como un pañuelo fucsia sobre la pantalla de una lámpara, arrojando un resplandor mágico sobre Radcliffe Way, sus amplios terrenos particulares y su arquitectura heterogénea. Empapado y reluciente, el vecindario despedía un olor a lombrices y a hierba mojada.

—Melly, aspira este aire —Beau se golpeó sus pulmones cubiertos de franela y, con gesto solemne, levantó la cabeza al cielo teñido a retazos.

—Sí, papá —Melody abrazó los marcados abdominales de su padre—. Ya puedo respirar —le aseguró, en parte porque quería que él supiera que agradecía su sacrificio, pero sobre todo porque, en efecto, respiraba con menos dificultad. Era como si le hubieran quitado del pecho un saco de arena.

—Tienes que salir a percibir el ambiente —insistió Beau, dando golpecitos en la ventanilla de su mujer con su anillo de oro con iniciales.

Glory, impaciente, levantó un dedo y giró la cabeza en dirección a Candace, en el asiento posterior, para dar a entender que estaba ocupándose de otro cataclismo.

—Lo siento —Melody abrazó a su padre de nuevo, esta vez con más suavidad, como si suplicara: «Perdóname».

—¿A qué viene eso? ¡Pero si es genial! —respiró larga, profundamente—. Los Carver necesitábamos un cambio. Estábamos demasiado apegados a Los Angeles. Ya es hora de un nuevo reto. La vida es cuestión de...

—¡Ojalá estuviera muerta! —chilló Candace desde el interior del todoterreno.

—Ahí tienes a la única persona agradable de Salem —masculló Beau por lo bajo.

Melody levantó la vista hacia su padre. En el instante en que los ojos de ambos se encontraron, los dos se echaron a reír.

—A ver, ¿quién está preparado para un recorrido turístico? —Glory abrió la puerta. La puntera de su bota de montaña forrada de piel descendió tímidamente hacia el pavimento, como si comprobara la temperatura del agua en una bañera.

Candace se bajó del asiento trasero de un salto.

—¡La primera en llegar al piso de arriba se queda con la habitación grande! —vociferó y, acto seguido, salió disparada hacia la casa. Sus piernas como palillos de dientes se movían a un ritmo impresionante, sin que les estorbara lo ajustado de sus *jeans* rasgados a la moda, tan pegados al cuerpo como un traje de neopreno.

Melody lanzó a su madre una mirada que preguntaba: «¿Cómo lo conseguiste?»

—Le dije que si no volvía a protestar durante el resto del día podía quedarse con mi overol *vintage* de Missoni —confesó Glory al tiempo que recogía su cabello castaño en una elegante cola de caballo y la afianzaba con un rápido giro de muñeca.

—Con promesas así, cuando acabe la semana sólo te quedará un calcetín —bromeó Beau.

—Valdrá la pena —Glory sonrió.

Melody soltó una risita y acto seguido corrió hacia la casa. Sabía que Candace se le adelantaría para quedarse con la habitación grande. Pero no corría por ese motivo. Corría porque, tras quince años con problemas de respiración, por fin lo podía hacer.

Al pasar junto a los camiones, asintió con la cabeza a los hombres que forcejeaban con el sofá. Luego, subió saltando los tres peldaños de madera que conducían a la puerta principal.

—¡Increíble! —Melody ahogó un grito, deteniéndose a la entrada de la espaciosa cabaña. Las paredes, como la fachada, tenían los mismos troncos de tono anaranjado, como de juguete. Al igual que las escaleras, el pasamanos, el techo y la barandilla del piso superior. Las únicas excepciones eran la chimenea de piedra y el suelo de nogal. No se parecía en nada a lo que ella estaba acostumbrada, teniendo en cuenta que acababan de mudarse de una vivienda de cristal y cemento de múltiples pisos y diseño ultramoderno. Melody no tuvo más remedio que admirar a sus padres. Desde luego, se habían comprometido muy en serio con ese asunto del estilo de vida al aire libre.

—¡Cuidado! —gruñó un empleado de mudanzas empapado en sudor que trataba de franquear el estrecho umbral con el voluminoso sofá a cuestas.

—Ay, perdón —Melody soltó una risita nerviosa y se hizo a un lado.

A su derecha, un dormitorio alargado abarcaba la longitud de la casa. La gigantesca cama de Beau y Glory presidía la estancia, y el baño principal estaba en mitad de una importante transformación. Una puerta corrediza de cristal tintado daba paso a una alargada piscina rodeada de una valla de troncos de unos dos metros y medio de altura. La piscina particular debió de haber sido diseñada para Beau, quien nadaba todas las mañanas para quemar las calorías que podrían haber persistido tras su sesión de nado nocturno.

En el piso de arriba, en uno de los dos dormitorios restantes, Candace andaba de un lado para otro mientras hablaba entre dientes por teléfono.

Al lado contrario de la habitación de sus padres se hallaba una acogedora cocina y la zona del comedor. Los sofisticados electrodomésticos de los Carver, la elegante mesa de cristal y las ocho sillas laqueadas en negro mostraban un aspecto futurista que contrastaba con la rústica madera. Pero Melody estaba convencida de que la situación sería remediada en cuanto sus padres localizaran el centro de decoración más cercano.

—¡Socorro! —llamó Candace desde arriba.

—¿Qué pasa? —respondió Melody, echando una ojeada al salón, situado un piso abajo y con vista al barranco arbolado de la parte posterior.

—¡Me muero!

«¿En serio?»

Melody subió por la escalera de madera que ocupaba el centro de la vivienda. Le encantaba sentir los desiguales tablones del suelo bajo sus Converse negros tipo bota. Cada una de las planchas de madera contaba con su propia personalidad. No era un derroche de simetría, afinidad y perfección, como en Beverly Hills. Se trataba exactamente de lo contrario. Cada tronco de la casa tenía su propia forma, sus propias hendiduras. Cada uno era único. Ninguno era perfecto. Aun así, todos encajaban y colaboraban a la hora de ofrecer una única visión. Tal vez se tratara de una costumbre específica de la zona. Tal vez los salemitas (¿salemonios? ¿salemeros?) eran partidarios de las formas y características particulares, lo cual signficaba que lo mismo les ocurría a los alumnos del instituto Merston. Semejante posibilidad provocó en Melody un ataque de esperanza —libre de asma— que la empujó a subir los escalones de dos en dos.

Una vez en la planta superior, bajó la cremallera de su sudadera negra con capucha y la lanzó sobre la barandilla. Las axilas de su holgada camiseta gris estaban empapadas de sudor, y la frente se le empezaba a humedecer.

—Me muero, te lo juro. Hace un calor del demonio —Candace salió de la habitación situada a la izquierda en *jeans* y sostén negro—. ¿Estamos ochenta grados centígrados, o es que estoy atravesando la fase de cambio?

—Candi —Melody le arrojó su sudadera con capucha—. ¡Ponte esto!

—¿Por qué? —preguntó Candace, al tiempo que se examinaba el ombligo con aire despreocupado—. Las ventanas están polarizadas, como las ventanillas de las limusinas. Nadie nos ve desde afuera.

—Mmm, ¿qué me dices de los hombres de la mudanza? —replicó Melody.

Candace se apretó la sudadera contra el pecho y luego echó una ojeada por encima de la barandilla.

—Este sitio es un poco raro, ¿no te parece? —el rubor de sus mejillas le llegaba hasta los ojos de tono azul verdoso, otorgándoles un resplandor iridiscente.

—La casa entera es rara —susurró Melody—. No sé, me encanta.

—*Tú sí* que eres rara —Candace lanzó la sudadera por encima de la barandilla y, con paso tranquilo, entró en lo que debía de ser el dormitorio más grande. Una insolente masa de cabello rubio oscilaba sobre su espalda como si estuviera haciendo un gesto de despedida.

—¿Alguien perdió una sudadera? —preguntó uno de los hombres desde el piso inferior. Llevaba la prenda negra colgada del hombro, como si se tratara de un hurón muerto.

—Ah, sí, lo siento —repuso Melody—. Déjelo ahí, en las escaleras —se apresuró a entrar en la única habitación que quedaba libre, no fuera el hombre a creer que trataba de ligar con él.

Paseó la vista por el reducido espacio rectangular: paredes de troncos, techo bajo con profundos arañazos que parecían huellas de garras y una diminuta ventana de cristal tintado que ofrecía el panorama de la valla de piedra del vecino de al lado. Al abrir la puerta corrediza del clóset, le llegó un olor a cedro. La temperatura en la habitación debía de rondar los doscientos grados centígrados. La propaganda de una inmobiliaria habría calificado el dormitorio de «acogedor», siempre que a los propietarios no les importara engañar a los clientes.

—Bonito ataúd —bromeó Candace, todavía en sostén, desde la puerta.

—Muy graciosa —contraatacó Melody—. Sin embargo, no quiero volver a nuestra casa de antes.

—Perfecto —Candace puso los ojos en blanco—. En ese caso, déjame que te dé envidia, por lo menos. Echa un vistazo a mi tocador.

Melody siguió a su hermana y, dejando a un lado el estrecho cuarto de baño, llegó a un cuadrado espacioso y lleno de luz. Tenía un hueco en la pared para instalar un escritorio, tres clósets de gran profundidad y una enorme ventana de cristal tintado que miraba a Radcliffe Way. Podrían haber compartido cuarto y, con todo, habría sobrado espacio para el ego de Candace.

—Muy bonita —masculló Melody, esforzándose por no mostrar ni una pizca de envidia—. Oye, ¿quieres ir al centro a tomar unos *bagels* o algo por el estilo? Me muero de hambre.

—No hasta que admitas que mi habitación es la mejor y que la envidia te corroe —Candace cruzó los brazos al frente.

—De ninguna manera.

En señal de protesta, Candace se giró hacia la ventana.

—Mmm, ¿qué me dices *ahora*? —sopló el aliento sobre el cristal y, con el dedo, dibujó un corazón sobre el círculo blanquecino.

Melody actuó con precaución.

—¿Es una trampa?

—Ya quisieras —repuso Candace al tiempo que fijaba la vista en el chico con el torso desnudo, en el jardín del otro lado de la calle.

Estaba regando las rosas amarillas en la parte frontal de una vivienda estilo campestre de color blanco, y blandía la manguera como si de una espada se tratara. Los firmes músculos de su espalda ondulaban cada vez que se lanzaba hacia delante para ejecutar una estocada. Sus *jeans* desgastados se le habían bajado lo suficiente para dejar al descubierto el elástico de sus calzoncillos a rayas.

—¿Será el jardinero o vivirá en la casa? —preguntó Melody.

—Vive allí —repuso Candace con seguridad—. Si fuera el jardinero, estaría bronceado. A ver, átame.

—¿Cómo?

Al darse la vuelta, Melody se encontró a su hermana vestida con un overol de Missoni de estampado en zigzag con tonos púrpura, negro y plata. Se sujetaba los cordones de la parte superior, sin mangas ni espalda, por detrás de la cabeza.

—¿Cómo encontraste eso? —preguntó Melody al tiempo que efectuaba una lazada perfecta—. Las cajas con la ropa siguen en el camión.

—Sabía que mamá me lo regalaría si seguía protestando, de modo que me lo metí en el bolso antes del viaje.

—¿Así que todo ese rollo en el coche era un montaje? —el corazón de Melody empezó a latir a toda prisa.

—Más o menos —Candace encogió los hombros con aire despreocupado—. Soy capaz de hacer amigos y conocer a chicos nuevos en todas partes. Además, tengo que sacar buenas notas este curso para entrar en una buena universidad. Y ya sabemos que eso no iba a pasar si estudiaba el último año en California.

Melody no sabía si abrazar a su hermana o darle un bofetón; pero no había tiempo ni para lo uno ni para lo otro.

Candace ya se había calzado unas sandalias plateadas de plataforma heredadas de su madre y regresó corriendo a la ventana.

—A ver, ¿preparada para conocer a los vecinos?

—¡Candace, no! —suplicó Melody, pero su hermana ya estaba forcejeando con el pasador de hierro. Intentar domar a Candace era como intentar detener con las manos una montaña rusa en movimiento: una agotadora pérdida de tiempo.

—¡Eh, guapo! —gritó Candace por la ventana. Acto seguido, se agachó bajo el alféizar.

El chico se giró y elevó la vista, protegiéndose los ojos del sol.

Candace levantó la cabeza y miró a hurtadillas.

—No. No me interesa —masculló—. Demasiado joven. Y encima, cuatro ojos. Te lo puedes quedar.

Melody sintió ganas de gritar: «¡No hace falta que me digas a quién me puedo o no quedar!», pero ahí abajo estaba un chico sin camisa, con gafas de montura negra y una mata de pelo castaño, que la miraba fijamente. No podía hacer más que devolverle la mirada y preguntarse de qué color tendría los ojos.

El chico, un tanto incómodo, la saludó con la mano; pero Melody permaneció inmóvil. Tal vez el vecino la tomaría por uno de esos carteles recortados en tamaño real que colocan en el vestíbulo de los cines, en vez de tomarla por lo que era en realidad: una chica con escasas habilidades sociales que estaba a punto de dar una patada en la espinilla a su hermana.

—¡Ay! —gimió Candace, sujetándose la espinilla.

Melody se apartó de la ventana.

—No puedo creer que me hayas hecho esto —dijo entre susurros.

—Bueno, no es que *tú* fueras a dar el primer paso —replicó Candace mientras abría sus ojos azul verdoso de par en par movida por la fortaleza de su propia convicción.

—¿Y por qué iba a hacerlo? Ni siquiera lo conozco —Melody se apoyó en la desigual pared de troncos y, bajando la cabeza, la enterró entre las manos.

—¿Qué pasa?

—Pasa que estoy harta de que la gente me tome por una *friqui*. Ya sé que tú no lo entiendes, pero...

—Supéralo de una vez, ¿quieres? —Candace se puso de pie—. Ya no eres Narizotas. Ahora eres *bonita*. Ahora puedes conseguir chicos *guapos*. Bronceados, y que vean bien. Y no ratones de biblioteca que empuñan mangueras —cerró la ventana—. ¿Es que nunca se te ocurre usar los labios para otra cosa que no sea ponerte cacao?

Melody notó un escozor familiar bajo los párpados. Se le secó la garganta. La boca se le contrajo. Los ojos le ardían. Y entonces, llegaron: como diminutos paracaidistas impregnados de sal, las lágrimas descendieron en masa. Odiaba que Candace pensara que nunca se había involucrado con un chico. Pero ¿cómo convencer a una chica de diecisiete años —con más novios que pelos en la cabeza— de que Randy, el cajero de Starbucks (también conocido como Cara Paella, por sus marcas de acné) besaba de maravilla? Imposible.

—No es tan fácil, ¿sabes? —Melody mantuvo oculto su rostro empapado de llanto—. Tu sueño es ser guapa; el mío *era* cantar. Y ya no es posible.

—Pues vive mi sueño una temporada —Candace se aplicó una capa de brillo en los labios—. Es más divertido que compadecerte de ti misma, eso seguro.

¿Cómo podía Melody explicar sus sentimientos cuando ni ella misma acababa de entenderlos?

—A ver, Candace, lo de mi belleza es un engaño. La manipularon. No soy *yo*.

Su hermana mayor puso los ojos en blanco.

—¿Cómo te sentirías si sacaras sobresaliente en un examen que le copiaste a un compañero? —preguntó Melody, adoptando una táctica diferente.

—Depende —repuso Candace—. ¿Me descubrieron?

Melody levantó la cabeza y soltó una carcajada. Una enorme burbuja de mocos le estalló en la nariz y se la limpió en sus *jeans* a toda prisa, antes de que su hermana se diera cuenta.

—Le das demasiadas vueltas al tema —Candace se echó su bolso al hombro y bajó la vista a su escote—. Nunca me he visto mejor —alargó la mano y tiró de Melody para levantarla—. Vamos, ha llegado el momento de enseñarle a la buena gente de Salem la diferencia entre la ropa deportiva y la alta costura —tras un fugaz examen de la sudada camiseta gris de Melody y sus *jeans* holgados, añadió—: Déjame hablar a mí.

—Es lo que hago siempre —suspiró Melody.

CAPÍTULO 4

PERFECTO COLOR

Frankie se levantó y, descalza, empezó a bailar al ritmo de la música de Lady Gaga, que persistía en su cerebro.

—Entonces, ¿lo del instituto te parece bien? —las finas y negras pestañas de Viveka aletearon de incredulidad.

—¡Pues claro! —Frankie se plantó las manos encima de la cabeza y se puso a dar vueltas sin parar—. ¡Voy a hacer amigas! ¡Voy a conocer a chicos! ¡Voy a sentarme en la cafetería! Voy a salir afuera y…

—Espera un momento —interrumpió Viktor con la seriedad de un tratado científico—. No es tan sencillo.

—¡Tienes razón! —Frankie salió disparada hacia su armario de color azul cielo en el que, con pintura en *spray* de color fucsia, había escrito: «faldas y vestidos»—. ¿Qué voy a ponerme?

—Esto —Viktor se inclinó hacia delante, le colocó a los pies la bolsa de piel y luego, rápidamente, dio unos pasos hacia atrás, como quien le ofrece ensalada a un león hambriento.

Frankie cambió de rumbo al instante y se dirigió a la bolsa. Era típico de sus padres que le proporcionaran un conjunto para el primer día de clase. «¿Será la minifalda escocesa con el top de tirantes de cachemir negro? ¡Sí, por favor, que sea la minifalda escocesa con el top de tirantes de cachemir negro! ¡Síporfavorsíporfavorsíporfavorsíporfavorsíporfavor!»

Abrió la cremallera de la bolsa, introdujo la mano y se puso a palpar en busca de las suaves hebillas y el precioso alfiler extragrande que mantenía cerrada la falda escocesa.

—¡Ay! —retiró la mano de la bolsa como si la hubieran mordido—. ¿Qué es *eso*? —preguntó, aún afectada por el tejido áspero de algo en el interior.

—Un traje de chaqueta y pantalón de lana, muy sencillo y elegante —Viveka se recogió el pelo y se lo echó por detrás del hombro.

—Muy áspero, querrás decir —contraatacó Frankie—. Tiene el tacto de un rallador de queso.

—Es una preciosidad —presionó Viveka—. Pruébatelo.

Frankie colocó la bolsa boca abajo para evitar el contacto con la rugosa prenda. Un estuche de maquillaje color chocolate cayó sobre la alfombra.

—¿Qué es esto?

—Maquillaje —respondió Viktor.

—¿De Sephora? —preguntó Frankie, esperanzada, otorgando a sus padres la oportunidad de redimirse.

—No —Viktor pasó la mano por los surcos de su cabello peinado hacia atrás—. Procede de Nueva York. Es una espléndida línea de maquillaje para actores que se llama F&F (Feroz y Fabuloso), creada para resistir bajo las luces más potentes de los teatros de Broadway. Sin embargo, no es demasiado espeso —Viktor sacó una toallita desmaquillante de la bolsa y se la frotó en el brazo. Una mancha entre rosa y amarillo ensució la toallita. Una franja verde apareció en el brazo de su padre.

Frankie ahogó un grito.

—¡Tú también tienes la piel de menta!

—Igual que yo —Viveka dejó al descubierto una veta similar en su mejilla.

—¿Qué? —las manos de Frankie echaban chispas—. ¿Siempre fueron verdes?

Ambos asintieron, orgullosos.

—¿Y por qué se lo tapan?

—Porque vivimos en un mundo de normis —Viktor se limpió el dedo en sus *pants*— Y muchos se asustan de quienes tienen un aspecto diferente.

—¿Diferente a *qué*? —se preguntó Frankie en voz alta.

Viktor bajó la vista.

—Diferente a ellos.

—Formamos parte de un grupo muy especial que desciende de lo que los normis califican como «monstruos» —explicó Viveka—, pero nosotros preferimos llamarnos RAD.

—Son las siglas en inglés de *Regular Attribute Dodgers*, es decir, «fugitivos de los atributos normales» —aclaró Viktor.

Frankie se llevó la mano a los puntos que le rodeaban el cuello.

—¡No te jales! —exclamaron sus padres al unísono.

Frankie bajó la mano y soltó un suspiro.

—¿Ha sido siempre así?

—No *siempre* —Viktor se levantó. Empezó a recorrer la estancia de un lado a otro—. Lamentablemente nuestra historia, como la de otros muchos, está plagada de periodos de persecución. Por fin, habíamos superado la Edad Media y vivíamos abiertamente entre los normis. Trabajábamos juntos, sociabilizábamos y nos enamorábamos. Pero en las décadas de los años veinte y treinta del siglo pasado todo eso cambió.

—¿Por qué? —Frankie se subió al diván y se acurrucó junto a Viveka. El olor al aceite corporal de gardenia de su madre le resultaba reconfortante.

—Llegó el auge del cine de terror. Los RAD eran seleccionados para protagonizar toda clase de películas, como *Drácula, El fantasma de la ópera, El doctor Jeckyll y mister Hyde...* Y si no sabían interpretar...

—Como tu bisabuelo Vic —bromeó Viveka.

—Sí, como el bueno de Victor Frankenstein —el padre de Frankie se rió por lo bajo cuando el recuerdo le vino a la mente—. No era capaz de memorizar el guión y, para ser sincero, se ponía más bien rígido. Así que fue sustituido por un normi llamado Boris Karloff.

—Suena divertido —Frankie enroscó un dedo en el cinturón de seda de su bata, lamentando no haber estado viva en aquel entonces.

—Lo *era* —Viktor detuvo su marcha y miró a su hija cara a cara; su amplia sonrisa se fue desvaneciendo como la luz en el atardecer—. Hasta que las películas se proyectaron.

—¿Por qué? —preguntó Frankie.

—Nos retrataban como terroríficos y malvados enemigos de la gente, a la que en algunos casos les chupábamos la sangre —Viktor volvió a pasear de un lado a otro de la estancia—. Los niños normis chillaban, aterrados, al vernos. Sus padres dejaron de invitarnos a su casa. Y ya nadie quería hacer negocios con nosotros. Nos convertimos en marginados de la noche a mañana. Los RAD experimentamos la violencia, el vandalismo. Nuestra vida, tal como la conocíamos, había terminado.

—¿Nadie se rebeló? —preguntó Frankie, recordando las numerosas batallas históricas libradas por razones semejantes.

—Lo intentamos —Viktor negó con la cabeza, apenado por el intento fallido—. Pero las protestas resultaron inútiles. Se convirtieron en frenéticas sesiones de autógrafos para los intrépidos aficionados al terror. Y cualquier acción más enérgica que una manifestación de protesta nos habría hecho parecer las bestias rabiosas por las que los normis nos tomaban.

—¿Y entonces qué hicieron? —Frankie se pegó más a su madre.

Se envió una alerta secreta a todos los RAD, urgiéndolos a que abandonaran sus hogares y negocios y se reunieran en Salem, donde vivían las brujas. La esperanza residía en que las brujas se identificaran con nuestra lucha y nos acogieran. Juntos, formaríamos una comunidad nueva y empezaríamos desde el principio.

—Pero los juicios a las brujas de Salem tuvieron lugar en 1692 o por ahí, ¿no? Y tú me estás hablando de la década de 1930 —argumentó Frankie.

Viktor dio una palmada de aprobación y señaló a su hija como el efusivo presentador de un concurso televisivo.

—¡Eso es! —exclamó con entusiasmo, enorgulleciéndose de los conocimientos implantados de su niña.

Viveka besó a Frankie en la frente.

—Lástima que el zombi descerebrado que lanzó la alerta no fuera tan listo como tú.

—Sí —Viktor se alisó el pelo con la mano—. No sólo las brujas habían desaparecido mucho tiempo atrás, sino que el muy idiota también se confundió de Salem. Tenía en mente el Salem de Massachussets, pero dio las coordenadas del Salem de Oregon. Los RAD se percataron del error, pero no había tiempo para cambiar de rumbo. Tuvieron que huir antes de que los acorralaran y los encerraran en la cárcel.

»Cuando llegaron a Oregon, decidieron sacar la máxima ventaja. Hicieron un fondo común con el dinero de todos, se disfrazaron de normis, construyeron Radcliffe Way y juraron protegerse unos a otros. Nos queda la esperanza de que algún día podamos volver a vivir sin escondernos; pero hasta que llegue ese momento, pasar inadvertidos es crucial. Ser descubiertos nos obligaría de nuevo al exilio. Nuestros hogares, profesiones y estilos de vida serían aniquilados.

—Por eso es importante que te cubras la piel y ocultes tus tornillos y costuras —explicó Viveka.

—¿Dónde están los suyos? —preguntó Frankie.

Viveka levantó su chalina negra y guiñó un ojo. Dos relucientes tornillos le devolvieron el guiño.

Viktor bajó la cremallera de su sudadera de cuello alto y dejó a la vista sus piezas de ferretería.

—*Elec-trizante* —susurró Frankie, pasmada.

—Voy a preparar el desayuno —Viveka se levantó y se alisó las arrugas del vestido—. El maquillaje viene con un DVD explicativo —comentó—. Deberías ponerte a practicar cuanto antes.

Uno detrás del otro, sus padres la besaron en la frente y se dispusieron a cerrar la puerta detrás de ellos.

Viveka volvió a asomar la cabeza.

—Recuerda —dijo—, tienes que haber aprendido y asimilado todo esto antes de que empiecen las clases.

Acto seguido, cerró la puerta con suavidad.

—De acuerdo —Frankie sonrió, recordando que aquella conversación tan ilustrativa había empezado por lo mejor. ¡Iba a asistir al *instituto*!

Empleando un dedo del pie para apartar la pila de lana picante como quien aparta una ardilla muerta, Frankie apartó de su vista el espantoso traje sastre. Nadie llevaba traje sastre de lana en esa temporada.

Sólo para estar segura, consultó el ejemplar de *Teen Vogue* dedicado al regreso a clases. Tal como había sospechado, aquel año se llevaban los tejidos ligeros, los tonos intensos y los estampados de animal. Las bufandas y la bisutería exagerada eran los accesorios imprescindibles. La lana estaba tan pasada de moda que ni siquiera figuraba en la lista de la ropa *out*.

Los artículos de revista resultaban de lo más revelador. No sólo los de *Teen Vogue,* sino también los de *Seventeen* y *CosmoGirl.* Todos hablaban de ser auténtica, de mostrarse natural, de querer el propio cuerpo tal como es y ¡de volverse ecológicamente verde! Los mensajes eran todo lo contrario a los de Vik y Viv.

«Mmm».

Frankie se giró para mirarse en el espejo de cuerpo entero que se hallaba apoyado en el armario amarillo. Se abrió la bata y examinó su cuerpo musculoso y de proporciones exquisitas. Los artículos estaban en lo cierto. ¿Qué más daba que su piel fuera verde, o que sus extremidades estuvieran unidas con costuras? Según las revistas, las cuales estaban mucho más actualizadas que sus padres —sin ánimo de ofender—, se suponía que tenía que querer a su cuerpo tal y como era. ¡Y lo quería! Por lo tanto, si los normis leían revistas (lo que obviamente hacían, puesto que ahí aparecían), la querrían a ella también. Lo natural estaba de moda.

Además, Frankie era la niñita perfecta de papá. ¿Quién no desearía la perfección?

CAPÍTULO 5
EL ARTISTA SEDUCTOR

A pesar de lo temprano de la hora, Melody y Candace salieron a Radcliffe Way con la energía ilimitada de dos chicas que han estado encerradas en un todoterreno durante catorce horas. Sorprendentemente, el vecindario era un hervidero de actividad. Al final de la calle, unos niños daban vueltas al callejón sin salida en sus bicicletas; y unas cuantas puertas más abajo, una familia entera de deportistas jugaba futbol en el jardín delantero.

—¿Será una sola familia? —preguntó Melody al aproximarse a la cavernosa vivienda de piedra, donde no menos de diez atractivos chicos melenudos embestían con el balón.

—Los padres deben de haberlos tenido de dos en dos —especuló Candace mientras se ahuecaba el pelo.

De pronto, el juego aminoró el ritmo y luego se detuvo, mientras el pelotón observaba a las hermanas Carver pasar de largo.

—¿Por qué todo el mundo se nos queda mirando? —masculló Melody sin apenas mover los labios.

—Acostúmbrate —repuso Candace también por lo bajo—. La gente te mira fijamente cuando eres guapa —sonrió a modo de saludo a los jóvenes que por ahí se hallaban; todos ellos con sus adorables matas de color marrón y un rubor tan intenso en las mejillas que podría proceder de un colorete de Maybelline. El humo de la barbacoa, del tamaño de un tanque, hacía circular el penetrante olor a costillas asadas por todo el vecindario, a una hora en que la mayoría de la gente no había terminado aún su primera taza de café.

Melody se agarró su estómago vacío. Una buena comida a modo de desayuno sonaba genial en ese preciso instante.

—Me encantaste en el catálogo de J. Crew del mes pasado —dijo Candace elevando la voz.

Los chicos intercambiaron miradas de perplejidad.

—¡*Candace!* —Melody dio una palmada a su hermana en el brazo.

—Diviértete un poco, ¿no? —Candace se echó a reír al tiempo que hacía sonar sobre la acera las plataformas plateadas de su madre.

—Cuando pasamos, todos nos miran como si viniéramos de otro planeta.

—Es que *venimos* de otro planeta —Candace se ajustó las tiras del cuello de su overol de Missoni.

—Igual es porque vas vestida de sábado por la noche un domingo por la mañana.

—Pues yo estoy segura de que es porque tú vas vestida *hoy* del viaje por carretera de ayer —replicó Candace—. Nada mejor para hacer amigos que una camiseta gris sudada y unos *jeans* extra grandes.

Melody contempló la posibilidad de contraatacar, pero optó por abstenerse. No cambiaría nada. Candace siempre seguiría en la creencia de que la belleza exterior era la clave del éxito. Y Melody siempre abrigaría la esperanza de que la gente fuera más profunda que todo eso.

Recorrieron en silencio lo que quedaba de Radcliffe Way. La serpenteante calle atravesaba una especie de bosque o barranco; las viviendas a ambos lados tenían jardines delanteros cubiertos de hierba y densos y selváticos matorrales en los patios traseros. Pero ahí terminaban las similitudes. Como en el caso de los leños de la cabaña de la familia Carver, únicos y diferentes entre sí, cada una de las casas contaba con características particulares que la hacía diferente a las demás.

El cubo de hormigón gris al final de la calle estaba cercado con una espantosa maraña de cables y líneas telefónicas; la antigua mansión de estilo victoriano se encontraba a la sombra de un dosel de enormes hojas de arce del que se desprendía una incesante ráfaga de semillas con forma de hélice que, como un helicóptero, caían sobre el suelo cubierto de musgo; una piscina con fondo negro y docenas de fuentes con criaturas marinas en miniatura hacían las delicias de los residentes en el número 9 de Radcliffe Way: aunque el sol se ocultaba bajo un edredón de nubes plateadas, los dueños de la casa estaban en el exterior, nadando y salpicando por todas partes como un banco de delfines juguetones.

Por momentos, iba saltando a la vista que Salem era un pueblo que aplaudía la individualidad, un lugar en el que verdaderamente se vivía y se dejaba vivir. Melody sintió una punzada de añoranza en el estómago. Su antigua nariz habría encajado allí.

—¡Mira! —señaló el coche multicolor que pasó junto a ellas a gran velocidad. Las portezuelas negras provenían de un Mercedes cupé; el cofre blanco, de un BMW; la cajuela plateada era de un Jaguar; el techo descapotable, Lexus; las llantas blancas, Bentley; el equipo de sonido, Bose; y la música, clásica. Un emblema de cada marca colgaba del espejo retrovisor. La placa acertadamente rezaba: MUTT (como los coches utilizados en las «carreras monstruosas», muy populares en Estados Unidos).

—Ese cacharro parece un anuncio de Benetton en movimiento.

—O un choque múltiple en Rodeo Drive —Candace tomó una foto con su iPod y se la envió por *e-mail* a sus amigas de Beverly Hills. Éstas respondieron al instante, con una fotografía de lo que estaban haciendo. De seguro tendría que ver con el centro comercial, porque Candace aceleró el paso una vez que giraron por Staghorn Road y empezó a preguntar a las personas de menos de cincuenta años acerca de los lugares que frecuentaba la gente bien.

La respuesta fue unánime: el Riverfront. Pero no estaría en apogeo hasta pasadas unas cuantas horas.

Tras una relajada parada para tomar un café con leche y varias pausas para echar una ojeada a tiendas de ropa (cuyos artículos Candace tachó de «incomprables»), se acercó por fin el mediodía. Con ayuda del plano de Beau y la amabilidad de los desconocidos, las dos hermanas fueron recorriendo el adormecido pueblo hasta llegar a Riverfront, llenas de cafeína y dispuestas a anunciar su presencia a la gente bien de Salem.

—¿Es *esto*? —Candace se detuvo en seco, como si se hubiera estrellado contra un panel de cristal—. ¿Éste es el epicentro del noroeste chic? —les gritó al carrito de helados, al parque infantil y al edificio de ladrillo que albergaba un tiovivo.

—Mmm, huele a vestíbulo de cine —anunció Melody, aspirando el aire impregnado del aroma a palomitas de maíz y *hot-dogs*.

—Por mucho que te hayas operado, sigues siendo Narizotas —comentó Candace en plan de broma.

—Ay, cuánta gracia —Melody puso los ojos en blanco.

—No, para nada —resopló Candace—. Esto no tiene ninguna gracia. De hecho, es una auténtica pesadilla. *¡Escucha!* —señaló el tiovivo. Una frenética música de organillo —imprescindible en las bandas sonoras del cine de terror y las escenas de payasos psicópatas— se burlaba de ellas con su alegre ritmo, amenazante y festivo.

—La única persona de más de ocho años y de menos de cuarenta es ese cretino de allí —Candace señaló a un chico solitario sentado en un banco de madera—. Y me parece que está llorando.

Tenía los hombros encorvados y la cabeza le colgaba sobre un bloc de dibujo. Levantaba los ojos para echar rápidas ojeadas al tiovivo que giraba sin cesar; luego, continuaba garabateando.

Las axilas de Melody se empaparon de sudor, pues su cuerpo reconoció al chico antes que su cerebro.

—Larguémonos de aquí —dijo mientras tiraba del delgado brazo de Candace.

Demasiado tarde. Los labios de su hermana se curvaron con deleite y sus sandalias de plataforma se mantuvieron bien pegadas a la acera, salpicada de chicles.

—¿No es ése…?

—¡No! Ya vámonos —insistió Melody mientras tiraba de su hermana con más fuerza—. Creo que vi ahí atrás unos almacenes Bloomingdale's. Vamos.

—¡Sí, es él! —Candace arrastró a Melody en dirección al chico. Sonriendo de oreja a oreja, lo llamó:

—¡Eh, vecino!

El chico levantó la cabeza y se retiró de la cara un mechón de pelo castaño. A Melody se le encogió el estómago. De cerca, era todavía más mono.

Unas grandes gafas negras rodeaban sus impresionantes ojos avellana, otorgándoles el aspecto de fotografías de relámpagos en un cielo oscuro, enmarcadas de negro. Tenía la clásica apariencia de un superhéroe disfrazado de *nerd* para pasar de incógnito.

—Te acuerdas de mi hermana, la de la ventana, ¿verdad? —preguntó Candace con un rastro de venganza, como si Melody tuviera la culpa de que Riverfront fuera un horror.

—Eh… hola… soy Melody —acertó a decir sin poder evitar que las mejillas le ardieran.

—Jackson —el chico bajó los ojos.

Candace pellizcó la camiseta blanca de cuello redondo del vecino.

—Por poco no te reconocemos con la camiseta puesta.

Jackson esbozó una sonrisa nerviosa; incómodo, clavó los ojos en su dibujo.

—Eres, no sé, *superlindo* —ronroneó Candace, cuando en realidad quería decir que era un *nerd* que no estaba nada mal—. ¿No tendrás por casualidad un hermano mayor que vea bien… o que lleve lentes de contacto? —añadió.

—No —el cutis liso y pálido de Jackson se sonrojó—. Soy hijo único.

Melody se ciñó los brazos al cuerpo para ocultar el sudor de las axilas.

—¿Qué estás dibujando? —preguntó. Sin ser la más emocionante de las preguntas, era mejor que cualquier cosa que a Candace se le pudiera ocurrir.

Jackson consultó su bloc de dibujo como si lo viera por primera vez.

—El tiovivo, nada más. Ya sabes, girando.

Melody examinó la mancha borrosa de tonos pastel. En el interior del nebuloso arco iris se adivinaban sutiles siluetas de niños y de caballos de cartón. El dibujo tenía un toque vaporoso, escurridizo, como el persistente recuerdo de un sueño que aparece y desaparece en destellos fragmentados a lo largo del día.

—Es muy bueno, en serio —alabó con sinceridad—. ¿Llevas mucho tiempo haciéndolo?

Jackson se encogió de hombros.

—Media hora, o algo así. Estoy esperando a mi madre. Tenía una reunión por aquí cerca, de modo que…

Melody soltó una risita.

—No, me refiero a que si llevas mucho tiempo dibujando. Ya sabes, como de *hobby*.

—Ah —Jackson se pasó una mano por el pelo. Los mechones alborotados volvieron a caer en el mismo sitio, como las cartas cuando se barajan—. Bueno, no sé, unos años.

—Qué bien —Melody asintió.

—Sí —repuso Jackson también asintiendo.

—Genial —Melody volvió a asentir.

—Gracias —repuso Jackson asintiendo de nuevo.

—De nada —Melody asintió.

La música de organillo, que llegaba desde el tiovivo a todo volumen, de pronto sonó aún más alta. Como si al procurarles una distracción tratara de salvarlos de sus monosilábicos gestos de asentimiento.

—Y, eh, ¿de dónde son? —Jackson preguntó a Candace mientras examinaba su exótica vestimenta.

—De Beverly Hills —repuso ella, como si resultara tan obvio que debiera haberlo adivinado.

—Nos mudamos a Salem por mi asma —anunció Melody.

—Muy *sexy*, Mel, di que sí —Candace suspiró, dándose por vencida.

—¿Qué tiene? ¡Es verdad!

Las tensas facciones de Jackson se relajaron hasta esbozar una amplia sonrisa. Era como si la confesión de Melody hubiera sacado a bailar a su seguridad en sí mismo, y ésta hubiera aceptado.

—Bueno, mmm, ¿has oído hablar del instituto Merston? —preguntó ella; sus palabras proporcionaban la música necesaria para el baile.

—Sí —Jackson se deslizó hacia un lado, ofreciendo en silencio la mitad del banco—. Ahí estudio yo.

Melody se sentó, con los brazos aún pegados a los costados por si estuviera situada a favor del viento.

—¿En qué curso?

Candace estaba de pie, al lado de ambos, escribiendo mensajes en el celular.

—Voy a entrar a cuarto de bachillerato.

—Yo también —Melody sonrió más de lo necesario.

—¿De veras? —Jackson le devolvió la sonrisa. O, más bien, su sonrisa seguía ahí, desde antes.

Melody asintió.

—Bueno, ¿cómo es la gente? ¿Agradable?

Jackson bajó los ojos y se encogió de hombros. Su sonrisa se desvaneció. La música dejó de sonar. El baile había terminado. El olor aceitoso de sus pinturas al pastel se quedó flotando, como la colonia de alguien que te gusta.

—¿Qué pasa? —preguntó Melody, ahora triste, mientras el corazón le daba golpes al ritmo de un desconsolado canto fúnebre.

—La gente está bien, supongo. Sólo que mi madre es la profesora de ciencias y es bastante estricta, así que no estoy, lo que se dice, en la lista de marcación rápida de nadie.

—Puedes estar en la mía —se ofreció Melody con amabilidad.

—¿En serio? —preguntó Jackson, a quien la frente se le empezaba a empapar de sudor.

Melody hizo un gesto de asentimiento; ahora, su corazón latía a un ritmo más animado. Se encontraba sorprendentemente cómoda con aquel desconocido. Tal vez porque no estaba sólo mirándola a la cara; la miraba *más allá*. Y no dejaba de hacerlo aunque Melody siguiera vestida con ropa de viaje sudada y a los chicos superlindos les contara que tenía asma.

—De acuerdo —Jackson le examinó la cara por última vez y luego garabateó su número de celular en el bloc, con un pintura al pastel de color rojo—. Toma —arrancó la hoja del bloc, se la entregó y, con un gesto fugaz, se secó la frente con el dorso de la mano—. Será mejor que me vaya.

—De acuerdo —Melody se levantó al mismo tiempo que él, movida por la energía de la conexión entre ambos.

—Nos vemos —Jackson hizo un torpe gesto de despedida con la mano, se giró hacia el tiovivo en movimiento y se alejó a toda prisa.

—Bien hecho —Candace soltó su celular en el interior del bolso metálico—. Los chicos superlindos son geniales para practicar. Y ahora, vayamos a buscar algo de comer —paseó la vista por el parque—. Tiene que haber algún sitio por aquí donde no vayamos a pescar salmonela.

Melody siguió a Candace por los serpenteantes pasajes, sonriendo abiertamente al número de teléfono escrito en rojo. Una cosa era pedírselo; armarse de valor para llamar sería otra bien distinta. Aun así, lo había conseguido. Él se lo había dado. *Voluntariamente.* De ese modo, permitiendo a Melody reproducir en su cabeza los detalles de la conversación entre ambos tantas veces como quisiera, sin tener que preguntarse si la atracción era mutua o no.

Y eso era lo que pensaba hacer.

—¿Qué tal un *hot-dog* y una Coca-Cola *light*? —sugirió Candace.

—Paso —Melody sonrió al hermoso cielo cubierto de nubes. Ya no se sentía el estómago vacío. Para nada.

CAPÍTULO 6

NADA ES LO QUE PARECE

Viveka llamó a la puerta del laboratorio.

—¡Apúrense! ¡Vamos a llegar tarde!

—¡Ya voy! —respondió Frankie, al igual que las cuatro veces anteriores. Pero lo que en realidad quería decir era: «La prisas no son buenas consejeras si buscas la perfección». Porque el modelito que estaba preparando para las *fashionratas* era, en efecto, la perfección. O lo sería MUY pronto, en cuanto eligiera unas gafas de sol.

—¿Les gustan las blancas? —se colocó una montura extragrande de plástico y adoptó una pose con la mano en la cadera y la barbilla hacia fuera—. ¿O las verdes?

Un volcán de ropa en plena erupción cubría el suelo, dificultando que Frankie pudiera desplazarse y efectuar giros frente a las ratas blancas de laboratorio, sobre todo con las supercuñas de tono rosa metálico. Pero las ratas captaron la idea sin necesidad de gran alharaca. Después de todo, llevaban colaborando las últimas tres horas, y, hasta el momento, habían hecho un papel más que aceptable. Rascando una vez para indicar «sí» y dos veces para decir «no», habían elegido el top de tirantes a rayas blancas y negras y la minifalda de flores. La mezcla de estampados era de lo más *fashion*.

—¿Blancas o verdes? —insistió Frankie.

Tres ratas exhaustas yacían amontonadas. Sin embargo, las dos restantes rascaron una vez a favor de las gafas blancas. Una elección muy acertada, ya que las verdes no resaltaban precisamente sobre el cutis de Frankie, y pasar inadvertida era lo último que deseaba en su primer día en el instituto de normis.

Se recogió el pelo en una coleta alta y oscilante, se aplicó brillo en sus labios carnosos y frotó una muestra de revista de Sensuous, el perfume de Estée Lauder, en los tornillos del cuello. Porque, como decía el ejemplar: «Cada mujer lo lleva a su manera».

—¡Deséenme suerte, ratitas! —besó la jaula de cristal, dejando la huella de unos labios rosa brillante.

Las otras dos ratas se desplomaron sobre el montón de pelaje salpicado de purpurina.

—¡Ya estoy! —anunció Frankie.

Sus padres se encontraban de pie en la cocina, junto a la isla de acero inoxidable, alternando mordiscos del mismo pan y bebiendo café a gran velocidad, lo que obviamente hacían a modo de entrenamiento, para aparentar que eran normales. Porque, al igual que Frankie, recargaban sus respectivas baterías y no necesitaban comer.

La vivienda en forma de «L», con sus pronunciadas aristas y su tendencia minimalista al color blanco, desprendía el olor eléctrico a tostadas quemadas y el olor a amoniaco propio de la eficacia. La luz matinal se aproximaba a las ventanas esmeriladas en busca de un resquicio por donde entrar.

El ambiente era el de siempre pero, al mismo tiempo, resultaba muy distinto. Vivo. Alegre. Electrizante. Y es que, por primera vez en su vida, Frankie tenía autorización para salir de la casa.

—¡No vas a ir a ningún sitio vestida así! —Viktor golpeó su tazón blanco de café sobre el periódico abierto.

—Frankie, ¿dónde está el traje de pantalón? —Viveka se dirigió a su hija. El maquillaje de su madre, el vestido gris de cuello tortuga, los *leggings* negros y las botas por encima de la rodilla habían adquirido un nuevo significado ahora que Frankie conocía la verdad.

—¿Por qué no llevas tu F&F? —bramó Viktor.

—¡Ve de *verde*! —exhortó Frankie, al estilo de las revistas—. Es uno de los mensajes más importantes de nuestro tiempo. Además, estoy orgullosa de quién soy y de cómo me hiciste. Y si a la gente no le gusto por no ser normi es su problema, no el mío.

—De ninguna manera vas a salir de casa así —Viktor se mantuvo firme—, con los tornillos y las costuras al aire. Ni hablar.

—¡Papá! —las yemas de los dedos de Frankie echaban chispas—. Los trajes de pantalón no se usan —pateó la moqueta blanca con su plataforma. Lamentablemente, el mullido tejido amortiguó su frustración y no acertó a expresar la urgencia de Frankie.

—Tu padre tiene razón —intervino Viveka.

Frankie lanzó una mirada asesina a sus padres, del color de la masa de galletas, al tiempo que respiraba al ritmo condescendiente de la obstinación recíproca.

—Ve a cambiarte —exigió Viktor—, antes de que se nos haga tarde.

Frankie se marchó a su habitación dando pisotones. Segundos después, emergió con una bufanda marrón y brazaletes de cuero, pero sólo porque *Teen Vogue* los había aprobado como accesorio fundamental para el otoño. Esbozó una sonrisa insolente.

—Ya está. Las costuras y los tornillos no se ven. ¿Nos vamos?

Viveka y Viktor intercambiaron una mirada y luego se encaminaron a la puerta lateral que conectaba con el garaje. Frankie los siguió con su conjunto superfabuloso y su sonrisa triunfal. A toda velocidad, iba camino de convertirse en una chica de fábula.

Biiip. Las puertas del todoterreno Volvo de color negro se abrieron.

—¿Y si llevamos a *Mutt*? —sugirió, acariciando un recuerdo implantado de un viaje familiar a Silver Falls y deseando experimentarlo en la vida real.

—Creo que deberíamos llevar algo menos llamativo —insistió Viktor.

—Pero, papá, tunear los coches está de supermoda —explicó Frankie—. Y *Mutt* es la cocheficación del tuneo. A la gente del instituto le va a encantar.

—¡*Cocheficación* no es una palabra, Frankie! —amonestó su padre con tono severo—. Y ya hemos terminado de negociar.

El trayecto hasta el instituto fue interminablemente aburrido. Los árboles, los coches, las casas e incluso los normis que vio al otro lado de las ventanillas tintadas no resultaban diferentes en la vida real a los de sus recuerdos simulados.

La gran emoción consistiría en respirar aire puro. Pero las ventanillas abiertas estaban estrictamente prohibidas, ya que no se había aplicado una capa de maquillaje F&F. Así que lo de la respiración tendría que esperar.

Tras un trayecto de dos horas, por fin el Volvo negro llegó a Mount Hood High. Frankie no daba crédito a que no hubiera un instituto más cercano, pero no se atrevió a decir palabra. Sus padres ya estaban bastante enfadados, y temía que otra discrepancia con ellos la devolviera a casa.

Sin apenas molestarse en contemplar la espectacular montaña que dominaba el paisaje, o las hojas de tonalidades rojas y amarillas que se desprendían de los árboles y flotaban a la deriva, Frankie se bajó del coche y, por primera vez, disfrutó del aire libre. Limpio, fresco y sin formol, desprendía el aroma del agua de manantial al caer sobre un cuenco lleno de tierra. Se quitó las gafas de montura blanca y levantó su rostro verde en dirección al cielo. El sol, ahora sin filtros, le envolvió la piel y la calentó. Los ojos se le humedecieron por la luz deslumbradora. ¿O era sólo alegría?

Igual daba que Frankie no supiera adónde ir. O que nunca antes se hubiera arriesgado a alejarse de sus padres. Éstos le habían proporcionado tantos conocimientos, tanta seguridad, que no dudaba de que acabaría encontrando el camino. Y disfrutaría con ello.

Resultaba extraño ver el recinto del instituto desierto, con tan pocos coches en el estacionamiento. Estuvo tentada de preguntar a sus padres dónde estaba todo el mundo, aunque decidió abstenerse. No fueran a pensar que no estaba preparada.

—¿Estás segura de que no te quieres poner el maquillaje? —preguntó Viveka, sacando la cabeza por la ventanilla del pasajero.

—Convencida —declaró Frankie. El sol en los brazos le proporcionaba más energía que Carmen Electra—. Nos vemos después de las clases —esbozó una sonrisa y les lanzó un beso al aire antes de que sucumbieran a la crisis emocional del nido vacío—. Buena suerte en su primer día de trabajo.

—Gracias —respondieron. Al unísono, claro.

Frankie se encaminó con paso tranquilo hacia las puertas de entrada, olfateando como si estuviera en un bufet al aire libre en el que se pudiera respirar a voluntad. Notaba que sus padres la seguían con la mirada mientras atravesaba el estacionamiento vacío, pero se negó a volver la vista atrás. A partir de ese momento, se trataba de avanzar hacia delante.

Subió los once escalones amplios que conducían a la entrada, disfrutando del leve hormigueo de dolor que el auténtico ejercicio provocaba en sus piernas. Sentirlo era muy distinto a conocer su existencia.

Tras una breve pausa para recobrar el aliento, Frankie alargó la mano para agarrar el picaporte y...

—¡Pum! —la puerta la golpeó en la mejilla. Con los tornillos echando chispas, extendió una mano sobre el dolorido semblante y agachó la cabeza.

—¡Ay, no! ¿Estás bien? —preguntó un grupito de chicas en diferentes tonos de voz. Se apiñaron a su alrededor como el horizonte urbano de Nueva York. Una mezcla de perfumes ahuyentó el aire fresco que tanto agradaba a Frankie y el aroma afrutado le provocó náuseas.

—Fue sin querer —explicó una de las chicas mientras le acariciaba la coleta, recogida en lo alto—. No te vimos. ¿Tienes problemas de vista?

El amistoso gesto proporcionó a Frankie una sensación más cálida que el mismísimo sol. ¡Las normis eran simpáticas!

—Estoy bien —sonrió y levantó la cabeza—. Sólo fue el susto, ya sabes.

—Pero ¿qué...? ¿Qué es esto? —una rubia con uniforme de animadora amarillo y verde dio un paso atrás.

—O te mareaste tremendamente en el coche o... tienes la piel... ¡verde! —observó otra rubia.

—¿Es una broma? —preguntó una tercera, retrocediendo por si las moscas.

—No, el color menta es de verdad —Frankie sonrió modestamente y tendió la mano para estrecharla en señal de amistad. El puño de la manga se retiró hacia atrás y dejó al descubierto una muñeca rodeada de costuras, pero a Frankie le dio igual. Así era ella. Con sus tornillos y todo lo demás—. Soy nueva, me llamo Frankie y vengo de...

—¿Una fábrica de peluches? —preguntó una de las chicas, alejándose poco a poco.

—¡Es un monstruo! —chilló la única morena. Se sacó un celular del sostén, marcó el 911 de emergencias y salió disparada hacia el vestíbulo del instituto.

—¡Aaaaaah! —gritaron las demás, contorsionando sus extremidades como si las tuvieran plagadas de bichos.

—¡Te dije que entrenar los domingos traía mala suerte! —gimoteó una del grupo.

Las chicas regresaron despavoridas al interior del edificio y, a toda velocidad, empezaron a amontonar sillas tras las puertas, arrastrándolas por el suelo con gran estruendo.

«¿Domingo?»

Un escándalo de sirenas llegó desde la distancia. El Volvo negro frenó al pie de los escalones con un chirrido de llantas y Viktor se bajó de un salto.

—¡Deprisa! —gritó Viveka desde la ventanilla abierta.

Con la mente en blanco y el cuerpo paralizado, Frankie observó que su padre corría hacia ella.

—¡Larguémonos de aquí! —vociferó él.

Las sirenas se aproximaban.

—Quería enseñarte una lección —masculló Viktor al tiempo que levantaba en alto a su hija y la trasladaba a lugar seguro—, pero no debería haber permitido que llegara tan lejos.

Frankie rompió a llorar mientras su padre abandonaba el estacionamiento a toda velocidad y giraba por Balsam Avenue con las ruedas chirriando. El Volvo se fundió con el tráfico en el mismo momento en que un conjunto de patrullas se detenían junto al instituto y lo rodeaban.

—¡Por un pelito! —comentó Viveka con voz suave, y las lágrimas empezaron a surcarle las mejillas.

Viktor concentraba toda su atención en la carretera que tenía por delante. Su bizquera se mantenía inquebrantable y sus finos labios permanecían sellados. El sermón de «te-lo-dije» resultaba innecesario. Tampoco hacía falta una disculpa por parte de Frankie. Lo que había ocurrido era evidente y estaba claro que cada uno de los tres podría haber actuado de otra manera. Sólo quedaba una cuestión por resolver: y ahora, ¿qué?

Frankie lanzó una mirada furiosa a su rostro empapado de llanto, reflejado en el cristal de la ventanilla. La amarga verdad le devolvió la mirada. Su apariencia física daba miedo.

Una a una, las lágrimas le fueron cayendo de los ojos como si de una cadena de montaje se tratara: formar, caer, resbalar... formar, caer, resbalar... Y cada lágrima evocaba algo que Frankie había perdido. Esperanza. Fe. Confianza en sí misma. Orgullo. Seguridad. Confianza en los demás. Independencia. Alegría. Belleza. Libertad. Inocencia.

Su padre encendió el radio.

—... el monstruo que presuntamente fue visto en el instituto Mount Hood ha sumido en un estado de absoluto pánico a cuatro integrantes del equipo de animadoras.

La noticia viajaba a toda velocidad.

—Viktor, apágale —solicitó Viveka entre sollozos.

—Es importante saber qué han averiguado —repuso él, subiendo el volumen—. Tenemos que evaluar los daños.

Frankie soltaba chispas.

—Dinos exactamente lo que viste—indicó una grave voz masculina a través de la radio.

—Ella era verde. Bueno, creo que era hembra, aunque no se distinguía bien. Todo ocurrió muy deprisa. Se hacía pasar por humana y, de repente, se lanzó contra nosotras —la voz de la chica se empezó a quebrar— como una especie de... *¡bestia extraterrestreeeee!*

La tristeza de Frankie se tornó en indignación.

—¡Pero si sólo intentaba presentarme!

—Ahora estás a salvo —repuso el entrevistador, tratando de consolar a la testigo—. ¿Y si te tomas un respiro? —sugirió, y su voz se amortiguó temporalmente.

Cuando regresó al micrófono, su tono era totalmente profesional.

—En la ciudad de Salem, el primer avistamiento de monstruos se produjo en los años cuarenta —explicó—, cuando una manada de hombres lobo, que entre los dientes sujetaban bolsas de McDonald's, fue detenida en la frontera entre California y Oregon. El asunto no volvió a repetirse hasta el año 2007, cuando un niño llamado Billy empezó a desaparecer como por arte de magia ante los ojos de la gente. Y ahora, una bestia alienígena de color verde ha sido descubierta en el instituto Mount Hood...

Viveka apagó el radio de golpe.

—Al menos, buscan a un extraterrestre —soltó un suspiro de alivio.

—Frankie —Viktor miró a los ojos a su hija por el espejo retrovisor—. Las clases empiezan el martes. Después del Día del Trabajo. En tu instituto de verdad. Se llama Merston High y está a tres manzanas de nuestra casa. Pero no te permitiremos asistir a menos que...

—Ya lo sé. Entiendo —Frankie sorbió por la nariz—. Me lo pondré todo. Lo prometo.

Y hablaba en serio. Sus ganas de apoyar lo verde habían desaparecido.

CAPÍTULO 7
ZONA LIBRE DE AMIGOS

El timbre que anunciaba la hora del almuerzo sonó con un *tuuu, tuuu,* como un teléfono ocupado. Era oficial: la primera mañana en Merston High había llegado a su fin. Ya no se trataba del lugar misterioso que Melody había imaginado, repleto de infinitas posibilidades y promesas que conducirían a la esperanza de un mañana mejor. Era completa y fastidiosamente normal. Como cuando por fin conoces a un novio por Internet después de meses de flirteo *online:* la realidad nunca está a la altura de la fantasía. Resultaba aburrido, predecible y mucho menos atractivo que en las fotos.

Desde el punto de vista arquitectónico, el edificio rectangular de ladrillo mostaza era más plano que un paquete de Trident. El olor a sudor, a lápiz, a goma de borrar y a libros de biblioteca —que sin duda acabaría por provocarle un dolor de cabeza (de los que produce el olor a sudor, a lápiz, a goma de borrar y a libros de biblioteca) antes de las dos de la tarde— era el típico de siempre. Y las bobaliconas frases grabadas en los pupitres («¡MUÉRDEME, LALA!», «ME

ABURRO» O «CRETINO LIBRE DE GLUTEN») palidecían frente a las que solía ver en el instituto de Beverly Hills, las cuales resultaban bastante más explosivas.

Vencida por el cansancio, el hambre y el desengaño, Melody se sentía como una refugiada —sólo que un poco más *fashion*— a medida que avanzaba junto a las masas en busca de alimento. Con los *jeans* negros ajustados de Candace (por insistencia de su hermana), la camiseta rosa del grupo The Clash y los Converse rosas, representaba la vuelta a los años setenta en un instituto que aún no había abandonado la moda «sesentera». Su conjunto rosa, estilo *punk* chic, resultaba en exceso estridente entre las faldas de vuelo y las prendas de franela, lo que provocaba que se sintiera como quien se ha equivocado de concierto. Hasta su melena negra le colgaba con la clásica apatía antisistema, por culpa de un envase de viaje lleno de acondicionador al que le habían adherido erróneamente la etiqueta de «CHAMPÚ».

Abrigaba la esperanza de que su ropa de chica mala demostrara a los alumnos de Merston High que no era la Narizotas del pasado, el blanco de tantas burlas. Y, al parecer, surtió efecto, porque casi nadie le prestó atención en toda la mañana. Unos cuantos chicos del montón la miraron con considerable interés. Como si Melody fuera una porción de tarta en un carrito de pasteles que pasara por allí y decidieran que valía la pena dejar sitio para el postre. En algunos casos llegó incluso a devolver la sonrisa, engañándose al pensar que la miraban por ella misma y no por la labor de perfecta simetría llevada a cabo por su padre. Era lo que había creído con respecto a Jackson, pero se había equivocado.

Desde la conversación entre ambos en Riverfront, aquel chico encantador que había escrito su número de teléfono con una pintura roja había estado D.E.C. (desaparecido en combate) física y tecnológicamente. Tras pegar con cinta adhesiva la hoja del bloc de Jackson en la pared de troncos de su dormitorio, lo incluyó en su lista de marcación rápida con una «J». Y bien rápido marcó. Pero él no respondió. Melody rememoró una y otra vez el encuentro entre ambos: leía entre líneas, buscaba un doble sentido en las palabras, repasaba cada gesto... y no encontraba explicación lógica alguna.

Tal vez fuera por culpa de la propia conversación, más bien forzada. «Pero ¿no es precisamente la timidez, la torpeza, lo que tenemos en común?», reflexionaba. Tras más de cuarenta horas de análisis, Melody había llegado a una conclusión: debió de haber sido su ropa de viaje.

Entonces, se enteró del «viejo timo de los superlindos», expresión que Candace sacó a relucir mientras se balanceaban en el columpio del porche, disfrutando de su última noche sin deberes del verano.

—Es un clásico —le había explicado Candace después de que el tercer mensaje de texto por parte de Melody tampoco hubiera obtenido respuesta—. El chico se pone en plan superlindo para ganarse la confianza de la chica. Una vez que la consigue, adopta el papel de pájaro libre y abandona el nido un par de días. Esto hace que la chica se interese más por él, ya que ahora está preocupada. Al poco tiempo, la preocupación se convierte en inseguridad. Y entonces —chasqueó los dedos—, él aparece como caído del cielo y la sorprende. La chica siente tal alivio porque no está muerto, y tal felicidad por seguirle gustando, que se lanza a sus brazos. Y una vez en plenas caricias y abrazos —Candace hizo una pausa para mayor efecto—... ¡se convierte en Harry el

Sucio! También conocido en algunos círculos como El Guarro con Botas.

—¡A mí no me está engañando! —insistía Melody, lanzando miradas furtivas a su iPhone. Pero el pájaro libre seguía sin decir ni pío.

—Muy bien —Candace se bajó de un salto del columpio —. Pues no te sorprendas si al final no es el chico que te imaginas —chasqueó los dedos y añadió—: ¡Me piro, vampiro!

Acto seguido, entró en la cabaña con paso firme.

—Gracias por el consejo —dijo Melody elevando la voz, mientras se preguntaba si Jackson la estaría mirando desde la ventana de su dormitorio. Si no estaba allí, ¿dónde se había metido? Y si la estaba mirando, ¿por qué no la llamaba?

De vuelta al presente, Melody trató de zafarse del exhaustivo análisis y, arrastrando los pies, entró en la cafetería con los demás alumnos. Todos se dispersaron para reservar una mesa mientras por los altavoces sonaba *Hope,* la canción estilo *reggae* de Jack Johnson.

Melody se quedó rezagada junto a un puesto donde la gente se apuntaba al comité del Semi de septiembre (fuera eso lo que fuese) y, fingiendo leer la información sobre las diversas actividades voluntarias, evaluó la política que se seguía en el comedor. Había contado con ver a Jackson en el transcurso de la mañana. Además de ser el primer día de instituto, su madre —la señora J—, era profesora de ciencias en el Merston High. Saltaba a la vista que también la había engañado a ella.

El penetrante olor a vaca muerta del rollo de ternera con cátsup resultaba todavía más abrumador que las cuatro «zonas de comida» diferenciadas entre sí. Definidas por el color de las sillas e identificadas por entusiastas letreros pintados a mano, la zona libre de cacahuate era marrón; la zona libre de gluten, azul; la libre de lactosa, naranja; y la libre de alergia, blanca. Los alumnos, cargados con bandejas de los mismos colores, vociferaban para marcar su territorio como quien se abalanza a agarrar asiento para el estreno de *Avatar* en tercera dimensión. Una vez conquistados sus respectivos espacios, se encaminaban con paso tranquilo al mostrador correspondiente para elegir su comida, supervisada por el especialista en dietética, y charlar con sus amigos.

—En Beverly Hills no habría más que una zona en el comedor —comentó Melody a la encargada del puesto, una morena con cara caballuna—: zona libre de comida —se rió por lo bajo de su propio chiste.

Cara Caballo frunció sus pobladas cejas y se puso a ordenar su ya pulcro montón de impresos de solicitud.

«Genial —pensó Melody, apartándose poco a poco de Cara Caballo—. A este paso, acabarán por improvisar una zona libre de amigos para mí sola».

La canción de Jack Johnson terminó y dio paso a otro tema igualmente nostálgico y decadente, interpretado por Dave Matthews Band. Había llegado la hora de que Melody, al igual que la música del altavoz, se pusiera al día. Al menos, podía adosarse a Candace quien, sentada entre otras dos rubias en la zona libre de alergia, le leía la palma de la mano a un chico que estaba como quería.

Melody arrastró por el carril del mostrador su bandeja de color blanco mientras clavaba la vista en la última porción de *pizza* de queso y champiñones. La pareja que aguardaba detrás de ella entrelazaba las manos y echaba una ojeada a las especialidades del día por encima del hombro de Melody. Pero no parecía que los ravioles de carne o las hamburguesas de salmón les interesaran mucho. Estaban enfrascados en una conversación sobre el último mensaje que él había publicado en Twitter. El cual, si Melody no había escuchado mal, trataba sobre un monstruo que había sido visto en los alrededores de Mount Hood.

—Te lo juro, Bek —dijo el chico, con voz baja pero firme—. Quiero atraparlo antes que nadie.

—¿Y qué vas a hacer con él? —preguntó ella, quien parecía genuinamente interesada—. ¡Ah, ya lo sé! Colgarás la cabeza encima de tu cama. Usarás los brazos como percheros; las piernas, como marcos para puertas, y el trasero, como portaplumas.

—De ninguna manera —replicó él con tono ofendido—. Me ganaría su confianza y luego rodaría un documental sobre la migración anual.

«¿La qué?»

Melody no pudo seguir un segundo más fingiendo interés por el puré de papa al ajo. La curiosidad la estaba matando. Con un forzado giro de cabeza, como los que se hacen en el cine para mandar callar a quienes hablan durante la película, Melody contempló a la pareja.

El chico llevaba el pelo teñido de negro y sus mechones desiguales parecían cortados con una cuchilla oxidada, o con el pico de un pájaro carpintero ávido de venganza. Sus ojos traviesos, del azul de la mezclilla, iluminaban su pálido semblante.

Sorprendió a Melody mirando y sonrió.

Ella se dio la vuelta a toda prisa, no sin antes fijarse en su camiseta verde con la imagen de Frankenstein, sus pantalones rectos negros y su esmalte de uñas negro.

—*¡Brett!* —ladró la chica—. ¡Lo vi!

—*¿Qué?* —empleó el tono de Beau cuando Glory lo cachaba bebiendo leche del cartón.

—¡Ya lo sabes! —Bek, que se lo llevó a rastras al mostrador de ensaladas, llevaba un vestido blanco con vuelo y botines de tela. En lo que al vestuario se refería, ella era la Bella y él, la Bestia.

La fila avanzó unos centímetros.

—¿Qué pasó? —preguntó Melody a la chica menuda que encontró a sus espaldas. Vestida con un traje de pantalón de tela gruesa y maquillada a más no poder, también podría haberse equivocado de concierto. Iba arreglada como si, en lugar de una banda de *rock,* hubiera preferido la música ambiental de un ascensor que la condujera directamente al último piso de las oficinas de una multinacional.

—Creo que está celosa —musitó la chica con timidez. Sus facciones simétricas y delicadas le habrían encantado a Beau. Y su cabello era largo y castaño, como el de Melody (sólo que con más brillo, claro está).

—No —Melody esbozó una sonrisa—. Me refiero a lo del monstruo. ¿Es una broma de por aquí, o algo por el estilo?

—Mmm, no lo sé —la chica negó con la cabeza y su densa cabellera le cayó sobre la cara—. Soy nueva.

—¡Yo también! Me llamo Melody —sonrió con alegría y le ofreció la mano derecha.

—Y yo, Frankie —le agarró la mano y se la apretó con fuerza.

Una diminuta chispa de electricidad pasó de una a la otra, como cuando te quitas un suéter de forro polar.

—¡Ay! —Melody soltó una risita nerviosa.

—Lo siento —replicó Frankie mientras su hermoso rostro se contraía en señal de disculpa.

Antes de que Melody pudiera responder que no importaba, Frankie echó a correr, dejando sobre la barra del mostrador su bandeja blanca y, sobre la palma de Melody, el aguijón de otra amistad echada a perder.

De pronto, el *flash* de una cámara le estalló en plena cara.

—Pero ¿qué...?

A través de una ráfaga de palpitantes puntos blancos, distinguió a una chica de baja estatura, con gafas de carey y flequillo castaño claro, que se escabullía.

—Hola —dijo una voz masculina que le resultaba familiar.

Lentamente, los destellos del *flash* se apagaron. Uno a uno, como si de un absurdo efecto especial se tratara, desaparecieron, y la visión borrosa de Melody adquirió nitidez.

Y ahí estaba él...

Vestido con camisa blanca desabrochada, *jeans* recién estrenados y botas de montaña marrones. Una amplia sonrisa iluminaba su rostro, de un atractivo sin estridencias.

—¡Jackson! —exclamó, resistiendo el impulso de abrazarlo.

«¿Y si se trata del clásico timo del superlindo?»

—¿Cómo te va?

—Muy bien, ¿y a ti?

—Estuve enfermo todo el fin de semana —comentó Jackson como si, en efecto, fuera verdad.

—¿Tan enfermo como para no contestar el celular? —espetó Melody. De acuerdo, se había puesto en un plan de loca posesiva; ¿y qué? Al fin y al cabo, estaba frente a un posible estafador superlindo.

—¿Alguien tiene hambre? —preguntó un hombre con forma de huevo y bigote oscuro desde el otro lado del mostrador. Hizo sonar las tenazas plateadas que sujetaba en la mano para llamar la atención de Melody—. ¿Qué va a ser?

—Mmm —Melody lanzó una mirada añorante a la última porción de *pizza* de champiñones. Como el cachorro en una tienda de mascotas que hace una súplica final para que lo adopten, la *pizza* le devolvió la mirada. Pero, en ese momento, el estómago revuelto de Melody no estaba en condiciones de afrontar una digestión pesada—. Nada, gracias.

Se dirigió a otra sección de comida más ligera. Jackson la siguió.

—A ver, ¿qué sentido tiene incluirte en el marcado rápido si no contestas? —Melody arrojó a su bandeja un racimo de uvas y un bizcocho de arándanos.

—¿Qué sentido tiene contestar si nadie te llama? —replicó él. Con todo, las comisuras de sus labios se veían relajadas, compasivas; alegres, incluso.

—¡Pero si te llamé! —Melody se zampó una uva antes de pagar—. Unas tres veces, o algo así. (En realidad, habían sido más bien siete, pero ¿por qué hacer la situación más embarazosa de lo que ya era?)

Jackson se sacó de los *jeans* un celular negro con tapa deslizante y lo agitó frente a las narices de Melody a modo de prueba. La pantalla indicaba que no había mensajes. También dejaba a la vista el número del teléfono, que resultó acabar en «7» y no en «1».

Melody sintió que las mejillas se le ponían al rojo vivo mientras le venía a la mente la huella dactilar emborronada de rojo —la marca roja de su propio pulgar— junto al número que Jackson había anotado en la hoja del bloc de dibujo. Aquella maldita huella había amputado el número «7».

—¡Ay! —soltó una risita al tiempo que pagaba la cuenta de su almuerzo, elegido al azar—. Ahora entiendo lo que pasó.

Jackson tomó una bolsa de Lay's Gourmet y una lata de Sprite.

—Bueno, eh… ¿Nos sentamos juntos? Si no quieres, lo entiendo…

—Sí, claro —repuso Melody. Acto seguido, orgullosa, siguió a su primer amigo (acaso futuro novio) de Merston High hacia la zona libre de alergia.

Dos atractivas chicas de aspecto alternativo, absortas en su propia conversación, trataron de rebasarlos a pesar del restringido espacio. La del estilo Shakira, con rizos castaños y una bandeja hasta arriba de hamburguesas en miniatura, consiguió abrirse camino junto a Jackson. Pero la otra, con flequillo negro y gruesas mechas doradas, se quedó encajonada entre el hombro de Melody y una silla azul.

—¡Cuidado! —vociferó, tambaleándose sobre sus zapatos de plataforma dorados.

—Perdón —Melody agarró a la chica por el brazo, del color del café con leche, antes de que se cayera. Por desgracia, no pudo rescatar el almuerzo. La bandeja de plástico blanco cayó al suelo con un sonoro ¡pum! Uvas rojas se diseminaron como las perlas de un collar roto mientras la cafetería dividida por zonas se fundía en un aplauso común.

—¿Por qué la gente aplaude cuando a alguien se le cae algo? —preguntó Jackson, sonrojado por llamar repentinamente la atención.

Melody se encogió de hombros. La chica, que evidentemente disfrutaba siendo el blanco de interés, lanzó besos a su público. Ataviada con un minivestido en tonos negro y turquesa, parecía una patinadora sobre hielo en unos Juegos Olímpicos.

Una vez que el aplauso se hubo apagado, se giró hacia Melody y su sonrisa se desplomó como el telón que pone fin a un espectáculo.

—¿Por qué no miras por dónde vas? —resopló.

Melody se echó a reír. Daba la impresión de que todas las batallas en el instituto estallaban a partir de aquella frase.

—Vamos, contesta —presionó la chica.

—Un momento —replicó Melody, reuniendo valor gracias a su camiseta de The Clash—, fuiste *tú* quien me empujó a *mí*.

—¡Mentira! —vociferó la chica con las hamburguesas. Su respuesta llegó a tal velocidad que más bien parecía un estornudo—. Lo vi todo, y tú empujaste a Cleo —la amiga chillona llevaba unos *leggings* púrpura y una cazadora negra tipo aviador forrada de piel del mismo color que su pelo.

No era precisamente el panorama que Melody habría esperado encontrar en Oregon, el apacible estado de la Unión Americana famoso por sus castores. Era más propio de Missouri, la patria del «aquí estoy yo».

—Mira, Claudine, fue sin querer —explicó Jackson, a todas luces tratando de mantener la calma.

—Ya sé —Cleo se lamió los labios cubiertos de brillo como si saboreara las delicias de su propia idea. Dedicó a

Melody una amplia sonrisa—. Me das tus uvas y estamos en paz.

—¡De ninguna manera! Fue culpa tuya —replicó Melody, sorprendida de su propia valentía (y de su repentino apego a las uvas). Se había pasado los últimos quince años cediendo sus uvas a los matones que la acosaban. Ya estaba harta.

—Escucha, Melopea... —Cleo se inclinó hacia ella con los dientes apretados.

—¿Cómo es que sabes mi nombre?

Claudine soltó una carcajada que más bien pareció un aullido.

—Sé todo lo que pasa aquí —Cleo abrió los brazos como si la cafetería fuera su reinado. Y quizá lo fuera. Aun así, Melopea no era una tonta de la que los demás se pudieran burlar.

—Y también *sé* —Cleo elevó la voz, reanudando la representación ante sus fans, en las sillas azules— que si no me das esas uvas, tendrás que comer allí —señaló la mesa vacía situada junto a la puerta del baño de los chicos. Estaba cubierta de papel higiénico empapado y pastillas para inodoro desmoronadas.

A lo lejos, por encima del hombro de Cleo, Melody veía a Candace. Se reía con sus nuevas amistades y flotaba por encima del mundo dentro de su feliz pompa de jabón, ignorante por completo del tormento al que su hermana se veía sometida.

—¿Y bien? —Cleo colocó las manos en sus esbeltas caderas y tamborileó los dedos con impaciencia.

Melody notó que la envolvía una sensación de vértigo. La visión periférica restringida le agudizó los sentidos y la hizo percatarse en mayor medida de las exóticas facciones egipcias de Cleo. «¿Por qué las chicas guapas se creen con derecho a todo? ¿Por qué no utiliza su belleza para lo bueno, y no para lo malo? ¿Qué pensaría papá de ese lunar asimétrico que tiene a un lado del ojo?»

Melody no tenía ni idea de cómo comportarse ahora. La gente miraba fijamente. Y Jackson no paraba de moverse. ¿Confiaba él en que Melody se diera por vencida, o deseaba que contraatacara? Un repiqueteo le inundó los oídos.

—¿Y *bien?* —preguntó Cleo, cuyos ojos azul violeta lanzaron una advertencia final.

Melody sentía que el corazón le golpeaba en el pecho, tratando de librarse de lo que veía venir. Sin embargo, consiguió lanzar su propio mensaje.

—Para nada.

Claudine ahogó un grito. Jackson se puso tenso. Los ocupantes de las sillas azules intercambiaron miradas de incredulidad. Melody se clavó las uñas en las palmas de las manos para evitar desmayarse.

—Perfecto —Cleo dio un paso al frente.

—Oh, oh —Claudine se enroscó un rizo castaño en el dedo con femenina expectación.

El primer instinto de Melody fue taparse la cara, ya que los puños de Cleo, cubiertos de anillos, parecían dispuestos a propinarle un puñetazo. Aunque no había nada que Beau, su padre, no consiguiera arreglar. Así que, al contrario, se mantuvo fuerte y reunió valor para resistir la primera embestida. Al menos, la gente se daría cuenta de que no tenía miedo.

—¿Tú me quitas lo mío? ¡Pues yo te quito lo tuyo! —proclamó Cleo.

—No te he quitado *nada* —protestó Melody. Demasiado tarde.

Cleo se aplicó otra capa de brillo en sus ya resplandecientes labios, se balanceó sobre las punteras de sus zapatos de plataforma y acto seguido, agarró a Jackson y lo jaló hacia ella. De improviso, le plantó un beso.

—¡Dios mío! —Melody se echó a reír, incapaz de procesar semejante osadía. Desesperada, se giró hacia Claudine—. ¿Pero qué hace?

Claudine ignoró la pregunta.

—¡*Jackson!* —chilló Melody. Pero Jackson se encontraba en una zona de su propiedad particular: de color rojo y con bandejas en forma de corazón.

Girándose a la derecha cuando ella iba hacia la izquierda, y a la izquierda cuando ella iba hacia la derecha, Jackson siguió los pasos de Cleo como si estuvieran concursando en *Mira quién baila*. Para ser un chico tímido, se le veía muy a gusto, la verdad. «¿Es que comparten un pasado común? ¿Un secreto? ¿Un cepillo de dientes?» Fuera lo que fuese, Melody se volvió a sentir como una intrusa patética.

Tal vez Candace tenía razón: por mucho que se hubiera operado, seguía siendo Narizotas.

—¡Guau! —exclamó sin aliento Cleo cuando, por fin, soltó a Jackson. Fue aclamada con otro aplauso. Pero esta vez no saludó con la mano. Sencillamente, se lamió los labios, se agarró del brazo de Claudine y, con el pausado contoneo de una gata satisfecha, se encaminó hacia los asientos libres en la zona blanca.

—Encantada de conocerte, Melopea —dijo Cleo por encima del hombro mientras dejaba una senda de uvas aplastadas a su paso.

—¿Qué fue *eso*? —preguntó Melody, indignada, mientras notaba el calor de un centenar de pupilas.

Jackson se quitó las gafas. Tenía la frente empapada de sudor.

—¿Alguien tiene celos, quizá? —soltó una risita por lo bajo.

—¿Qué dices? —Melody se apoyó en una silla azul.

Jackson chasqueó los dedos al ritmo de la canción de Ke$ha que sonaba por el altavoz y se puso a bailar.

—Lo único que digo —cruzó una pierna sobre la otra y dio un giro como si estuviera actuando en la ceremonia de entrega de los premios Soul Train— es que el verde de la envidia no te sienta *bieeen* —de pronto, su voz adquirió el tono afilado del *disk jockey* de un programa radiofónico nocturno.

—No estoy celosa, para nada —replicó Melody, lamentando que Cleo no se hubiera limitado a partirle la cara y dar por zanjado el asunto.

—*Stop ta-ta-talking that... blah blah blah* —cantaba él a coro con Ke$ha. Lanzó los pulgares hacia una mesa de chicas que también tarareaban.

—No entiendo cómo pudiste quedarte ahí quieto y permitirle que...

—¿Se aprovechara de mí? —arqueó una ceja—. Sí, fue horrible —hizo un mohín con los labios—. Tan horrible, en realidad, que me voy a sentar con ella.

—*¿En serio?*

Jackson chasqueó los dedos, provocando una ronda de guiños.

—En serio —empezó a seguir el sendero de las uvas aplastadas, apartándolas de un puntapié al estilo Fred Astaire.

Melody lanzó su bandeja a la mesa que tenía a sus espaldas. Era incapaz de comer. Tenía en el estómago un...

—¡*Bizcocho!* —exclamó una chica con un chillido.

La gente retrocedió como si Melody se hubiera hecho pipí en la piscina. La zona libre de gluten se vació al instante, dejando a la culpable a expensas de su propia contaminación. Melody se sentó. Sola. Rodeada de sobras de comida preparada con quinoa, mijo y amaranto, captó su desfigurado reflejo en el lateral de un servilletero de aluminio abollado. Su distorsionada cabeza oviforme se parecía a la de *El grito,* la pintura de Edvard Munch. A pesar de su cara nueva, a quien vio fue a la vieja y grotesca Melody. Evidentemente, no había en el mundo camiseta de The Clash, ni número de teléfono escrito en pastel rojo, ni nariz reconstruida que pudiera cambiar eso.

Sus ojos grises tenían una mirada feroz, sus mejillas estaban demacradas y las comisuras de los labios le colgaban hacia abajo, como arrastradas por diminutas básculas de mano.

—Bonita granada de gluten —comentó una chica entre risas.

Melody se giró hacia la desconocida.

—¿Qué?

Una chica pecosa con melena ondulada hasta los hombros y ojos almendrados verdes soltó un suspiro. La misma chica que había sugerido a su novio que fabricara un portaplumas con el trasero del monstruo.

—Dije que bonita granada de gluten. Dejaste las sillas azules más vacías que los almacenes Saks el primer día de rebajas. La próxima vez, prueba a derramar leche en la zona naranja. Es lo que llamamos «vertido lácteo».

Melody trató de reírse, pero le salió más bien un gemido.

—¿Qué pasa? —preguntó la chica—. Se te ve un poco apachurrada, y eso que eres una AF.

—¿Una *qué*? —replicó Melody, implorando un solo segundo de normalidad.

—AF —repitió la timorata chica que le había tomado una foto a Melody y la había encandilado antes de que *él* apareciera.

—¿Y qué es una AF? —preguntó Melody, aunque sólo porque nadie más hablaba con ella y se había hartado de estar sola.

—Amenaza Física —explicó Pecosa—. Todo el mundo dice que eres la recién llegada más guapa del instituto. Y sin embargo... —su voz se fue apagando.

—Y sin embargo, ¿*qué*?

—Te están tratando como a una absoluta... —se dio unos golpecitos en la sien—. ¡Uf! ¿Cómo se dice?

—Antiamenaza —respondió por ella Flequillo Castaño.

—¡Sí! Excelente elección —Pecosa agitó los pulgares en el aire—. Introdúcela.

Flequillo Castaño asintió, obediente. Sacó un teléfono del bolsillo lateral de su maletín verde imitación cocodrilo, dejó el teclado al descubierto y empezó a pulsar las teclas.

—¿Qué hace? —preguntó Melody.

—¿Quién? ¿Haylee? —preguntó Pecosa, como si hubiera decenas de chicas tomando nota de tan esperpéntica conversación—. Me está ayudando.

Melody hizo un gesto de asentimiento, como si lo que acababa de oír resultara de lo más interesante, y luego paseó la vista por la cafetería. *Él* estaba sentado en la mesa de *ella*, arrancando uvas de un nuevo racimo e introduciéndoselas en la boca. Repugnante a más no poder.

La mano de Pecosa apareció bajo la nariz de Melody.

—Me llamo Bekka Madden. Autora de *Bek ha vuelto y con más fuerza que nunca: la verdadera historia del retorno de una chica a la popularidad después de que otra chica de cuyo nombre no quiero acordarme (¡CLEO!) se le insinuara a Brett y Bekka le diera una paliza y ella, básicamente, le contara al instituto entero que Bekka era violenta y había que evitarla a toda costa.*

—Guau —Melody le estrechó la mano—. Suena... detallado —se echó a reír.

—Va a ser una de esas novelas para celulares —Haylee cerró el teléfono de un golpe y lo soltó en su maletín—. Ya sabes, como hacen en Japón. Sólo que ésta no estará en japonés.

—Se da por hecho —suspiró Bekka con tono de «hoy-en-día-no-hay-quien-encuentre-buenos-ayudantes». Se sentó en la mesa, se colocó las manos debajo del trasero y, en plan travieso, golpeó una silla azul con sus botines de tela.

Haylee se lamió el brillo de labios rosa chicle y se ajustó las gafas.

—Estoy documentando su batalla.

—Qué bien —Melody asintió, tratando de mostrarse alentadora.

Había algo en Bekka y Haylee que le recordaba a aquella línea por la que se movía Candace, la que separaba el ingenio del delirio. El ingenio inspiraba sus sueños, y el delirio les otorgaba el valor necesario para perseguirlos. A Melody le habría gustado para sí. Pero no tenía ningún sueño que valiera la pena perseguir, ahora que Jackson había resultado ser un farsante que salía corriendo en cuanto aparecía otra chica más fácil…

—Yo también quiero hacerla pomada —comentó Bekka.

Las mejillas de Melody se pusieron al rojo vivo. ¿Tanto se notaba que no les quitaba la vista de encima?

—Podíamos unir fuerzas, ¿sabes? —los ojos verdes de Bekka taladraron los de Melody.

Haylee sacó su teléfono y se puso a teclear de nuevo.

—No quiero venganza —explicó Melody, al tiempo que se arrancaba el esmalte transparente de una uña. Lo que quería estaba en ese momento ofreciendo uvas a la AF sentada en otra mesa.

—¿Y qué tal una amiga? —la expresión de Bekka proporcionó a Melody la calidez de una taza de chocolate caliente en una tarde lluviosa.

—Podría funcionar —Melody agarró un manojo de cabello oscuro (excesivamente acondicionado) y lo arrojó hacia atrás, entre ambos omóplatos.

Bekka asintió una única vez en dirección de Haylee.

La sumisa ayudante apartó a un lado las sobras de los almuerzos libres de gluten, introdujo la mano en su maletín y sacó una hoja de papel color crema. Lo plantó sobre la mesa con un golpe y se apartó para que Bekka procediera a dar una explicación.

—Promete que nunca coquetearás con Brett Redding, ni te enredarás con Brett Redding, ni dejarás de darle una paliza a cualquier chica que sí se enrede con Brett Redding y…

—¿Quién es Brett Redding? —preguntó Melody, aunque tenía la fuerte corazonada de que era el aspirante a documentalista de monstruos.

—Brett es el novio de Bekka —Haylee se bamboleó con aire soñador—. Llevan juntos desde primero de secundaria. Y son unos tortolitos monísimos y empalagosos.

—Es verdad. Lo somos —Bekka sonrió con alegría no disimulada.

La envidia aguijoneó a Melody como una avispa. No tenía el mínimo interés en Brett, pero esa alegría no disimulada habría estado bien.

—Últimamente, lo he visto mirando a varias AF cuando cree que no me doy cuenta —Bekka escudriñó la escasa concurrencia de comensales con la intensidad de un foco—. Pero no sabe que...

—Ella siempre está mirando —concluyó Haylee al tiempo que tecleaba.

—Siempre estoy mirando —Bekka se dio unos golpecitos en la sien. Se giró en dirección a Melody—. Así que firma el documento declarando que no quebrantarás mi confianza y, a cambio, te entregaré una vida entera de lealtad.

Haylee se encontraba de pie junto a Melody, haciendo clic con un bolígrafo plata y rojo, el bolígrafo que Melody utilizaría en caso de decidirse a aceptar la oferta.

Melody fingió leer el documento para aparentar que no era la clase de idiota que firma papeles sin leerlos, aunque en realidad sí que lo era. Sus ojos recorrieron el escrito a toda velocidad mientras su mente buscaba una razón para rechazar aquella insólita propuesta. Pero no contaba con demasiada experiencia a la hora de hacer amigos. Por lo que ella sabía, incluso podía ser el procedimiento habitual.

—Me parece bien —declaró, arrancando el bolígrafo de los dedos de Haylee. Firmó el documento y le puso fecha.

—Identificación escolar —Haylee alargó la palma de la mano.

—¿Por qué? —preguntó Melody.

—Tengo que certificarlo mediante un acta notarial —se ajustó las gafas en lo alto de su ancha nariz.

Melody arrojó sobre la mesa su credencial de Merston High.

—Bonita foto —musitó Haylee, y anotó la información necesaria.

—Gracias —respondió Melody también musitando mientras estudiaba su propio rostro en la tarjeta plastificada. Irradiaba el resplandor de una calabaza de Halloween con una vela dentro. Porque había estado pensando en *él*. Preguntándose cuándo volverían a verse... qué pasaría... qué dirían... lástima que Melody no pudiera dar marcha atrás y contarle a esa chica de ojos soñadores de la credencial lo que ahora sabía...

Haylee le devolvió la tarjeta y se dispuso a conectar una cámara digital a una impresora portátil. Segundos después, una foto de Melody, ahora sin el resplandor de la vela, quedaba sujeta con un clip a la esquina del documento, que fue archivado en el interior del maletín.

—Enhorabuena, Melody Carver. Bienvenida a bordo —dijo Bekka, acercándolas a ella y a Haylee para un abrazo en grupo. Una de las tres olía a fresas.

—Existen dos reglas que quiero comentarte —Bekka extrajo de un tubo un poco de brillo transparente y se lo aplicó en los labios. Aguardó a que los pulgares de Haylee entraran en contacto con el teclado—. Número uno: las amigas son lo primero.

Haylee tecleó.

Melody asintió. No podía estar más de acuerdo.

—Y número dos —Bekka arrancó una uva de un racimo—: lucha siempre por tu hombre —dicho esto, retiró el brazo hacia atrás para darse impulso, como un guerrero, y lanzó la uva al extremo contrario de la cafetería. Y la uva rebotó en los gruesos mechones rubios de Cleo.

Melody soltó una carcajada. Bekka arrojó un segundo misil.

Cleo se levantó y lanzó a su adversaria una mirada asesina. Impulsó el brazo hacia atrás...

—¡*Abajo!* —gritó Bekka, empujando a Melody y a Haylee al suelo.

Las chicas se desternillaban de risa mientras una granizada de embutido en conserva untado de mayonesa aterrizaba sobre la mesa que les daba cobijo.

No era la primera vez que Melody se veía envuelta en un conflicto aquel día en el comedor. Pero era la primera vez que se lo pasaba en grande.

CAPÍTULO 8
SALTAN CHISPAS

Frankie avanzó a paso ligero por el pasillo vacío con los muslos irritados por el roce con el pantalón de lana. No quería llamar la atención echando a correr, pero necesitaba ser la primera en llegar a clase. A toda costa tenía que encontrar un asiento al fondo. Lo más alejado posible de la vista sin que por ello le fueran a poner falta. No precisaba quince días de aprendizaje matemático para conocer el resultado de la suma: rumores sobre un monstruo más presencia de una chica extraña en la cafetería igual a un buen lío.

Sonó el timbre. Los pasillos se convirtieron en un hervidero de normis recién alimentados que se dirigían a sus respectivas clases de cuarta hora. Frankie, muy por delante de la gente, se apresuró a entrar en el aula 203 para la clase de geografía. Hasta el momento, la vida en el instituto no había transcurrido según lo previsto aunque, al menos, la estaba experimentando.

—¡No! —se escuchó decir a sí misma al entrar en el aula. ¡Los pupitres estaban dispuestos en círculo! Sin rincones oscuros. Sin última fila. ¡Sin lugar donde esconderse! El retoque de F&F de antes del almuerzo sería su único refugio.

—No lo puedo creer —masculló para sus adentros mientras trataba de decidir en qué zona del círculo llamaría menos la atención. Diminutas descargas de electricidad le salían disparadas de las yemas de los dedos y chisporroteaban por el lomo metálico de su archivador forrado de mezclilla rosa. Optó por un asiento a espaldas de las ventanas, para evitar los indiscretos rayos de sol.

—¿Y este círculo? —un chico más guapo que la media entró en el aula. Iba vestido con camisa blanca, *jeans* y botas de montaña. Su andar resultaba un tanto torpe, si bien su actitud descarada compensaba la falta de estilo.

Se quedó parado junto a la puerta con la cabeza ladeada, como si estuviera contemplando las pinturas del Louvre. Sólo que estaba contemplando a Frankie.

—Creo que deberíamos convertir el círculo en un corazón —agarró un globo terráqueo del estante y lo hizo girar sobre un dedo, como si se tratara de un balón de básquet.

Frankie bajó los ojos, lamentando no poder responder con un comentario tan ingenioso como el de aquel desconocido. «¿Quieres que queme con un dedo tus iniciales en el pupitre?» Pero en lugar de actuar como ella misma, se veía obligada a representar el poco memorable papel de normi vergonzosa, a espaldas de la ventana.

Con una mano en el bolsillo y la otra sujetando un pequeño bloc de notas sin espiral (porque los chicos simpáticos no toman muchos apuntes), se aproximó a Frankie con paso arrogante. Tardó su tiempo en pasar junto al pizarrón y recorrer la pared cubierta de mapas, seguramente para que ella pudiera admirarlo.

—¿Está ocupado este asiento? —preguntó mientras se pasaba la mano por su lacio cabello castaño.

Frankie negó con la cabeza. ¿En serio tenía que sentarse al lado de ella?

—Me llamo D.J. —anunció él mientras se dejaba caer en la silla de madera.

—Frankie.

—Hola —extendió la mano para estrechar la de ella. Frankie, temerosa de soltar chispas, respondió con una sonrisa y un gesto de asentimiento. Con la mano que sostenía en el aire, D. J. le dio unos golpecitos en el hombro, como si desde el primer momento hubiera sido su intención.

Bzzz.

«¡Maldición!»

—Vaya, vaya —D.J. se sacudió la muñeca y puso una expresión divertida—. Así que eres la chica de los fuegos artificiales, ¿no?

De inmediato, Frankie se dio la vuelta y abrió su libro de geografía. Se concentró en la introducción para evitar que se le cortara el aliento. El aula empezó a llenarse a toda velocidad y dos chicas, en plena conversación, ocuparon los asientos vacíos al lado de Frankie.

—Te lo juro —dijo la que iba vestida con la minifalda a rayas negras y rosas estilo «gótico chic», que apretaba los labios como quien se avergüenza de que al hablar se le note su nuevo aparato dental—. En la cafetería no tienen nada para los vegetarianos veganos —agitó un bote con la etiqueta «suplemento de hierro» y sacó dos pastillas que se tragó sin necesidad de agua. Los ojos de la chica estaban rodeados de gruesos trazos de lápiz de ojos negro.

—¿Y si pruebas el puré de papa? —preguntó su amiga, una rubia de piel clara con acento australiano. Vestida con amplios pantalones marrones atados a la cintura, camiseta naranja ceñida y guantes de lana a rayas que le llegaban al codo, daba la impresión de que se hubiera puesto la ropa a oscuras.

—Odio el ajo —declaró Vegetariana mientras cruzaba las piernas y dejaba al descubierto unas botas rosas de cordones que le llegaban a la rodilla, por las que Lady Gaga se habría vuelto gagá.

—No tanto como odias los espejos, amiga —bromeó la australiana, quien echó hacia atrás una maraña de pulseras de cuerda y de abalorios, se bajó los guantes y se frotó sus resecos brazos con una loción corporal de aroma a coco.

—Ayúdame —indicó Vegetariana, apartándose de la cara el pelo teñido con mechones rosas y negros.

La australiana cerró el bote de crema, se inclinó hacia su amiga y se puso a limpiar la mejilla de ésta con el pulgar.

—No es tan fácil —susurró por lo bajo—. Tienes brillo de labios hasta en las mejillas, como si te hubieran lanzado un cañonazo de pintura.

Ambas soltaron una carcajada.

Frankie se volvió a concentrar en el libro de texto para evitar mirarlas. Aunque se moría de ganas. Sus bromas despreocupadas transmitían la acogedora sensación de la amistad, una sensación que Frankie anhelaba experimentar.

—Rápido —murmuró Vegetariana—. Antes de que él me vea así.

Sólo había un *él* en la clase, y *él* estaba sentado al lado de Frankie, hablando en susurros de fuegos artificiales para captar su atención.

Frankie clavó la vista al frente y, sin querer, sostuvo la mirada del chico increíblemente guapo que entraba en ese momento. Era el mismo al que había estado tratando de no mirar durante el almuerzo. Aunque resultaba imposible quitarle los ojos de encima. Llevaba puesta una camiseta con el dibujo de Victor, el abuelo de Frankie. Una de dos: o era un RAD, o un amante de los RAD. En cualquier caso, daba la impresión de que Frankie tenía una oportunidad.

—Disculpa, Sheila —dijo la australiana, despertando a Frankie de su ensueño.

—En realidad, me llamo Frankie —puntualizó ésta con tono amable.

Vegetariana se inclinó hacia delante.

—Blue le llama Sheila a todo el mundo cuando no se sabe el nombre. Una costumbre australiana, o algo por el estilo.

—Es verdad —repuso Blue con una sonrisa amable—. Oye Frankie, por lo que se ve, el maquillaje te siente superbién. ¿Te importa prestarle un poco a mi amiga Lala?

—Claro que no me importa —Frankie introdujo la mano en su bolsa de lona (con la leyenda: «EL VERDE ES EL NUEVO NEGRO») y sacó el estuche dorado de F&F en el que se leía «DELINEADOR DE OJOS»—. Elige.

—¿Todo esto es delineador? —preguntó Lala ahogando un grito y apretando los labios contra los dientes.

Frankie asintió, sin saber si debería sentirse orgullosa o avergonzada.

Melody, la chica a la que había dado un susto en la cafetería, entró en el aula a toda prisa, después de la profesora, y ocupó el asiento situado al otro lado de Frankie. Esbozó una sonrisa amable. ¿O era así como los normis decían «a mí no me engañas»?

Frankie jaló hacia arriba su cuello tortuga con objeto de que sus tornillos centelleantes no la delataran.

La profesora, de pelo corto, rubio y rizado, que llevaba un conjunto de punto de color turquesa, batió las palmas.

—¡Empecemos! —dibujó en el pizarrón un círculo de gran tamaño y, en el centro, dio unos golpecitos con su larga barra de gis—. Éste es nuestro mundo. Es redondo, como el círculo que forman sus pupitres. Y me propongo demostrarles... —el gis se partió por la mitad y salió disparado por los aires.

—¡Aaay! —el posible RAD se agarró un lado del cuello y se cayó de la silla—. ¡Me dispararon!

Todo el mundo se echó a reír. Frankie, preocupada, se inclinó hacia delante.

—Ya basta, Brett —la malhumorada profesora suspiró mientras recogía del suelo el errante pedazo de gis.

«Brett. Brett y Frankie. Brankie. Frett. Frankie B., como la marca de *jeans*... Se diga como se diga, suena genial».

Brett volvió a ocupar su asiento y sostuvo la mirada de Frankie, provocando que ésta soltara más chispas todavía. Por un instante, tuvo la sensación de que la broma había sido dedicada sólo a ella.

A lo largo de los siguientes cuarenta y cinco minutos, llegó a la conclusión de que Lala estaba loca por D.J.; que D.J. estaba loco por «la de los fuegos artificiales»; que Lala podía quedarse con D.J. porque, por muy lindo que fuera, carecía del toque misterioso de Brett; y que el radar de Melody debía de estar pitando, porque no dejaba de mirar a D.J., quien no estaba dispuesto a dejar de ser el centro de atención. Frankie tuvo que hacer un extraordinario esfuerzo físico —que era como tratar de no pensar, como no poder respirar, como haber perdido la vida— para no centellear como Las Vegas de noche.

Cuando sonó el timbre, se levantó de un salto y echó a correr hacia el baño de chicas. Lala y Blue la llamaron, pero hizo caso omiso. Frankie dudaba de que le quedara la voluntad suficiente para retener las chispas por más tiempo.

Entró en el baño como un vendaval, se encerró en la primera cabina y soltó la descarga. Dio gracias porque el baño estuviera vacío porque la energía —que se había ido acumulando con el contacto visual con Brett, los comentarios de D.J. y la mirada fija de Melody— le salió disparada de los dedos con una estruendosa ráfaga. Tiró de la cadena varias veces para disimular el escándalo.

Descargada y con sensación de alivio, soltó un suspiro de agotamiento y abrió la puerta.

—Por el sonido de los truenos, Sheila tenía más gases que un pez globo —comentó Blue con una sonrisa comprensiva. Se frotó sus abdominales planos—. Sé lo que se siente.

Lala se tapó la boca y soltó una risita.

—Sí —Frankie se lavó las manos. Más valía que ambas tomaran el ruido por un problema de flatulencia a que se enteraran de la insólita verdad.

—Se te olvidó esto —Lala agitó el estuche de F&F como si de una bandera se tratara.

—Ah, gracias —Frankie se llevó la mano adonde habría estado su corazón—. Sin esto, me sentiría perdida.

—¿Por qué? —Blue hizo girar uno de sus rizos rubios con un dedo cubierto de lana—. Eres guapísima. No necesitas todo ese maquillaje.

Lala asintió en señal de acuerdo.

—Gracias —las piezas interiores de Frankie se hincharon de orgullo—. Lo mismo les digo, chicas —respondió con sinceridad—. Lo que pasa es que... mmm... tengo problemas de cutis.

—Igual que yo —Blue se giró hacia el grifo y se salpicó agua en el cuello—. Sequedad extrema.

—Deberías ver todas sus cremas —comentó Lala con un dejo de envidia—. Su dormitorio parece una sucursal de Sephora.

—Y el tuyo parece El Canguro de Cachemir —contraatacó Blue, aún empapada.

—¿Qué es El Canguro de Cachemir? —se interesó Frankie.

—Ni idea —Lala se rió por lo bajo—. A ver, Blue, ¿qué es?

—Lo inventé —Blue soltó una carcajada—. Porque no se me ocurría ninguna tienda que sólo venda suéteres de cachemir.

—Lo dice porque siempre tengo frío —Lala cruzó los brazos sobre su vestido de lana —, y por eso tengo un montón de ropa de cachemir.

—¿Tú también siempre tienes frío? —preguntó Frankie a Blue—. ¿Por eso llevas los guantes?

—Para nada —Blue agitó la mano en señal de negación—. Lo mío sólo es sequedad —se giró hacia Lala—. Oye, ¿vamos al *spa* el fin de semana?

—¿Te refieres a que si te voy a regalar otra invitación? —replicó Lala con tono exagerado.

—Vamos, Lala, ese lugar es muy caro. No puedo pagar la cuota para no socios. Y si no me doy pronto un buen chapuzón, la piel se me pondrá como un cactus.

—Prueba a usar una navaja de afeitar —sugirió Lala.

—Cuando tú te pongas un bozal en el hocico.

Frankie soltó una risita, divertida por el ingenio y la vivacidad de las bromas entre ambas.

—Eh, deberíamos llevar a Frankie esta vez —sugirió Lala a través de sus labios cerrados—. Apuesto a que la cama de rayos UVA te mejoraría el cutis.

—¡Bingo! —exclamó Blue mientras se rascaba el brazo—. Te dará la seguridad que necesitas para arrancar a Brett de los brazos de su Sheila.

—¿*Qué?* —Frankie cerró los puños para evitar echar chispas.

—Te vi mirándolo —bromeó Blue al tiempo que abría la puerta del baño.

—¡Uf! —Frankie fingió que le daba vergüenza. Pero, en realidad, lo que sentía era alegría, al haber sido incluida en aquel risueño intercambio de comentarios.

—A ver, ¿puedes quedar para el sábado? —preguntó Lala a medida que se sumaban al tránsito que recorría el pasillo.

—Claro —Frankie asintió cortésmente. No tenía ni idea de lo que una cama de rayos UVA podía hacer por ella; pero si las normis la utilizaban para atraer a los chicos como Brett, ¿dónde había que apuntarse?

CAPÍTULO 9
LABIOS EXPLOSIVOS

El viernes, Bekka saludó a Melody con un choque de palmas a modo de felicitación.

—Sobreviviste a tu primera semana de clases en Merston High —sus mejillas pecosas mostraban el mismo tono rosado que la chaqueta de punto extragrande de color rosa apagado que llevaba puesta. Con *jeans* oscuros ajustados y botas de agua amarillas hasta la rodilla, aportaba una agradable explosión de color en una tarde lluviosa.

—Sí, es verdad —Melody se colgó al hombro su mochila de camuflaje—. Se pasó volando.

—Pareces sorprendida —observó Bekka, al tiempo que avanzaba por el pasillo abarrotado.

Haylee iba detrás, documentando la conversación. Sus zuecos de goma de color naranja, forrados de piel de borrego, chirriaban a medida que se esforzaba por mantener el frenético paso.

—Y es que lo estoy —Melody subió la cremallera de su sudadera con capucha mientras se acercaban a la salida del instituto—. Fui víctima de un «besa y corre», lo que podría haber hecho que la semana se hiciera muy lenta. Pero, en el fondo, tuvo su gracia —sonrió al recordar la pelea de comida con Cleo, los maratones por *e-mail* con Bekka a las tantas de la noche y las inútiles escapadas durante las cuales ella y Candace espiaban la casa de Jackson. No había actividades sospechosas (ni actividad alguna, en realidad), pero ambas hermanas por poco se mueren de risa cuando Coco y Chloe echaron una ojeada por los prismáticos.

—Corrección —interrumpió Haylee—. En teoría, la víctima fue Jackson, no tú.

Melody había aprendido a ser paciente con Haylee y, a veces, llegaba incluso a valorar su pasión por la exactitud y el orden. Pero no era una de esas veces.

—¿Cómo que *él* fue la víctima? —preguntó Melody con un tenso susurro, cuidadosa de no dar otro motivo más de chismes a los alumnos de bachillerato que pasaban por allí. La idea era mantener un perfil bajo después de lo que Bekka y ella denominaba el melodrama del lunes, que rápidamente se había convertido en el «melodydrama» del lunes. Y hasta el momento, no lo había hecho nada mal. Porque lanzar un atlas a la cabeza de Jackson mientras éste ligaba con esa tal Frankie en Geografía habría sido de lo más satisfactorio. Y golpearlo con la bola de nieve de la torre Eiffel mientras besaba a Cleo en la clase de francés habría resultado *très* liberador. Pero se había abstenido. Al contrario, había adoptado la actitud de un huevo: cáscara dura por fuera, líquido viscoso por dentro. Que Haylee lo eligiera a *él* como víctima era lo más absurdo que había oído últimamente.

—Melly tiene razón —Bekka se giró para mirar a Haylee—. En este caso, la víctima es ella.

Melody dedicó a Bekka una sonrisa de agradecimiento, sin saber qué le complacía en mayor medida: contar con el apoyo de una nueva amiga o que la llamaran por su apodo.

—La víctima *no* es Melody —insistió Haylee, cuyas gafas se empañaron con la neblina de la certidumbre—. Es Jackson —señaló la puerta de doble hoja donde un puñado de alumnos se había congregado en espera de un paréntesis en la lluvia. Charlaban con el susurro propio de los directores de funeraria, a todas luces entristecidos por la imposibilidad de atravesar la frontera con el mundo libre. Sólo dos personas del nutrido grupo parecían felices: Cleo y el chico bronceado, musculoso, con gafas oscuras y gorra de esquí a rayas blancas y verdes, porque se estaban besando—. ¡Mira!

—¡No puede ser! —Melody se llevó la mano a la boca.

—¿Ves? —argumentó Haylee, henchida de orgullo—. Cleo besó a Jackson. Y ahora lo deja por otro. Así que *él* es la víctima del «besa y corre».

—Tiene razón —admitió Bekka con tono decepcionado.

—¿Quieres que añada eso a las notas? —preguntó Haylee, balanceándose hacia delante y hacia atrás sobre los dedos de los pies mientras daba tirones a su bufanda de lana rosa.

—No —respondió Bekka con cierto desdén.

Haylee dejó de balancearse.

—¿Quién es ése? —Melody se detuvo y fingió beber agua del surtidor para poder mirar mejor.

—Se llama Deuce —explicó Bekka, que fingió beber después de Melody—. Pasa los veranos en Grecia, con su familia. Acaba de regresar. No es tan mono como Brett; pero de todos modos es superguapo.

—Y está superunido a Cleo —añadió Haylee—. Cuando vuelve de Grecia, no hacen caso a nadie más.

—Da la impresión de que Jackson tendrá que buscar pareja para el baile —comentó Bekka, arrancando un pedazo de cinta adhesiva del cartel que anunciaba el Semi de septiembre y colgaba en lo alto. Comprimió la cinta hasta formar una bola y la arrojó al suelo.

—Sí, es verdad; yo también —repuso Melody con gesto resentido mientras se encaminaba a la salida. Un poco de lluvia no le importaba. Al menos, nadie la vería llorar.

—¡Eh! —a Bekka, de pronto, se le iluminó la cara—. Deberías plantarle un beso por sorpresa a Deuce, ya sabes, para vengarte de Cleo por lo que le hizo a Jackson.

—¡No inventes! —exclamó Melody a gritos, ante lo absurdo de la proposición. Todo el mundo se giró para mirar, Cleo y Deuce incluidos. Perfil bajo, sí señor.

—Hazlo —susurró Bekka.

—Por nada del mundo —repuso Melody con otro susurro—. Hazlo *tú*. Tienes tantas ganas como yo de desquitarte con ella.

—Sí, pero tú no estás comprometida con nadie. Y yo sí.

—Gracias por recordármelo —Melody esbozó una media sonrisa.

—Hola, Melopea —Cleo se acercó poco a poco mientras las comisuras de sus labios hiperactivos se curvaban hacia arriba de placer—. Te he estado buscando.

Imitando el *look* glamoroso de Rihanna con calcetines marrón metálico hasta la rodilla, minivestido ajustado de mezclilla y zapatos de plataforma dorados, Cleo era el centro de atención de cuantos la rodeaban. Incluso en el caso de

Bekka, que lanzaba a su archienemiga miradas asesinas con una mezcla de envidia y desprecio.

—¿Para qué? —preguntó Melody, con la aparente tranquilidad de un huevo, aunque por dentro notaba que podría resquebrajarse en cualquier momento.

—Quería que lo supieras —Cleo se roció el cuello con perfume de ámbar; acto seguido, se inclinó hacia delante y siseó—: Puedes quedarte con ese *nerd*. Ya terminé con él.

Las palabras iban dirigidas al oído de Melody, pero ésta las recibió en el estómago.

—Un momento —Cleo se enderezó. Sus ojos azules siguieron la pista de algo a la distancia.

Melody miró por encima del hombro de Cleo. Era Jackson. Caminaba hacia ellas con un ramo de flores de cerámica que debió de haber hecho en la clase de artes plásticas. Las gafas le ocultaban la expresión de los ojos pero, por su modo de andar indeciso, Melody se percató de que estaba nervioso.

—Yo habré terminado con él —Cleo se lamió los labios, cubiertos de brillo—, pero es evidente que él no ha terminado conmigo —hizo un mohín y suspiró—. Pobrecillo. Mira las flores, tan patéticas. Ninguna chica se quedaría con ese *nerd* pudiendo tener a un dios griego —Cleo, con aire condescendiente, echó hacia atrás la melena de Melody—. Excepto tú —soltó una carcajada.

Melody la miró directamente a los ojos mientras el corazón le retumbaba como un tambor de batalla. Pero Cleo le devolvió una mirada furiosa, negándose a batirse en retirada de cualquiera que fuera la guerra que libraban. ¿Era un combate relativo al territorio? ¿Al estatus de Amenaza Física? ¿A un racimo de uvas? Melody se dijo a sí misma que Cleo era la típica tirana de instituto que ponía a prueba a la chica novata. Se dijo que debería combatir el odio de Cleo con amor. Que debería adoptar la actitud más madura. Y marcharse. Apartarse de los problemas. Mantener un perfil bajo. Dejar su ego a la salida. Atravesar el umbral y dejarlo a un lado. Sobreponerse a la situación. Consultar con la almohada... Entonces, Cleo guiñó un ojo a Jackson. No porque le gustara él, que no le gustaba, sino para fastidiar a Melody.

Crac.

Sin previo aviso, la cáscara de huevo se rompió y el contenido quedó al descubierto. Pero en vez de hundirse, de caer formando un charco viscoso, pegó un empujón a Cleo para abrirse camino, se dirigió decididamente hasta Deuce y lo jaló hacia ella. Localizó sus labios y...

El grito ahogado colectivo fue lo único que hizo entender a Melody que lo que estaba sucediendo no era producto de su imaginación. Luego llegó la parte en la que los labios de Deuce, previamente untados de brillo, se relajaron y le devolvieron el beso. Y la parte en la que Melody percibió el olor de la cazadora de cuero que él traía. Y la parte en la que abrió los ojos un segundo y vio su reflejo en las gafas de sol de Deuce, junto al reflejo de la mitad de los alumnos del instituto, situados a sus espaldas.

«¡Lo estaba haciendo, de verdad!»

Melody se apartó. En lugar de pensar en los choques de palmas con que Bekka y Haylee la felicitarían, o en el respeto que se ganaría por parte de sus compañeros, o la maravillosa humillación a la que sometería a Cleo, o en el daño que se podría haber causado a sí misma, sólo era capaz de pensar en Jackson, y preguntarse si a él le habría molestado.

—¡Bieeeeeeeen! —gritaron Bekka y Haylee a pleno pulmón. Era la primera vez que alguien la vitoreaba desde que dejara de cantar.

—Lo siento —se disculpó ante Deuce con un suave murmullo.

—Yo no —susurró él con una sonrisa.

—No estuvo mal —Cleo aplaudió la improvisada actuación con palmadas lentas y acompasadas—. La próxima vez, procura no poner cara de estreñida —hizo todo lo posible por mostrar indiferencia, pero sus ojos húmedos la delataban.

Melody no respondió. En cambio, volvió la vista a las manos de Cleo en busca de las flores de cerámica de Jackson. Pero sus puños, repletos de anillos, no contenían más que furia. Jackson había desaparecido.

—¿Estás bien? —preguntó Cleo a Deuce, como si lo hubieran atacado. Su expresión crispada daba a entender que luchaba por recuperar la compostura con la determinación de un jinete de rodeo.

—No... no lo sé —con apariencia aturdida, Deuce se restregó su frente bronceada—. ¿Qué pasó? —preguntó mientras se apoyaba en la pared como si estuviera a punto de desmayarse.

Lo de besar se le daba bien; lo de actuar, no tanto.

—¿Nos dejan un poco de espacio libre? —preguntó Cleo con tono indignado. Los mirones se dispersaron y formaron una serie de círculos secundarios.

Melody abrió de un empujón la puerta de doble hoja, desesperada por respirar aire fresco. En lugar de una refrescante bofetada en las mejillas, se encontró con lo que recordaba a una toalla húmeda. Una capa de niebla envolvía el estacionamiento. La hilera de faros del atasco propio de la hora pico en el instituto destacaba sobre el escurridizo asfalto como si fuera un gigantesco marcador fluorescente, y los limpiaparabrisas luchaban sin descanso contra el incesante chaparrón. Aunque para Melody no era problema que se le mojara la ropa; ya tenía el cuerpo entumecido.

—Espera, superestrella —la llamó Bekka, salpicando el agua en los escalones con sus botas amarillas de goma. Haylee corría a su lado.

Melody se detuvo en seco. No porque Bekka se lo hubiera pedido, sino porque vio algo en un charco, junto a sus Converse empapados. Algo por lo que valía la pena detenerse.

—*Oh, oh* —gruñó Bekka.

Haylee ahogó un grito.

Melody se quedó sin palabras.

Todo cuanto necesitaba decirse estaba tallado con letra diminuta en uno de los pétalos del ramo de flores de cerámica, ahora hecho añicos.

«PARA MELODY».

CAPÍTULO 10

CORTOCIRCUITO

El sábado seguía lloviendo. Con un ruido seco, Frankie abrió su paraguas del tamaño del Astrodome y el color del césped artificial y, a toda velocidad, se plantó bajo el aguacero. A pesar de la gruesa capa de F&F Aqua —la línea resistente al agua— que se había aplicado, la luz del día atravesaba el tejido del tono del licor de menta y arrojaba sobre su mano un resplandor verdoso.

«¡Ja!»

Le habría encantado comentar la ironía con las chicas a bordo del Cadillac Escalade negro. Pero era imposible. Tenían que tomar a Frankie por una normi. Sus padres, que observaban desde la puerta, suponían un silencioso recordatorio de la circunstancia.

Se giró y agitó la mano.

—Hasta luego.

Viktor y Viveka le devolvieron el gesto; la preocupación tras los ojos de ambos entristecía las sonrisas de sus rostros.

—Que te diviertas en la biblioteca —dijo Viveka elevando la voz por encima de un trueno y ajustándose su chalina negra.

—Gracias —respondió Frankie, de cuyos dedos se escapó una pequeña chispa de electricidad que ascendió por la vara del paraguas. Era su primera mentira. Y la hizo sentirse peor de lo que había imaginado. Oscura. Estresada. Solitaria. Pero si sus padres se enteraban de que iba a ir a un *spa* para normis con Blue, Lala y dos chicas electrizantes que había visto por el instituto pero que aún no conocía, Viktor y Viveka se habrían agobiado por la posibilidad de que la auténtica piel de su hija quedara al descubierto. Pero cuando Lala mencionó que los hijos llevan siglos mintiendo a sus padres, Frankie decidió probar. Al fin y al cabo, Vik y Viv querían que encajara entre las normis. Y si las normis mentían...

Blue sacó la cabeza por la ventanilla del auto. Los remolinos de cabello rubio que llevaba recogidos en lo alto de la cabeza hacían pensar en una porción de dulce de azúcar mezclado con mantequilla, y sus facciones angelicales estaban libres de maquillaje.

—Buenos días, señores —agitó una mano, dejando al descubierto un guante de piel púrpura que le llegaba al codo.

—Hola, Blue —respondieron ellos. De pronto, se mostraron aliviados.

Frankie sonrió. Daba la impresión de que sus padres conocían a todos los vecinos de la calle. Y ella misma no tardaría en conocerlos.

—A tus tíos les gustará esta lluvia, ¿no? —preguntó Viktor con un dejo de familiaridad.

—Les encanta —Blue abrió la boca y levantó la cara en dirección al cielo cubierto de nubes. Frankie envidiaba su libertad y ansiaba que llegara el día en que ella misma pudiera sentir la caricia de una gota de lluvia en su mejilla desnuda. Pero hasta entonces...

Se subió a toda prisa al todoterreno urbano para evitar que se le corriera el maquillaje y forcejeó para cerrar el paraguas sin empapar el suave cuero color canela del interior, que despedía el olor a ámbar de los vehículos de lujo.

—Guau —se colocó a los pies su bolsa de lona con la leyenda «EL VERDE ES EL NUEVO NEGRO»—. Qué coche tan bonito.

—Gracias —Lala sonrió con los labios aferrados a la dentadura.

—Se lo compraron a BeyonJay —bromeó Blue.

—¿No sería a Jay-B? —apuntó la desconocida morena sentada al lado de Frankie.

—Me gusta Jayoncé —añadió la chica que iba sentada junto a la ventanilla.

Todas se echaron a reír.

—Me llamo Frankie —sonrió y tuvo la precaución de no saludarlas con un apretón de manos.

—Cleo —dijo la chica sentada a su lado. Tenía ojos tristes, del color azul eléctrico de su camiseta de amplio escote y electrizantes mechas doradas en el pelo. Frankie se preguntó cómo era posible que una belleza tan exótica diera una imagen de tanto desconsuelo. ¿Cómo podía pasarte algo malo siendo así de guapa? ¿Acaso le apretaban demasiado los *leggings* a rayas con estampado de tigre?—. No sabía que los señores Stein tuvieran una hija.

La chica situada al otro lado de Cleo soltó una risita.

—¿Te refieres a mí? —Frankie, incómoda, se rebulló en el asiento.

Cleo elevó sus arqueadas cejas y asintió lentamente como diciendo «¿A quién más me iba a referir?»

—Sí. El caso es que, hasta ahora, siempre he estudiado en casa...

—Oye, Frankie —interrumpió Blue—. ¿Ya te presentaron a Claudine?

Claudine se apartó de la ventanilla.

—Hola —dijo mientras abría de un tirón un paquete de rebanadas de pavo orgánico deshidratado. Su belleza — ojos marrón amarillento, maraña de rizos castaños, largas y cuidadas uñas pintadas de color bronce— era tan llamativa como la de Cleo, aunque de un modo más feroz, más salvaje. No obstante, su forma de vestir parecía más sosegada: estilo norteamericano clásico con un toque del antiguo *glamour* de Hollywood. El *blazer* negro entallado, la sudadera lila con capucha, los *jeans* oscuros ceñidos y la colección de pulseras de bolas de plástico blanco que le cubrían el brazo eran la viva imagen del catálogo de J. Crew, los grandes almacenes. Sin embargo, la estola de piel color tabaco que asomaba por el cuello del *blazer* era otra historia. Con sólo mirarlo, Frankie empezó a sudar. La calefacción del coche de Lala estaba más que a tope.

—Encantada de conocerlas a las dos —Frankie esbozó una amplia sonrisa mientras cruzaba los brazos sobre el suéter largo de cuello tortuga y color melocotón que tanta vergüenza le provocaba. El espantoso color hacía juego con su maquillaje, por si éste se le corría. El anticuado modelo había sido diseñado para cubrirle la piel. Los *leggings* negros y las botas planas por encima de la rodilla eran el resultado de una discusión de una hora con Viveka en la que, por suerte, Frankie había salido victoriosa. ¿De veras su madre esperaba que también se pusiera leotardos color melocotón? Estaba muy bien para las niñas que se presentaban a los concursos de belleza infantiles, pero lo que Frankie pretendía era hacer amigas.

—¿Todas listas? —Lala subió al máximo el volumen del estéreo. Las voces de The Black Eyed Peas bramaron por los altavoces.

I gotta feeling that tonight's gonna be a good night...

—¡Listas! —respondieron las chicas al unísono.

Lala pisó el acelerador a fondo y salió del camino particular de los Stein con un chirrido de llantas.

I gotta feeling that tonight's gonna be a good, good night...

Las chicas se desplomaron hacia atrás en sus asientos y estallaron en carcajadas.

—Seguro que a tus padres les encantó, ¿eh? —bromeó Blue mientras saltaba al ritmo de la música.

—Da igual —Frankie se encogió de hombros. No quería pensar en sus padres. No quería pensar en la piel verde, ni en los normis, ni en que los tornillos aún le escocían por culpa de su recarga matinal. Sólo quería pasar el día en el *spa* con sus amigas. Y no por medio de un recuerdo implantado, o el alquiler de un DVD. Quería respirar el día. Vivirlo. Olerlo. Sentirlo. Y recordarlo para siempre.

—Oye, La —Claudine se inclinó hacia delante—. ¿Alguna posibilidad de que bajes la calefacción? Aquí atrás, mis rebanadas de pavo deshidratado están a punto de convertirse en salsa.

Frankie sonrió. El calor resultaba insoportable.

—A lo mejor deberías quitarte la bufanda —sugirió, tratando de demostrarles que no era tan tímida como para no intervenir en plena conversación.

—Aaaaah —vociferó Blue—. Díganme que no dijo nada.

Todas se echaron a reír con excepción de Claudine, quien con sus ojos marrón amarillento lanzó a Frankie una mirada asesina y soltó un gruñido de advertencia que parecía decir: «Ándate con cuidado, novata».

—Lo siento —murmuró Frankie, deseando poder retirar lo que fuera que hubiese ofendido a Claudine—. Sólo trataba de ayudar —pellizcó la lana de su suéter, que parecía un saco de dormir—. Me estoy asando con este cuello tortuga, y se me ocurrió que... —Cleo le golpeó en la espinilla con su zapato dorado de plataforma—. ¡Ay! —empezó a soltar chispas.

Cleo y Claudine intercambiaron una mirada fugaz.

Sin perder un segundo, Frankie se sentó sobre las manos para amortiguar la descarga.

—¿Por qué me diste un puntapié?

—Trataba de evitar que siguieras poniéndote en evidencia —explicó Cleo.

—¿Qué? —repuso Frankie, inclinándose hacia delante para frotarse la pierna dolorida.

—Cleo sabe de esas cosas —Lala apagó la música de golpe.

—¿Qué se supone que significa eso?

—Que tienes mucha experiencia a la hora de ponerte en evidencia, nada más —comentó Lala, deteniéndose en el semáforo en rojo.

El chirrido de los limpiaparabrisas fue el único sonido que se escuchó en el coche.

—¿Te importa explicarte? —insistió Cleo, con el tono de quien ya conoce la respuesta.

Los ojos oscuros de Lala localizaron a Cleo a través del espejo retrovisor.

—Me refiero a que te has pasado la semana metiéndote con mi chico delante de todos.

Frankie tenía ganas de saber de quién hablaban, pero decidió que sería mejor no preguntar. Ignoraba a quién podría ofender ahora.

—¿De veras piensas que lo estuve besando por *mí*? —preguntó Cleo, que por su tono parecía sinceramente dolida.

—Pues sí —replicó Lala.

El semáforo cambió a verde.

—Arranca —Blue dio un ligero codazo a Lala.

Ésta pisó el acelerador ligeramente y avanzó con lentitud a través del empapado cruce, al tiempo que aleteaba sus pestañas oscuras para reprimir las lágrimas.

—Mira La, lo hice por ti —Cleo colocó una mano en el hombro de su amiga, forrado de cachemir rosa—. Estaba ligando con esa chica nueva, Melopea, y... en fin...

—¿Qué? —Lala sorbió por la nariz—. ¿Acaso es más guapa que yo?

—¡No! —gritaron al unísono Blue, Claudine y Cleo. Seguramente, casi todo el mundo argumentaría que Melody era más guapa y que su belleza clásica superaba el estilo «desenfrenado» de Lala. Pero bajo ese modo de vestir gótico chic, y enterrada bajo aquellos ojos rodeados de delineador negro, yacía una silenciosa confianza. Con un conocimiento del mundo precoz para su edad, Lala era un viejo espíritu con encanto juvenil. La enigmática combinación hacía pensar a Frankie que cualquier cosa era posible.

—La, tienes mucho más que ofrecer que Melopea —aseguró Cleo, prácticamente escupiendo las palabras.

—Es verdad —Claudine se metió en la boca una rebanada de pavo deshidratado.

—Pero se le estaba lanzando —prosiguió Cleo, implacable—, y si alguien no la detenía, lo habrías perdido por segundo año consecutivo.

Frankie miró a Cleo con un nuevo respeto. Hermosa, leal y generosa, decía mucho a favor de las normis.

—D.J. sabe que estoy con Deuce —añadió Cleo—. Y también sabe que un beso mío no significa nada. Pero Melopea no tiene ni idea. Y ella es…

—Más guapa que yo —concluyó Lala con un suspiro.

—¡No es más guapa! —insistieron las chicas.

—¿Cómo creen que me siento *yo*? —Cleo soltó un suspiro—. Melopea le plantó un beso en público a Deuce para vengarse de mí y… —su voz se apagó.

—A Deuce no le gustó para nada —declaró Claudine, como si no fuera la primera vez que hubieran mantenido aquella conversación—. Estaba en estado de *shock,* nada más.

—Lo sé, ya lo sé —Cleo se limpió el rabillo del ojo con su camiseta azul y sorbió por la nariz otros fluidos que había intentado mantener adentro.

—De acuerdo, está bien, te creo —Lala se rindió—. De todas formas, da igual. Ya no me gusta. ¿Se fijaron cómo se puso a sudar después del beso? Estuve a punto de ver mi reflejo en su frente.

—Ya te habría gustado —bromeó Blue.

Todas se echaron a reír.

Frankie, sintiéndose de pronto como una intrusa, miró por la ventanilla empapada de lluvia. Cruzó una mirada con el conductor de un Kia blanco, un hombre demacrado y con barba incipiente cuyo dedo estaba haciendo horas extraordinarias para extraer de la nariz algún objeto obstinado. Por suerte, Lala giró a la izquierda antes de que el hombre tuviera oportunidad de dejarlo al descubierto.

—Ya llegamos —anunció, ahora con tono más animado. Detuvo el todoterreno urbano debajo de un toldo blanco y le entregó las llaves al acomodador.

—Jamás haría nada para lastimarte. Tenemos que mantenernos unidas —Cleo atrajo a Lala hacia sí para abrazarla.

—Ya lo sé —Lala le devolvió el abrazo—. Lo siento.

Frankie, feliz, sonrió con todo su cuerpo. Se sentía afortunada al estar incluida en aquel grupo de amigas inseparables y, en silencio, prometió que jamás las defraudaría.

Atravesaron la puerta giratoria de cristal y metal dorado y entraron en lo que podría haber pasado por el útero de una normi. Un espacio tenuemente iluminado, acogedor, donde se escuchaban murmullos de agua y voces amortiguadas.

—Hola, Sapphire —susurró Lala con voz amable, al tiempo que enseñaba su credencial de socia a una embelesada joven de pelo castaño que se encontraba al otro lado del mostrador cubierto de velas.

—Buenas tardes, señoritas —con gesto delicado, Sapphire pasó la tarjeta por el lector antes de devolvérsela—. ¿Disfrutarán hoy de nuestras instalaciones?

—Sí —Lala abrió una chequera de invitaciones de color verde y arrancó cuatro—. Blue va a meterse en la piscina de agua salada, Cleo escogió el tratamiento relajante, Claudine necesita una depilación con cera...

Las chicas soltaron una risita.

—¡Basta ya! —ladró Claudine.

—Y ésta es Frankie —prosiguió Lala—. Va a utilizar la cama de rayos UVA.

—Hola —Frankie sonrió y, mientras sacaba el monedero, dirigió la vista a los tarros en la vitrina de cristal situada detrás de la cabeza de Sapphire.

—¿Esas cremas funcionan de verdad? —preguntó, señalando las de la línea llamada NoScar («no más cicatrices»).

—Garantizan reducir espectacularmente la visibilidad de las marcas en la piel al cabo de cien días —anunció Sapphire con tono orgulloso—. Por increíble que parezca, los bigotes de roedor son el ingrediente activo.

—¿Cuánto cuesta? —preguntó Frankie, recorriendo con la uña los dígitos en relieve de la tarjeta Visa de su padre.

—Mil cien dólares para los socios; mil trescientos para los invitados.

—Ah —Frankie dejó caer la tarjeta de crédito en su bolsa de lona. «A lo mejor las *fashionratas* me mandan un cable».

—No te preocupes —le dijo Lala con tono alentador—. El bronceado te irá de maravilla.

—Perfecto —Frankie asintió como si le pareciera un plan «B» infalible, aunque lo dudaba mucho.

Tras pulsar una serie de teclas en su computadora, Sapphire les entregó a Lala las llaves de los casilleros.

—*Namasté* —susurró en hindú para dar las gracias, mientras su coleta marrón le caía por encima de la cabeza al hacer una reverencia.

En el interior del vestuario, varias mujeres atravesaban la mullida alfombra de color crema, luciendo tan sólo la bata de felpa facilitada por el *spa* y el resplandor propio de la relajación total. Algunas se secaban el pelo a mano mientras otras chismeaban sobre el repentino aumento de peso de su profesora de Pilates. Pero la mayoría parecían felices al deambular en cueros, dejando que las diferentes partes de sus cuerpos normis colgaran libremente.

Frankie sintió la imperiosa necesidad de echar chispas.

—¿Se supone que tenemos que ir andando por ahí *desnudas*?

Ante su inocencia, las chicas se echaron a reír.

—¿Que nunca has estado en un *spa*? —preguntó Cleo, cuyos ojos ya no estaban anegados de tristeza. Al contrario, lanzaban destellos de sospecha.

—No —admitió Frankie.

Cleo elevó una ceja en señal de curiosidad. Frankie optó por ignorar el gesto.

—Tomen —dijo Lala mientras entregaba una llave a cada una de las chicas. Con un solo giro, el casillero de Frankie, de madera oscura, se abrió de repente. En el interior se encontraban la bata de felpa y las pantuflas acolchadas que tenía que llevar durante la estancia en el *spa*—. ¡Electrizante! —exclamó, maravillada ante el descubrimiento. Pero su alivio se tornó rápidamente en pánico una vez que miró la bata de cerca.

Llegaba hasta justo debajo de las rodillas y carecía de cuello tortuga, de modo que dejaría al descubierto sus costuras y tornillos, algo que ni siquiera el F&F era capaz de ocultar.

Cleo y Lala empezaron a desvestirse mientras, con tono despreocupado, charlaban sobre el baile de septiembre.

—Naturalmente, voy a llevar a Deuce de pareja —comentó Cleo, ya sin rastro de la inseguridad provocada por Melody.

—Tengo que encontrar otro chico que me guste —Lala se ciñó la bata y, acto seguido, se frotó los brazos para librarse de un frío inexistente—. ¿Con quién se te antoja ir? —preguntó a Claudine.

—Qué más da —Claudine agarró su bata y se dirigió a las cabinas del baño—. Como si mis hermanos fueran a permitir que un chico me llevara a un baile —añadió, girando la cabeza hacia atrás.

—No te imaginas lo sobreprotectores que son —explicó Blue, mientras rociaba el interior de sus botas de goma negras con el *spray* de Evian facial, obsequio del *spa*—. Como a mí no me interesa nadie, seré la pareja de Claudine —se encogió de hombros, como si la cosa no fuera para tanto—. ¿Y tú, Frankie?

—No lo sé —se sentó en el banco y abrazó la bata como si fuera una almohada—. Sigo pensando que ese chico, Brett, es una monada.

—Buena suerte si piensas arrebatárselo a Bekka —Cleo recogió su sedosa melena negra en una coleta alta y se aplicó en los labios un bálsamo con olor a rosas—. Bekka agarra más que el Super Glue.

—Pega más que el fijador más fuerte —añadió Lala.

—Sujeta más que la laca Elnett —apuntó Cleo con una risita.

—Es más posesiva que el demonio de *El exorcista* — consiguió decir Lala.

—Más cerrada que el culo de un muñeco —aportó Blue.

—Más competitiva que los de *Operación Triunfo* — Frankie sacó el pecho y meneó el trasero en plan de diva.

Las chicas soltaron una carcajada.

—¡Genial! —Blue puso en alto una mano enguantada de púrpura.

Frankie la entrechocó si soltar ni una sola chispa.

—Odio ser aguafiestas... —Claudine regresó a la conversación vestida con la bata y las pantuflas. Por alguna razón, se negaba a quitarse su estola de piel, algo sobre lo que Frankie no se atrevió a comentar de nuevo—. Pero si Bekka te sorprende con Brett, te hará pomada.

—No me preocupa —Frankie se echó el pelo hacia atrás—. He visto todas las películas de adolescentes, y la chica buena siempre acaba consiguiendo al chico.

—Sí, pero esto es la vida real —Cleo se frotó un lado de la cara, como si hubiera recibido una bofetada imaginaria—. Y Bekka no se anda con tonterías. Me plantó un puñetazo en la mandíbula cuando besé a Brett en un juego de «botella».

—¿*En serio?* ¡Pero si precisamente de eso se trata el juego! —exclamó Frankie, preguntándose en secreto lo que sería besar los labios (amantes de los RAD) de Brett.

—Sí, bueno, la botella no se detuvo exactamente delante de Cleo —explicó Lala con una mueca irónica.

—Es que Deuce aún estaba en Grecia... —un destello de malicia iluminó los ojos de Cleo—. Aun así... ¡no tenía por qué ponerse a soltar puñetazos!

—¡Uf! —Blue se rascó las espinillas—. Tengo que mojarme antes de destrozarme las piernas —se ajustó la bata y se dirigió a la puerta de cristal esmerilado con el cartel de «PISCINA DE AGUA SALADA». Seguía con las botas de agua y los guantes puestos.

Dos mujeres vestidas con bata de uniforme rosa hicieron su entrada, carpeta sujetapapeles en mano.

—Señorita Wolf —dijo sonriendo la mayor, de pelo rubio—. Soy Theresa, la encargada de su depilación con cera.

—¡Un momento! ¿Dónde está Anya? —preguntó Claudine, cuyos ojos amarillentos miraban de un lado a otro, presas del pánico.

—En un congreso de Estética —declaró Theresa. Acto seguido, estiró un brazo, indicando a Claudine el pasillo que conducía a las cabinas de tratamiento—. ¿Nos vamos?

Claudine se levantó, sujetó el cuello de la bata para mantenerlo cerrado y siguió a Theresa por el pasillo. Volvió la vista hacia las chicas y entornó los ojos, dando a entender que la sustitución no le había hecho ni pizca de gracia.

—¿Lista, Cleo? —preguntó la otra empleada, por encima del zumbido de los secadores de pelo. Sujetaba un cuenco con uvas rojas.

—Gracias, Blythe —Cleo aceptó las uvas y luego se despidió con la mano, bajando los dedos de uno en uno.

—La cama de rayos UVA está en la cabina número trece —explicó Lala, a quien los dientes le castañeteaban—. Lee las instrucciones de uso antes de desnudarte. Ahí adentro hace un frío que cala. Yo me voy al sauna.

—De acuerdo, gracias —Frankie sonrió, agradecida por no tener que desnudarse delante de sus amigas.

La cabina número trece olía a sudor de normi y a sol. «Quizá Lala tiene problemas de circulación», pensó Frankie mientras cerraba la puerta con pasador y la reforzaba con una silla, porque ahí adentro hacía un calor del demonio. La cama en forma de curva —que más bien parecía el cruce entre un todoterreno Hummer y un ataúd— la esperaba. Una pequeña almohada de vinilo y una toalla doblada descansaban pulcramente sobre el colchón de cristal desinfectado.

Tras leer las instrucciones, las sospechas de Frankie se confirmaron. Quince minutos en aquella cama no solucionarían sus problemas. No conseguirían que Brett se fijara en ella. Y no le cambiaría el color de la piel de verde a blanco. Nada lo haría. Pero podría proporcionarle ese cosquilleo electrizante que había sentido cuando, con la cara lavada, miró directamente al sol en el instituto Mount Hood. Aquella carga de luz solar fue mucho más efectiva que todas las que Carmen Electra le había ofrecido jamás, y su calidez le había recorrido el cuerpo hasta las costuras de los tobillos. Y si no tuviera ese efecto, ¿qué? Al menos, aquellos quince minutos de rayos UVA serían algo que añadir a su reducida (pero cada vez mayor) colección de experiencias en la vida real.

Embriagada por la expectativa y agradecida por la intimidad, Frankie se quitó el suéter de cuello tortuga y lo lanzó a un rincón. Minutos más tarde se encontraba con la cabeza apoyada en la almohada de vinilo sin nada en el cuerpo, salvo las costuras y los tornillos que su padre le había colocado, una capa de maquillaje F&F y unas tiras adhesivas plateadas para proteger los ojos.

Palpando la pared que tenía detrás de la cabeza, localizó el botón de encendido y lo pulsó. Con un único y sonoro «clac», se encendieron varias hileras de tubos fluorescentes. Frankie bajó el techo de la cama y adaptó el cuerpo a la postura de máximo confort.

«Ahhhh. Ahí está... el cosquilleo...» Justo como lo recordaba.

Al contrario de las recargas en casa, que hacían circular la electricidad a través de sus tornillos, ésta penetraba por cada centímetro de su cuerpo. La diferencia entre un vaso de agua y una bañera. La sensación era absolutamente electrizante.

Visiones de sí misma en biquini atado con cordones, retozando con Brett en una playa desierta, ocuparon la imaginación de Frankie. Calientes por el sol (esa lámpara de infrarrojos de la naturaleza) sus tornillos y costuras, así como sus abdominales verdes y duros como piedras, despertarían al poeta que Brett llevaba dentro y le inspirarían a escribir. La fina arena calentaría los espacios interdigitales de los pies de Frankie, y la hoguera que encenderían por la noche crepitaría y lanzaría chispas en la oscuridad. Se acurrucarían y compartirían historias acerca de sus atormentadas dobles vidas, y encontrarían consuelo en los brazos del otro.

«Aaaaah».

Aquellas visiones parecían tan reales, tan factibles, que prácticamente podía olerlas. Las nubes de caramelo se ennegrecían en la hoguera mientras los labios de ambos expresaban su amor... el humo hacía piruetas a su alrededor... se olía el tufo a cartón quemado de cuando el pelo se chamusca...

«AAAAAH».

—¡Oh, no! —Frankie se incorporó al instante, golpeándose la frente contra el techo de cristal de la cama de rayos UVA. Se arrancó las pegatinas de los ojos y se percató de las cintas de humo que le salían de las costuras de los tobillos. Los tornillos del cuello lanzaban chispas como si fueran bengalas.

«¡Oh, no! ¡Oh, no! ¡Ohnoohnoohnoohnoohnoohno!»

Temblorosa y desconcertada, pulsó el botón amarillo que había en la pared con la esperanza de cortar la electricidad; pero sólo consiguió añadir otros diez minutos a la sesión de bronceado.

—¡Alto! ¡Alto! —empezó a dar palmadas a sus costuras chamuscadas, pero el pánico provocaba que soltara más chispas todavía.

Frankie agarró el cable negro de la pared y lo jaló con todas sus fuerzas, pero se mantuvo tirante. Lo intentó otra vez. Y otra más…

Las chispas saltaban por todas partes. De pronto, le brotó de la mano un destello de electricidad que fue deslizándose a lo largo del cable y se coló en la toma de corriente.

¡Pop!

La cabina se sumió en la oscuridad.

—¿Qué pasó con la luz? —gritó alguien, presa del pánico, en la cabina de al lado. Por el tono, debía de ser Cleo.

Otras voces —algunas divertidas; la mayor parte, inquietas— se fusionaron en un coro de consternación y moderada ansiedad. A través de la rendija bajo la puerta, Frankie percibió el parpadeo de una vela y escuchó apresuradas pisadas que pasaban junto a la cabina.

—¿Se está quemando algo? —preguntó una preocupada voz femenina.

Sin prestar mucha atención a sus olorosas costuras, Frankie se vistió a toda velocidad y salió al pasillo en tinieblas. Tras seguir las señales rojas de «salida» hasta la puerta trasera, se lanzó al chaparrón sin decir una palabra a nadie.

Afuera, el vapor ascendía en oleadas de su cuerpo chispeante como el efecto especial del hielo seco en una película de terror de serie «B». Pero se negó a llorar. Al fin y al cabo, había conseguido su día en el *spa*. Lo había respirado. Vi-

vido. Olido. Sentido. Y (por desgracia) lo recordaría para siempre.

Sonó el celular de Frankie. Era Blue. Luego, Lala. Luego, Blue. Luego, Lala. Dejó que las llamadas fueran directas al buzón de voz.

Tras una caminata de diez kilómetros bajo el aguacero, Frankie torció por Radcliffe Way. Sus extremidades estaban sueltas y su energía, en las últimas. Sin embargo, se negó a llorar. Tenía que ahorrar su resistencia para el inevitable sermón que recibiría de sus padres. «¿Fuiste a un *spa*? ¿Qué hiciste con la electricidad? ¿Y si alguien te vio? ¿Cómo se te ocurrió caminar una distancia tan grande con una recarga tan baja? ¿Sabes lo peligroso que fue? ¡No sólo para ti, sino para todos los RAD! Frankie, ¿cuántas veces…?»

Justo en ese momento, un todoterreno urbano de color verde pasó a su lado a toda velocidad y las ruedas dividieron un charco en dos enormes cortinas, como las aguas del Mar Rojo. Una de las oleadas chocó contra la portezuela del pasajero. La otra, caló a Frankie de arriba abajo.

Esta vez, se echó a llorar.

CAPÍTULO 11
LOS OJOS, EN EL TROFEO

—¿Seguro que no se te antoja acampar con nosotros? —gritó Glory por encima del ruido ensordecedor de una cama de aire en pleno inflado—. Ya dejó de llover. Y el aire fresco te vendrá bien para los pulmones.

Se encontraban en la sala, aún con cajas por vaciar, y observaban a través de las puertas corredizas de cristal los esfuerzos de Beau por montar una tienda de campaña color caqui de proporciones gigantescas.

—Segurísimo —a Melody le entraron ganas de reír ante la sola idea. ¿A quién pretendían engañar sus padres? Pijamas de cachemir, tienda de campaña con capacidad para ocho personas, sábanas de lino italiano sobre las camas de aire, brochetas coreanas de ternera de un establecimiento de comida para llevar, una garrafa de mojitos y un reproductor de DVD con la primera temporada de *Lost*... No parecía exactamente un *camping* normal. Era como si Melody se metiera en la boca el tubo de escape de un autobús en Los Angeles y lo tomara por un inhalador.

Además, tenía planes. En cuanto Candace se marchara a reunirse con su tercer chico de la semana, Melody entraría a hurtadillas en su habitación con una bolsa de palomitas con sal y azúcar para ver su programa favorito: *The biggest loser* («El perdedor más grande», el *reality* de obesos). Sólo que no se trataba de un programa de televisión, ni de una cuestión de sobrepeso. Se trataba de una chica llamada Melody que se había enamorado de un chico superlindo pero impredecible, y que se encontraba sola una noche de sábado clavando la vista en la ventana del chico. Por tercera noche consecutiva.

—Me piro, vampiro —anunció Candace, presentándose ante su familia con un minivestido casi transparente, con un hombro al aire y un estampado de los sesenta, a manchas color púrpura, azul y blanco. Los botines plateados dejaban medianamente claro, por si alguien llegara a dudarlo, que no era una chica de por allí.

—¿Qué tal el pelo? —preguntó mientras se ahuecaba los suaves rizos de su cabello rubio—. ¿Demasiado *sexy*?

—¿Alguna vez te fijas en lo que dices? —preguntó Melody sin poder reprimir una risita.

—Voy a salir con Jason. Es «lista B» total —explicó Candace, que se volvió a aplicar brillo en los labios—. No quiero darle una impresión equivocada. Sólo pretendo poner celoso a Leo.

—Va a ser el *vestido* el que le dé una impresión equivocada —comentó Beau mientras entraba desde el jardín—, y no el peinado —su forro polar gris acero de Prada estaba salpicado de briznas de hierba—. Y ahora, sube a tu cuarto y termina de vestirte,

—¡Papá! —Candace chocó un botín contra el suelo—. ¿De veras tú y yo vivimos en la misma casa? Aquí el bochorno es peor que en Miami. Otra capa de ropa y moriré de un golpe de calor. Ni siquiera tuve que utilizar el difusor para volumen cuando me sequé el pelo —tiró de uno de sus rizos y lo soltó—. Observa —la elasticidad hablaba por sí misma.

—El hombre del aire acondicionado viene el miércoles —Beau se secó su frente bronceada—. Ahora, ve a cambiarte de ropa o te meteré por la cabeza esa tienda de campaña, a ver si así pones a Jason celoso.

—¡*Leo!* —puntualizó Candace.

—¿Y si te pruebas mi vestido abombado verde esmeralda encima de tus pantalones de Phi? —con un dedo del pie, Glory puso a prueba la firmeza de la cama de aire—. Está en el armario, en la caja con la etiqueta «YSL».

—No sé —Candace, vacilante, soltó un suspiro—. Necesitaría unos botines negros, y no tengo.

—Ponte los míos de Miu-Miu —Glory dio un soplo para apartarse un mechón castaño de sus ojos azul verdoso.

—¡Genial! —exclamó Candace como si la idea no se le hubiera pasado por la mente. Guiñó un ojo a Melody para demostrar que, en efecto, sí le había pasado por la mente.

—¡Vaya descaro! —bromeó Melody, que siguió a su hermana y se dejó caer sobre la elegante cama de dosel de Candace. La rigidez de los barrotes metálicos se compensaba con las sábanas rosa de volantes y el edredón de satén blanco. Era el extremo opuesto a la cama de Melody: una litera negra estilo Ikea con un práctico hueco para un escritorio en la parte inferior.

—Mira, Melly, en esta vida tienes que ir de cabeza por lo que quieres —explicó Candace, introduciendo a presión un pie en el rígido botín de piel—. Ya sabes: los ojos en el trofeo, sobre todo con Romeo —señaló con la barbilla la ventana de Jackson, tenuemente iluminada.

—No hay nada entre nosotros —replicó Melody, odiando el sonido de sus propias palabras. «¿Por qué reconocerlo en voz alta molestaba mucho más que saberlo?»

—¿Qué me dices de las flores de cerámica?

—Se pasó la semana coqueteando con Cleo. Para mí que sólo me utiliza para provocarle celos, ahora que Deuce volvió de Grecia —se giró a un lado sobre la cama—. Es un farsante, Candi. Y ya estoy harta de que me tomen el pelo.

—Te das por vencida a las primeras de cambio. Siempre te ha pasado —Candace alisó con ambas manos el borde del vestido abombado verde esmeralda y ladeó la cabeza hacia la derecha—. Me gusta.

Unos faros alumbraron las paredes de troncos de la habitación.

—Mi carroza de la «lista B» me aguarda.

—Procura no resultar demasiado *sexy* —bromeó Melody.

—Sólo si tú procuras ser *más sexy* —Candace, al estilo de los agentes de seguridad en el aeropuerto, pasó una mano por encima de los *pants* de Melody, gris y con el símbolo de la paz—. Esto no es aceptable.

—Lo compré en Victoria's Secret —alegó su hermana menor.

—Ya —Candace roció a Coco y Chloe con la última fragancia de Tom Ford—. Pues mejor sería que el «secreto de Victoria» nunca hubiera salido de la tienda.

Alborotó el pelo de Melody.

—Deberías pensar en salir de casa. Si el aburrimiento no te mata, el calor lo hará —chasqueó los dedos—. Me piro, vampiro —dejó tras de sí un sensual rastro de Black Orchid.

Melody permaneció acostada en la cama de dosel. Lanzaba al aire un almohadón de satén blanco y trataba de agarrarlo antes de que le cayera en la cara. ¿Ésa era su nueva vida? ¿En serio?

Aguardó a escuchar el sonido de los botines de Miu-Miu en los escalones de madera y, acto seguido, se enfundó el minivestido casi transparente que Candace había abandonado junto al neceser de maquillaje. Con la agitación propia de Cenicienta, se calzó los botines plateados y, cojeando, se acercó al espejo. Los botines le comprimían los dedos de los pies, pero hacían milagros con sus pantorrillas. Largas y esbeltas, tenían la misma elegancia delicada del vaporoso tejido. El exquisito estampado en tonos azul y púrpura otorgaba vida a sus ojos grises, como las luces de colores en un árbol de Navidad. De pronto, se había convertido en una chica digna de ser contemplada. Se imaginó sobre un escenario, cantando, con aquel vestido. A lo mejor eso de ser guapa no estaba tan mal...

¡Brrrrum!¡Brrrrum!

De no haber sido por el sonido de su iPhone, Melody se podría haber pasado el resto de su vida mirándose en el espejo.

Deslizó el pulgar por la pantalla, deteniendo al instante el tono del arranque de una moto.

—Hola —respondió, impulsándose hasta la ventana en la silla de escritorio de su hermana, tapizada de blanco.

—¿Qué pasa? —preguntó Bekka. *Freak,* la canción de Estelle, sonaba de fondo.

—Nada —Melody volvió la vista hacia la casa blanca de estilo campestre al otro lado de la calle. De los alféizares colgaban rústicas jardineras de madera rebosantes de flores silvestres. Un arce gigantesco en el jardín delantero daba cobijo a un conjunto de comederos para pájaros ocultos entre sus ramas. La pintoresca vivienda, que irradiaba el encanto del «niño de mamá», no encajaba con la de un ligón empedernido.

—¿Qué haces? —preguntó Melody—. Creía que habías quedado con Brett. ¿No iban a ir a ver la nueva película del Cineplex?

Estelle fue reemplazada por el *clic clac clic clac clic clac* de dedos en un teclado.

—Mis padres quieren que me quede en casa por ese rollo del monstruo —dio una fuerte palmada en una superficie sólida—. Es terrible. Me he pasado la semana esperando para salir con él y ahora... —volvió a dar un manotazo a la superficie sólida—. Sólo íbamos a ir al cine. ¿Qué piensan? ¿Que me va a atacar el hombre lobo? ¿O Fantomas? Ah, no, espera. ¿Qué tal la piraña asesina?

Clic clac clic clac clic clac...

—¿Y si le pides a Brett que vaya a verte? —preguntó Melody, frunciendo los ojos para determinar si el movimiento tras la persiana del dormitorio de Jackson era una señal de actividad o meras ilusiones.

—Se lo pedí. No quiere —su tono pasó de la indignación al desencanto—. Tiene que ver a esa cosa lo antes posible. Así que se va con Heath... o eso dice.

Clic clac clic clac clic clac...

La luz del dormitorio de Jackson se apagó. Para desgracia de Melody, el espectáculo se había cancelado.

—Explícame todo eso del monstruo —dijo Melody, por fin mostrando algo de interés. La gente en el instituto había estado comentando un incidente en Mount Hood High, pero ella no había prestado atención. Al fin y al cabo, hablaban de *monstruos*. Además, para monstruos, las chicas del instituto de Beverly Hills; de modo que no había de qué preocuparse. Pero que los padres prohibieran a sus hijos que salieran a la calle convertía la situación en algo real... o casi—. ¿De veras vieron uno?

—Eso creen mis padres —respondió Bekka con un gruñido.

—Los míos también —terció una voz conocida.

—¡*Haylee*!

—Hola, Melody.

—¿Desde cuando estás al teléfono? —preguntó Melody, pensando que a lo mejor se le había pasado por alto mientras examinaba la habitación de Jackson.

—Está en todas mis llamadas —explicó Bekka—. Toma notas para el libro.

—Ah —Melody se mordió la uña del pulgar, cayendo por fin en la cuenta de que el ruido de fondo lo producía Haylee al teclear. La intromisión no le hacía mucha gracia, la verdad—. En fin, ¿dónde estábamos?

Clic clac clic clac clic clac...

—Monstruos —apuntó Haylee.

—Sí, gracias —Bekka respiró hondo—. Corren toda clase de rumores, pero yo me inclino por la historia de Brett, porque entiende un montón del tema.

Clic clac clic clac clic clac...

—Dice que existen familias de monstruos que viven en el cañón del Infierno, a unos trescientos kilómetros de aquí. Beben y se bañan en el río Serpiente y se alimentan en las montañas de los Siete Diablos. En verano hace tanto calor en el cañón que emigran al oeste, hacia el mar, y viajan sólo de noche o en las mañanas de mucha niebla.

De pronto, Jackson pasó por delante de la ventana. La sorpresiva visión provocó en Melody un escalofrío. En realidad, nunca antes lo había visto en su habitación. Apagó la luz del dormitorio de Candace para que él no la viera, y fingió interesarse en la lección de Bekka sobre el folclor regional.

—¿En serio?

Clic clac clic clac clic clac...

—Eso dice Brett —explicó Bekka—. Entonces, cuando llega el otoño y el ambiente se enfría, regresan. Por lo tanto, tiene sentido que hayan visto un monstruo, porque estamos en temporada alta de migración.

—No debería haber besado a Deuce —comentó Melody malhumorada, harta ya de la conversación sobre el dichoso monstruo—. Sólo conseguí que empeoraran las cosas.

—¿Qué cosas? —preguntó Bekka—. Jackson y tú no están saliendo.

—Ay, me diste donde me duele —replicó Melody entre risas. Su nueva amiga tenía razón. Aquella historia de persecución y malos rollos empezaba a resultar desquiciante. Era lo contrario a un buen comienzo.

—Es verdad —Haylee ratificó el testimonio de Bekka.

—Ya lo sé —Melody apoyó la frente en el frío cristal de la ventana. Era lo más parecido a un chapoteo de agua fresca que se le ocurría—. Me dejé engañar por esa historia del artista tímido. Ni siquiera es tan mono como pensaba.

Clic clac clic clac clic clac...

—Muchas gracias —dijo una voz masculina.

Melody pegó un salto.

—¡Aaaah! —se giró a la velocidad del rayo y contempló la silueta delgada recortada en el oscuro umbral de la puerta. La adrenalina le aceleró el corazón como un motor fuera de borda.

—Melody, ¿estás bien? ¡Contesta! —gritó Bekka por el teléfono—. ¿Es el monstruo?

Clic clac clic clac clic clac...

—Estoy perfectamente —Melody se colocó una mano sobre el pecho desbocado—. Sólo es Jackson. Te llamo luego.

Clic cl...

Melody colgó y lanzó el teléfono sobre la cama de Candace.

—¿Era Deuce? —preguntó él.

Disfrutando de la cálida sensación que los celos de Jackson le provocaban, Melody decidió dejarle creer que sí.

—Ahora no viene al caso. ¿Qué haces aquí?

—La pareja de vagabundos que acampa en el jardín me abrió la puerta —Jackson dio un paso y se adentró en las tinieblas.

Melody frunció los ojos.

—¿Estuviste escuchando a escondidas?

—¡Eh! —exclamó él, aproximándose a la ventana—. ¿Es ésa mi habitación?

—¿Y yo qué sé? —Melody replicó más a la defensiva de lo que le hubiera gustado. Hizo rodar la silla de vuelta al escritorio y encendió la luz.

Los ojos avellana de Jackson se iluminaron al verla. Las mejillas de Melody se pusieron al rojo vivo. Se le había olvidado por completo que llevaba puesto el minivestido de Candace. De pronto, se sintió cohibida. No porque sus piernas quedaran al descubierto, sino porque quedara al descubierto sus intentos por parecer *sexy*.

—Mmm, yo... —balbuceó Jackson al tiempo que se secaba su frente húmeda—. Sólo he venido a decirte que te alejes de Deuce.

—¿Por qué? —Melody esbozó una sonrisa vengativa—. ¿Porque tienes celos?

—No —se quitó las gafas y se frotó los ojos—. Porque es peligroso.

—¡Estás celoso, celoso, estás celoso! —canturreó Melody como una niña en un parque infantil. Para su sorpresa, su voz sonaba un poco más clara de lo habitual.

—No estoy celoso, ¿de acuerdo? Estoy preocupado por ti; los seres humanos tenemos que apoyarnos —el labio superior de Jackson empezó a empaparse de sudor—. Oye, ¿siempre hace tanto calor en tu casa? —soltó de pronto.

—Pues sí —respondió ella, tratando de dar la impresión de que la ausencia de celos por parte de Jackson no la deprimía—. En mi cuarto hay un ventilador —sugirió—. Pero, seguramente, sólo viniste a darme el mensaje, así que... —Melody se dirigió a pisotones hasta la puerta del dormitorio de Candace y, con la elegancia de una jirafa en patines, la mantuvo abierta para despedirlo—. Que tengas una noche estupenda. Y gracias otra vez.

Jackson salió, y Melody se quedó con la sensación de quien cae por un barranco. Ligeramente mareada, enterró la cabeza entre las manos.

—¡Mucho mejor! —exclamó Jackson elevando la voz.

Estaba en la habitación de Melody. Con las luces encendidas y el ventilador en marcha. El sentimiento de desplomarse por un barranco desapareció como por arte de magia.

Jackson se había instalado como si estuviera en casa: sentado en el suelo de madera, bajo la litera negra, con las rodillas pegadas al pecho y frente al ventilador. Llevaba una camiseta de manga corta con el cuello azul marino, *jeans* desvaídos y unos Converse negros (¡iguales que los de Melody!). La escena, mitad *friqui* mitad intelectual, hacía pensar en una campaña publicitaria de Marc Jacobs.

—Interesante —comentó Jackson, fijando la vista en las cajas sin desembalar.

—No está tan mal —Melody tomó asiento, pensando más en él que en el desordenado dormitorio.

A continuación, se produjo una breve e incómoda ronda de gestos de asentimiento.

—Bueno, ¿qué hay entre Cleo y tú? —espetó Melody, como si sus pensamientos hubieran sido lubricados con aceite de oliva.

—¿A qué te refieres? —Jackson cerró los ojos y se inclinó hacia el ventilador.

—¿Lo preguntas *en serio*? —el corazón de Melody de nuevo latió a mil por hora—. Mira, sé que eres un ligón. Perfecto. Me queda claro. Lo más que podemos esperar es una buena relación entre vecinos, así que no pasa nada porque te sinceres conmigo.

—¿Un ligón? —Jackson estuvo a punto de soltarle una carcajada en plena cara—. Fuiste *tú* quien besaste a Deuce en mitad del pasillo.

Melody se levantó. ¿Cómo se atrevía a darle la vuelta al tema y echarle a ella la culpa?

—Hemos terminado.

—¿*Cómo*? ¿Pero qué hice yo?

—Jackson, no soy idiota.

Un ciclón de emociones le recorrió la garganta y le llenó los ojos de lágrimas. Debía de haber pronunciado esa misma frase un millar de veces. Lo único que variaba era el nombre colocado al principio.

—Entonces, puede que yo sí sea idiota —alargó el brazo para tomar a Melody de la mano. La sensación que provocaba era la del olor a galletas de jengibre en Nochebuena—. Dime —le dio un apretón—. ¿Qué hice?

Melody lo miró a los ojos. Éstos la atraparon con la misma desesperación que la mano de Jackson.

—Dímelo —suplicó él.

Sacudiendo la cabeza como si fuera una Bola 8 Mágica, Melody deseó que la respuesta surgiera de pronto. ¿Se trataba de una versión radical de las novatadas a la chica nueva, o de veras Jackson ignoraba de qué le estaba hablando?

—Cleo —repuso ella con tono monocorde, examinando la cara de Jackson en busca de sutiles signos de reconocimiento. Pero no encontró ninguno. Mandíbula apretada, no. Movimiento nervioso en el párpado, no. Lametón en labios resecos, no. Jackson la miraba fijamente con la inocencia de un niño que mira a su profesora durante la hora de los cuentos—. La besaste —prosiguió Melody—. Y mucho.

Esta vez Jackson, avergonzado, agachó la frente.

—¿Ves? ¡Te acuerdas!

Negó con la cabeza de lado a lado.

—No, no me acuerdo, ése es el problema.

—*¿Qué?* —Melody tomó asiento a su lado y se quitó los tacones. La conversación estaba tomando un rumbo en el que los botines plateados ya no venían al caso.

—Tengo lagunas mentales —admitió él, arrancando un pedazo de goma suelto de la puntera de sus tenis—. Mi madre piensa que puede ser por culpa de la ansiedad, pero no está segura.

—¿Y qué dicen los médicos?

—Nadie lo sabe con certeza.

—A ver, hay algo que no tiene sentido —Melody cambió de postura para mirarlo cara a cara, pero resultaba imposible sentarse con las piernas cruzadas llevando una microminifalda—. Espera —dijo, y alargó el brazo para agarrar una caja con la etiqueta: «ropa cómoda». Sacó unos pantalones de pijama, a rayas y muy arrugados, y se los puso por debajo del vestido—. Así está mejor —sonrió aliviada—. Bueno, a ver, ¿cómo puedes besar a la gente cuando tienes una laguna mental?

—Buena pregunta —se pasó la mano por su lacio cabello a capas y suspiró—. Igual es que estoy empeorando.

—No te preocupes —le acarició levemente la rodilla—. Hay montones de gente que puede ayudarte.

—Estoy más preocupado por mi madre que por mí —añadió él—. Soy todo lo que tiene.

Conmovida por la bondad de Jackson, Melody se inclinó para acercarse un poco más. Su melena negra se elevaba con el aire del ventilador y rozaba las mejillas de ambos. La clásica escena tierna de las películas de Hollywood.

—Tranquilo —Melody lo agarró por la muñeca fingiendo angustia—. No vas a irte a ningún sitio. ¡El pueblo de Salem nos necesita!

—En ese caso, ¡lucharé! —replicó Jackson sin vacilación.

Los dos soltaron una carcajada, librándose de los celos innecesarios y dando la bienvenida al misterioso e incierto futuro de ambos.

—Besé a Deuce sólo para darte celos, ¿lo sabías? —admitió Melody.

—No lo sabía, pero funcionó.

—¡Bien! —exclamó Melody con un grito, aliviada al oírlo.

Jackson le examinó el semblante mientras sonreía con los ojos, como si estuviera leyendo *La antología del disparate.*

—¿Qué pasa?

—Tu nombre —repuso Jackson—. Te queda.

—¿En serio? —preguntó ella, sorprendida. Aunque de pequeña cantaba bien, siempre había considerado que le deberían haber puesto un nombre menos ingenuo, como Meredith, o Helena—. Melody, melodía, suena tan… alegre, tan optimista y yo… soy todo lo contrario.

—Sí, pero fíjate en lo que significa —se cruzó de piernas. Las rodillas de ambos se rozaban—. Una secuencia de notas individuales que, al combinarse, dan como resultado una composición increíble. Y eso eres tú.

Melody soltó una risita nerviosa y bajó la vista a sus encallecidos pies descalzos. Candace tenía razón. Visitar al podólogo de vez en cuando no la iba a matar.

—Gracias —respondió, conmovida por su propia timidez—. Nadie ha reflexionado tanto sobre mi nombre —confesó—. Ni siquiera mis padres. Querían llamarme Melanie, pero mi mamá tenía sinusitis cuando me dio a luz, de modo que al decirle a la enfermera el nombre que quería poner en el certificado de nacimiento, *Melanie* sonó como *Melody*. No se dieron cuenta de la equivocación hasta que el certificado llegó por correo tres meses más tarde. Y decidieron dejarlo así.

—Bueno, pues te sienta a la perfección. Es precioso... —tragó saliva.

«Aquí viene... No lo digas; por favor, no lo digas; por favor, no...».

—Como tú.

—¡Maldición¡ Me temía que ibas a soltarlo —Melody se levantó, preparándose para lo inevitable.

—¿Qué pasa? —Jackson también se levantó y la siguió hasta una caja en la que decía: «BEVERLY HILLS».

—Mira —le plantó su antigua credencial de instituto debajo de las narices.

Jackson se ajustó las gafas y examinó la tarjeta.

—¿Qué pasa?

—Mira lo fea que era hasta que mi padre, que es cirujano plástico, me arregló la cara —vociferó Melody, como si la frustración que sentía fuera culpa de él. Aunque, de alguna manera, lo era. Le había dicho que era preciosa. Él había dado el primer paso. Y ahora Melody tenía que poner fin al asunto antes de que Jackson empezara a encontrarse con las fotos de «antes» y «después» cuando navegara por Internet.

—No eras fea, para nada —declaró él—. Ahora eres exactamente igual.

—Pues no habrás mirado bien —insistió Melody, alargando el brazo en busca del documento.

—Te equivocas —Jackson agarró otra vez la credencial y volvió a clavar la vista—. Estoy mirando mejor de lo que te piensas. Y todo lo que veo es perfecto.

«Guau».

El ciclón en la garganta de Melody iba ganando fuerza. Viajando rumbo al sur, bajó directo al estómago de Melody. El calor de la casa se mezcló con el calor de su propio cuerpo y notó que una fuerza la empujaba hacia Jackson.

—Creo que ahora deberíamos besarnos —dijo de sopetón, para su propio asombro.

—Estoy de acuerdo —repuso Jackson, dando un paso hacia ella. El olor salado y dulce de la piel de Jackson la colmó como nunca lo había hecho un paquete de palomitas con sal y azúcar.

Más cerca… más cerca… más cerca… y…

—¡ATRÁS! —gritó una mujer fuera de quicio.

Jackson se apartó.

—¿Qué fue eso?

—Mi vagabunda madre.

—¿Acaso nos está viendo? —Jackson levantó el ventilador y se lo plantó frente a la cara.

—No creo —Melody salió corriendo a las escaleras—. Mamá, ¿estás bien?

—Sólo si piensas que ser perseguida por un lobo es estar bien —replicó ella a gritos—, como evidentemente es el caso de tu padre.

—Glory, te digo que no era un lobo —razonó Beau.

Melody y Jackson se echaron a reír.

—Oye, ¿quieres ser mi pareja en el baile de septiembre? —preguntó.

—Claro que sí —Melody sonrió—. Pero sólo si puedo ir vestida así —hizo una pose con su conjunto de vestido y pijama.

—Perfecto —repuso él entre risas.

Melody dio un paso para acercarse... Jackson dio un paso para acercarse... y

—¡AHÍ ESTÁ! —chilló Glory.

—¿*Dónde?* —Beau se rió por lo bajo—. Yo no veo nada.

—¡Melody! ¡Baja y dime si ves algo! —vociferó Glory.

—Ya voy —Melody puso los ojos en blanco.

Ella y Jackson se apresuraron escaleras abajo y se despidieron a toda prisa. Él salió sin hacer ruido por la puerta principal mientras que ella se dirigía a la parte trasera de la casa.

—Mira —Glory señaló a las puertas corredizas de cristal—. Detrás de la tienda de campaña, a la izquierda del servicio de té. ¿Ves algo?

El reflejo de una chica desastrada, con el pelo negro enmarañado y los pies sin arreglar, vestida con unos pantalones de pijama a rayas bajo un vestido semitransparente le devolvió la mirada.

—¿Qué? —insistió Glory—. ¿Ves algo?

—No —mintió Melody. Porque, por primera vez en su vida, la imagen que le devolvía la mirada no era horrenda, sino preciosa.

CAPÍTULO 12
RIP

Frankie dormía como un pollo con la cabeza cortada: su cerebro y su cuerpo se encontraban en programas totalmente diferentes. Tras cinco aburridas horas de reemplazo de costuras —durante las cuales Viktor insistió en ver las noticias—, Frankie, ahora sana y salva, estaba arropada con un nuevo juego de mantas electromagnéticas y una cálida corriente eléctrica circulaba a través de sus tornillos. Sin embargo, su cerebro daba vertiginosas vueltas en un delirio motivado por el pánico.

Extractos sonoros de las mentiras que les había contado a Viv y a Vik la perseguían como una música de carnaval que se repitiera sin descanso.

Viveka: ¡Viktor! ¡A Frankie le sucede algo!

Viktor: ¿Qué pasó? ¿Estás herida? *(a Viveka)* ¿Está herida? *(a Frankie)* ¿Estás bien? ¿Dónde está tu paraguas?

Frankie: Estoy bien, sólo tengo frío y estoy cansada *(pausa)*. Papá, ¿sabías que los bigotes de roedor borran las cicatrices?

Viktor: ¿Qué? *(a Viveka)* ¿Está alucinando? *(a Frankie)* Frankie, ¿puedes entenderme? ¿Sabes dónde estás?

Frankie: Sí, papá.

Viktor: ¿Dónde están las demás chicas? *(se levanta y la traslada a la cama de metal)*.

Frankie: Querían ir al cine al salir de la biblioteca. Les prometí que volvería derechito a casa. De modo que me marché. «Si las mentiras a los padres sirven para protegerse, ¿por qué se siente uno tan mal?»

Viveka: ¿Y no te trajeron antes a casa? *(enciende la gigantesca lámpara suspendida sobre la cama, tira del brazo y la coloca sobre el cuerpo de Frankie de tal manera que parece un signo de interrogación.)*

Frankie: Mmm, me lo propusieron, pero no quería que se les hiciera tarde.

Viktor: Podrías habernos llamado y pedido permiso para ir con ellas. Te habríamos dicho que sí, sobre todo de haber sabido que regresarías a casa sola, bajo la lluvia.

Frankie: No fue para tanto. Pero estoy agotada. ¿Les importa si descanso?

Viktor: *(da unos toquecitos con algo frío sobre los puntos de Frankie)* Claro que no. Adelante *(dirigiéndose en susurro a Viveka)*. Por el aspecto que tienen, parece como si se hubieran quemado.

Viveka: *(murmurando)* Seguramente se deshilacharon con el viento, nada más.

Mientras hacían conjeturas, se preocupaban, atendían a su hija y escuchaban las noticias locales, Frankie se esforzó por regresar a aquella playa imaginaria donde Brett y ella corrían libremente. Por fin regresó... pero estaba lloviendo.

Frankie debió quedarse dormida sin darse cuenta, pues no recordaba el momento en que sus padres apagaron las luces y se marcharon. Durante la última media hora había permanecido acostada en la cama escuchando el sonido de las *fashionratas,* que horadaban madrigueras bajo el serrín, al tiempo que se preguntaba cómo iba a explicar a las chicas su misteriosa desaparición. Mentir a sus padres acerca de la visita al *spa* era una cosa, pero ¿cómo se las arreglaba una toma de corriente humana para poner la clásica excusa de haberse quedado sin batería? Definitivamente, tendría que practicar bastante.

Uuuh uuuh.

Frankie apagó a Carmen Electra y levantó la cabeza.

Uuuh uuuh.

Una de dos: o había una lechuza en la casa, o sus padres estaban probando tonos para el celular.

Volvió la vista a las *fashionratas,* dando por hecho que estarían arañando el cristal en un desesperado intento por escapar de un predador alado. Pero se habían quedado dormidas, acurrucadas de tal modo que parecían diminutas bolas de discoteca blancas.

Uuuh uuuh.

—¿Diga? —respondió Viveka a la llamada con tono preocupado. Su voz quedaba amortiguada por el tabique de la pared. Entiendo... Llegaremos lo antes posible.

Unos segundos después, unos pies descalzos atravesaban a toda velocidad el suelo de cemento pulido, puertas corredizas de armario se deslizaban de un lado a otro y sonó el ruido de una cisterna.

En las películas, las llamadas telefónicas a altas horas de la noche indicaban que alguien había muerto. O que se había producido un incendio en la fábrica. O que los extraterrestres habían quemado círculos en los campos de cultivo. Pero aquello era la vida real, y Frankie no tenía ni idea de lo que podría haber ocurrido.

Su puerta comenzó a abrirse. La delgada banda de luz procedente del pasillo se fue ampliando como un abanico japonés.

—¿Frankie? —susurró Viveka, ya con los labios pintados de púrpura.

—¿Sí? —Frankie frunció los ojos por el resplandor.

—Vístete. Tenemos que ir a un sitio.

—¿*Ahora*? —Frankie lanzó una mirada a su celular—. ¡Pero si son las cuatro de la madrugada!

Viveka cerró la cremallera de la sudadera con capucha de sus *pants* negros de Juicy Couture; sus pequeños tornillos quedaron momentáneamente al descubierto.

—Nos marchamos en tres minutos.

En la cocina, Viktor llenaba de café dos tazones de viaje.

Frankie se levantó de un salto. El suelo estaba frío. Sus costuras nuevas le apretaban.

—Tardo por lo menos media hora en ponerme el maquillaje y…

—Olvídate del maquillaje. Algo de manga larga y con capucha bastará.

—¿Adónde vamos? —preguntó Frankie, oscilando entre el miedo y la emoción.

—Te lo explicaré en el camino —Viveka salió de la estancia, dejando la puerta un poco abierta.

Había dejado de llover, pero aún soplaba el viento. La luz plateada de la luna se reflejaba en la húmeda calzada de la calle sin salida, lo que a Frankie le hacía pensar en un enorme cuenco de leche. En vez de hojas, el suyo contendría cereales Fruity Pebbles.

—¿Adónde vamos? —Frankie probó ahora con Viktor.

Éste respondió con un bostezo mientras en reversa sacaba el Volvo del garaje.

—Tenemos una reunión —dijo Viveka con una nota de inquietud en la voz.

—¿En la *universidad*?

—Es otra clase de reunión —intervino Viktor, con los ojos clavados en las luces traseras rojas del Toyota Prius negro que tenían delante. Considerando lo temprano de la hora, un número sorprendente de vehículos transitaba por Radcliffe Way.

—No nací ayer, ¿saben? Está claro que aquí pasa algo —espetó Frankie.

—Frankie —Viveka se giró para mirarla. Por un fugaz instante, el ambiente se impregnó del aroma de su aceite corporal de gardenia—. ¿Te acuerdas cuando te contamos que en Salem había otros habitantes como nosotros?

—¿Los RAD?

—Exacto. Cuando ocurre algo en nuestra comunidad, nos reunimos y lo comentamos.

—Entonces, pasó algo —concluyó Frankie al tiempo que bajaba la ventanilla y daba la bienvenida al fresco aire nocturno.

Viveka asintió.

—¿Tiene que ver conmigo?

Viveka volvió a asentir.

Frankie soltó chispas.

—¿Qué me van a hacer?

—¡*Nada!* —le aseguró Viveka—. Nadie sabe que fuiste tú.

—Y nadie lo sabrá —apostilló Viktor.

—Te gustarán nuestras reuniones. Mientras los mayores charlan, los jóvenes se relacionan con otros RAD —explicó Viveka.

Frankie sintió en el pecho un hormigueo de emoción.

—¿Voy a conocer a otros RAD?

«¡Brett! ¡Brett! ¡Brett! ¡Brett! ¡Brett!».

—Sí —Viveka sonrió y se giró hacia la carretera—. La señora J es una estupenda orientadora de jóvenes. Organiza coloquios sobre los problemas a los que se enfrentan y...

—¿Las señora J, la profesora de Ciencias? —preguntó Frankie.

—Bajen la voz y suban las ventanillas —susurró Viktor, mientras giraba por Front Street. Se detuvo en un espacio libre del bordillo, junto a un parque público, y apagó el motor.

—*Shhhhhhh* —siseó con un dedo sobre los labios.

El tiovivo de Riverfront se encontraba al otro lado de la calle; sus caballos pintados estaban inmóviles y en silencio, como el resto de Salem. El semáforo cambió de rojo a verde y a ámbar y a rojo otra vez, actuando para un público que nunca llegaba. Incluso el viento se había calmado.

«¿Qué están esperando?»

Frankie controló su impulso de echar chispas, aunque con dificultad. Un destello púrpura, no más grande que una goma de borrar, parpadeó a través del parabrisas.

—Vamos —dijo Viktor, y se bajó del todoterreno urbano.

Apareció un hombre vestido de negro. Sin mencionar palabra, tomó las llaves de Viktor y se marchó con el coche de los Stein.

Demasiado asustada como para hablar, Frankie miró a sus padres en la acera desierta y, con los ojos, les formuló cientos de preguntas.

—Lo está estacionando —susurró Viktor—. Sígueme.

Tendió ambas manos y condujo a sus dos chicas hasta la parte trasera de un espeso matorral. Tras un rápido examen de los alrededores, se agachó y empezó a palpar la hierba mojada.

—Lo tengo —anunció al tiempo que tiraba con fuerza de lo que parecía un brazalete oxidado. Se abrió un hueco y Viktor apremió a Frankie y a Viveka para que entraran.

—¿Qué es esto? —preguntó Frankie, maravillada por el pasaje subterráneo que serpenteaba frente a sus ojos. Pavimentado con adoquines e iluminado con faroles, despedía un olor a barro y a peligro.

—Conduce a RIP —la voz de Viktor hizo eco—. Del inglés *Rad Intel Party*, la fiesta Intel de los RAD.

Frankie sonrió de oreja a oreja.

—Entonces, ¿es una fiesta?

—Puede serlo —Viktor le guiñó el ojo a su esposa.

Viveka soltó una risita.

El zumbido sordo de los coches en la carretera que tenían por encima vibraba por todo el túnel. Pero Frankie no soltó ni una chispa. Alentada por la esperanza de encontrarse con Brett, siguió a sus padres a lo largo del camino adoquinado con el paso optimista de quien se dispone a pasar el día en Disneylandia.

Una vieja puerta de madera con gruesas bisagras de hierro les dio la bienvenida al final de su breve caminata.

—Hemos llegado —susurró Viktor.

—Mmm, huele a palomitas de maíz —Frankie se frotó la panza.

—Es porque estamos debajo del puesto de Mel —explicó Viveka mientras Viktor localizaba su llave—. Y en seguida estaremos debajo del tiovivo.

—¡Electrizante! —Frankie miró hacia arriba, pero sólo vio un techo de barro y varios ganchos rotos para faroles.

—¿Sabes? Unos RAD construyeron el tiovivo —anunció Viveka con orgullo—. Una encantadora pareja griega que vivía en una granja de caballos; el señor y la señora Gorgon. Creo que su hijo va en tu grupo.

«¿El novio de Cleo? ¿Sabe ella que es un RAD?».

—Los Gorgon descienden de Medusa, y convierten en piedra todo cuanto miran —prosiguió Viveka—. Un día, Maddy Gorgon escuchó un alboroto en el establo. El hijo de uno de los mozos de cuadra había estado tirando piedras a una colmena de los alrededores y la rompió. Así que cuando Maddy entró corriendo, las abejas la atacaron y ella se puso a dar palmetazos como una loca. Se le cayeron las gafas, miró a los caballos y... —chasqueó los dedos— se convirtieron en piedra.

»Los Gorgon dedicaron los siguientes cinco años a pintar los caballos —Viveka ahogó un grito por la increíble magnitud del proyecto—. Y en 1991 la señora Gorgon los donó a la ciudad —soltó una risita—. Deberías oírselo contar. Te mueres de la risa.

—Apuesto a que sí —Frankie fingía interés, pero sus pensamientos regresaron a quien estaba al otro lado de la puerta, y no por encima del techo.

Clic.

Viktor abrió la puerta a la nueva vida social de Frankie.

—Acuérdate —advirtió a su hija—. Aquí estamos en familia. Pero ahí arriba —señaló al tiovivo—, cualquier mención de RIP o de sus miembros está terminantemente prohibida. Aunque en la conversación sólo estén presentes RAD. Y eso incluye correos electrónicos, mensajes de texto y charlas en Twitter.

—De acuerdo, entiendo —Frankie empujó a su padre para que entrara en la estancia en forma de círculo y realizó una rápida inspección en busca de Brett.

Vestidos en pijama, niños y jóvenes de todas las edades ocupaban sofás y butacas plegables, como si estuvieran pasando el rato en el sótano de un amigo. Sin embargo, aquel sótano de concreto estaba revestido de piedra blanca pulida. La señora Gorgon debía de haber perdido las gafas unas cuantas veces más.

—¡Electrizante! —exclamó Frankie, entusiasmada—. ¡Miren cuántos chicos y chicas!

—¡Viktor, Viv! —una mujer con enormes gafas de sol de Dior negras los saludó con los brazos abiertos. Llevaba el pelo recogido en lo alto de la cabeza, bajo un pañuelo de Pucci color verde espuma de mar. Su traje de pantalón de lino blanco resultaba sorprendentemente chic, a pesar de haber superado con creces su fecha de caducidad.

—Maddy Gorgon, te presentamos a nuestra hija Frankie —dijo Viveka, henchida de orgullo.

Maddy se llevó las manos a la boca.

—Oh, Vi, es una *preciosidad*. Viktor ha hecho un trabajo maravilloso.

Frankie estuvo a punto de salir flotando de alegría desde el suelo adoquinado. Era verde de pies a cabeza, y alguien la tomaba por una preciosidad. ¡Alguien diferente a sus padres!

—Encantada de conocerla, señora Gorgon —Frankie tendió la mano sin la menor preocupación por las chispas.

—Llámame Maddy —enfatizó ella—. O madre política, si quieres —se inclinó al oído de Frankie y susurró—: Si Deuce deja a Cleo alguna vez, te llamaré —se dio unos golpecitos en sus gafas oscuras y esbozó una mueca traviesa.

Frankie sonrió, radiante.

—Y ahora, si me disculpas —añadió Maddy, poniéndose seria—, me llevo a tus padres —les pasó el brazo por la espalda y los guió a través del umbral de piedra.

Una vez que los adultos se marcharon, alguien vociferó el estribillo de una de las canciones de *Glee,* la serie musical:

—*Bust Your Windows!*

Todo el mundo se levantó de un salto y se puso a bailar. Frankie se fijó en que nadie tenía tornillos o costuras. Pero había unos cuantos chicos con crestas de serpientes, en lugar de pelo; una pareja con agallas de pez que se estaban abrazando junto al cactus de piedra; varias colas que oscilaban al ritmo de la canción, y una chica con piel de serpiente que recordaba al electrizante bolso de mano de Fendi que Frankie había visto en *Vogue.*

—¡Frankie! —exclamó una voz conocida.

Se giró.

—¡*Lala!* ¿Qué haces aquí?

—Te preguntaría lo mismo, pero... —tocó la mano verde de Frankie—. Resulta bastante obvio. Además, hace poco me llegó el rumor de que tu padre estaba construyendo una hija. Sólo que nunca se me ocurrió que serías tan... electrizante.

A Frankie le encantó que su amiga utilizara su propia expresión.

—¿Así que lo sabías cuando fuimos al *spa*?

—Me lo imaginaba. En realidad, todas nos lo imaginábamos —confesó Lala—. Pero no se nos permite hablar de nada relacionado con los RAD ahí afuera —señaló hacia arriba—. De modo que teníamos que esperar al próximo RIP para confirmarlo.

—En ese caso, dame por confirmada —Frankie sonrió de oreja a oreja, deleitándose con el sentimiento de ingravidez propio de la libertad—. Mmm... Y tú, ¿qué eres? —espetó, dudosa de cuál sería la forma cortés de preguntar, si es que existía.

Lala dio un paso atrás, se plantó las manos en las caderas y sonrió.

Cabello rosa y negro... Pijama de seda negra con estampado de murciélagos rosas... bufanda y guantes de cachemir... ojos oscuros... manchas de rímel en la frente... En definitiva, la misma Lala de siempre.

—No lo sé —Frankie se encogió de hombros.

—*Mira* —Lala amplió la sonrisa para un fotógrafo imaginario.

—¡Colmillos! —gritó Frankie por encima del estruendo dc la música—. ¡Tienes colmillos! Por eso siempre te ríes con la boca cerrada.

Lala asintió, emocionada.

Frankie iba a lanzarse a comentar con entusiasmo que ambas eran RAD, cuando de pronto escuchó otra voz familiar.

—Hola, chicas —saludó Blue mientras se rociaba sus brazos desnudos y cubiertos de escamas con el *spray* de Evian facial, obsequio del *spa*. Sus brazos estaban llenos de puntas triangulares que parecían aletas, y los dedos de sus manos y pies estaban unidos por membranas—. ¿Confirmado?

Lala levantó el brazo de Frankie y señaló las costuras.

—¡Bingo! —las aletas oscilaron de deleite—. ¡Bienvenida a la fiesta!

—Aaaaah —bostezó Cleo, acercándose a ellas con paso fatigado. Con excepción de sus pies, calzados con sandalias de plataforma doradas y de sus manos cubiertas de anillos, iba envuelta de arriba abajo en tiras de paño blanco. Con aquel aspecto *fashion* era la viva imagen de Rihanna en la entrega de los American Music Awards de 2009—. ¿Sabe alguien qué pasa? ¿Vieron a otro o qué?

Lala se encogió de hombros.

—¿Vino *él*? —preguntó Cleo.

Lala señaló a los tres chicos sentados en una alfombra de piedra, delante de ellas. Deuce parecía encontrarse en un estado meditativo. Sentado de piernas cruzadas y con gafas de sol, tocaba la flauta para la maraña de serpientes verdes que se deslizaban en lo alto de su cabeza.

—Se ve que algún RAD tiene un mal día de pelo —bromeó Lala.

Cleo, tapándose la boca, soltó una risita; luego, dio la espalda a su novio infiel y amante de las normis.

—¡No puedo creer que tú también estés aquí! —exclamó Frankie al tiempo que inhalaba el penetrante olor a perfume de ámbar.

—Diría lo mismo de ti, sólo que no me sorprende en absoluto —replicó Cleo con tono altanero—. Y ahora, paga.

—¿Cómo dices?

—No me refiero a ti. *¡Draculaura!* —espetó con brusquedad mientras sus soñolientos ojos azules echaban humo, aumentando aún más su atractivo—. En cuanto te vi, le dije a esa vampiro que eras una de nosotros. Ahora, me debe diez verdes.

—¿Quién es Draculaura?

—Es mi nombre de RAD, mi nombre *de verdad* —repuso Lala mientras entregaba a Cleo un billete de diez dólares.

Cleo lo dobló en forma de pirámide y se lo introdujo en el escote, realzado por el lino.

—Si mi familia obtuviera derechos por las películas de Brendan Fraser, o por esos disfraces de Cleopatra tan vulgares, típicos de Halloween, no necesitaría aceptar tu dinero.

—¡Calcula lo forrada en dinero que estaría yo gracias a *Crepúsculo*! —terció Lala.

—A mí me gustaría quejarme —Blue se rascó sus escamosos brazos—, pero *La criatura de la laguna negra* no reventó las taquillas, precisamente.

—¿Cómo averiguaste que yo era una RAD? —preguntó Frankie a Cleo, preguntándose de pronto quién más la habría descubierto.

—Me pareció ver que soltabas chispas en la cafetería y, más tarde, en el coche de Lala.

—No fue la única vez que eché chispas ayer —repuso Frankie entre risas.

—¿Provocaste *tú* el cortocircuito? —se sorprendió Blue.

Frankie asintió con aire tímido.

—¡Genial! —Lala dio una palmada.

—No tienes idea de lo mucho que odio la oscuridad —amonestó Cleo—. Es como si me enterraran viva.

—Sí, me pareció oírte gritar.

—Mi masajista tuvo que sacarme en hombros —admitió Cleo—. Estaba muerta de miedo.

—Te refieres a que *estás* muerta de miedo —bromeó Lala.

Las chicas se echaron a reír.

—Es electrizante que todas sean RAD —comentó Frankie, entusiasmada—. Nunca habría pensado...

La puerta se cerró de un golpe. Todos los presentes se dieron la vuelta y encontraron una pandilla de chicos con aspecto de niños ricos —aunque peludos— que acababan de entrar en la fiesta. Con sus largos dedos sujetaban enormes bolsas de McDonalds para llevar. Sin mencionar palabra, se sentaron en la mesa de picnic de piedra y empezaron a devorar sus Big Mac.

—¡Claude! —gritó Cleo al chico que parecía el mayor. De pelo oscuro y rizado, vestía pantalones caqui y *blazer* azul—. ¿Dónde está tu hermana?

—En el túnel, llorando —respondió el chico al tiempo que masticaba con fiereza—. La han vuelto a sorprender.

Cleo y Lala intercambiaron un mohín compasivo.

—¡No tienes por qué aullárselo al mundo entero! —vociferó Claudine desde el otro lado de la puerta.

—¡Eh! Tú eres quien aullaba, no yo —replicó él, desenvolviendo otra Big Mac y apartando a un lado el pan de la hamburguesa.

—¿Qué se supone que voy a hacer? —Claudine entró en la estancia entre sollozos—. Miren lo que me hicieron

—dio un tirón al pelaje manchado con pintura roja que le rodeaba el cuello.

—¿Qué pasó? —Cleo le dio unas palmadas en el brazo.

—Fueron esos activistas de PETA, la organización por los derechos de los animales. Piensan que llevo *piel*.

—Es que la llevas —razonó Frankie.

—Sí —Claudine se desabrochó su abrigo azul marino y dejó al descubierto su pelaje color ámbar—. ¡La mía!

Frankie ahogó un grito, horrorizada. No por la conmoción de ver una capa de pelo de hombre lobo bajo un camisón de lo más *sexy*, sino por el recuerdo de haber sugerido a Claudine que se quitara la bufanda de piel. ¡Ojalá lo hubiera sabido!

—¡Grrr! —gruñó la loba—. Si la estúpida corriente no se hubiera cortado ayer, me habría depilado y nada de esto habría pasado.

Frankie se sentó en el brazo de un sofá cercano y fingió tirar de una puntada suelta en el tobillo.

—Tranquila. Ya estás a salvo —Cleo abrazó a la afligida licántropo—. Mamá está contigo.

Claudine soltó una carcajada y se secó la nariz con el hombro de Cleo, cubierto de vendas.

—Debe de ser lo más cursi que he oído jamás.

—No, yo creo que el comentario de Lala sobre el «RAD con un mal día de pelo» fue peor.

—¿Sabes qué? —cambiando de tema, Lala peinó con los dedos el pelaje de Claudine, pintado de rojo—. Es una especie de *punk-rock*.

Claudine le clavó las pupilas.

—¿Qué tienes en la frente?

—¡Rímel! —replicó Blue.

—Sorpresa, sorpresa —bromeó Cleo.

—¿Qué pasa? —Lala enseñó los colmillos—. No me veo en los espejos, ¿de acuerdo? Por lo menos, lo intento —bramó. Acto seguido, se sentó en el sofá al lado de Frankie.

—¡Eh! ¿Qué haces aquí? —preguntó Claudine, reparando de pronto en la nueva invitada.

Frankie se señaló los tornillos.

—Ah, qué bien —Claudine permaneció tan tranquila, como si se ganase la vida taladrando cuellos en el centro comercial.

Frankie se fijó en el nombre bordado en su camisón: «Clawdeen» (de *claw*, «garra» en inglés).

—¡Anda! —dijo, señalándolo—. ¿Así se escribe tu nombre? Qué buena onda.

Clawdeen bajó la vista al bordado.

—Es como lo escriben mis padres. Pero en el instituto es más fácil adaptarlo a la ortografía de los normis. Cuantos menos comentarios fastidiosos, mejor.

La señora J entró y echó el pasador a la puerta de madera.

«¿Dónde está Brett?»

Frankie soltó un largo suspiro. Brett no iba a acudir. No era como ella. Tendría que descartarlo como opción.

La señora J apagó el estéreo y todo el mundo tomó asiento formando un círculo. Blue se envolvió en una bata de felpa rojo y se unió a las chicas, en el sofá.

—Siento el retraso —se disculpó la señora J—. Problemas con el coche.

—Sí, recuérdeme usar la misma excusa la próxima vez que llegue tarde a biología —aulló Claude.

Todo el mundo se rió por lo bajo.

—Primero tendrás que sacar la credencial —replicó ella al tiempo que se colocaba sobre el podio de piedra, frente al grupo del sofá.

—Once días —anunció Claude.

Los RAD aplaudieron. Claude se levantó e hizo una reverencia mientras Frankie examinaba a la señora J con renovado interés. Con gafas a lo Woody Allen, melena corta lisa y oscura, lápiz labial rojo y una colección de faldas tubo y blusas de diversos tonos de negro, resultaba interesante como profesora. Pero como RAD, carecía de chispa.

—¿Qué es la señora J? —preguntó Frankie a Lala con un susurro.

—Es normi, pero su hijo es un RAD, sólo que él no lo sabe. La señora J piensa que, al no saberlo, está protegido.

—¿Es la madre de Brett? —susurró Frankie, emocionada.

—Nada de eso —Lala fingió desmayarse.

—Antes de empezar con el tema de hoy, quiero presentarles a nuestro miembro más reciente —dijo la señora J—. Frankie Stein.

Frankie se levantó y todos aplaudieron. Sus cálidas sonrisas parecían recién sacadas del horno. Les devolvió el gesto, sonriendo con todo el cuerpo.

—Por favor, preséntense a Frankie después de la reunión, si es que no lo han hecho ya. Bueno, continuamos... —la señora J. fue pasando las hojas amarillas de su cuaderno a rayas, llenas de anotaciones—. Como saben, la semana pasada vieron un RAD en el instituto Mount Hood.

Frankie jaló las costuras del cuello.

—Me figuro que fue una travesura, pero los normis se lo están tomando muy en serio. Algunos no se atreven a salir de casa...

—¡Auuuuuuuuu! —los hermanos de Clawdeen se pusieron a aullar y a golpear sus mocasines contra el suelo.

—¡Basta! —ordenó la señora J, agitando su melena corta—. Ya existe suficiente adversidad en este mundo. Tenemos que fomentar el amor. ¿Entendido? —vociferó.

Los chicos se calmaron de inmediato.

—Lo que quiero transmitirles es que tenemos que ser extremadamente precavidos hasta que el asunto se olvide. Las relaciones con los normis deben ser cordiales, pero distantes...

Cleo levantó la mano.

—Señora J, cuando dice «distantes», ¿significa no besar a Melopea?

—¿Es una normi?

Cleo asintió.

La profesora se quitó las gafas y lanzó a Cleo una mirada como diciendo: «¿Lo preguntas en serio?»

—En ese caso, ya conoces la respuesta.

Deuce se levantó y miró a su novia cara a cara.

—Cleo, ¡déjalo ya! —las serpientes de su cresta sisearon en señal de asentimiento—. Te dije que ella me *atacó* a mí. Yo no tuve nada que ver. Te quiero, y sólo a ti.

Cleo aleteó sus pestañas gruesas (y seguramente falsas).

—Ya lo sé. Sólo quería que lo dijeras en público. De cualquier manera, no le gustas. Está por Jackson.

Todos los presentes se echaron a reír, excepto la señora J y Frankie, la cual se preguntaba por qué los chicos consideraban a Melody tan electrizante. Al fin y al cabo, no era más que una ladrona de novios.

—¿Ya terminaste, Cleo? —preguntó la señora J.

—Depende —volvió a clavar la vista en Deuce—. ¿Y *tú*?

Deuce asintió y le lanzó un beso.

Cleo le lanzó otro.

Deuce se sentó en la alfombra de piedra. Se colocó los auriculares y las serpientes se apaciguaron de inmediato.

Cleo dedicó a la señora J una sonrisa engreída.

—*Ahora* ya terminé.

—¡Muy bien! —Clawdeen levantó una mano y las chicas entrechocaron las palmas.

—Si todo el mundo ya terminó, me gustaría pasar a otro asunto un poco más... urgente —la señora J se levantó y se subió las mangas holgadas de su blusa negra—. En el claustro de profesores del viernes me enteré de que el baile de septiembre de este año va a tener un tema de ambientación.

Blue levantó su mano palmeada.

—¿El fondo marino?

—Me temo que no, Lagoona Blue —respondió con voz pesarosa la señora J—. A la vista del *supuesto* avistamiento de un monstruo, piensan que tendría gracia organizar... —respiró hondo y, luego, soltó aire— una invasión de monstruos.

La reacción fue tan explosiva que Frankie se imaginó al tiovivo desprendiéndose de sus bisagras y rodando en espiral a lo largo de Front Street.

—¡Es un insulto!

—¡Un cliché total!

—Y lo hicimos a principios de bachillerato, y fue patético.

—¿Y si organizamos una invasión de normis?

—Podríamos vestirnos como siempre, y no hacer nada especial.

—Sí, pero si hacemos lo que los normis, ¡tendremos que quedarnos en casa!

—Y cerrar las puertas con llave.

—E intercambiar historias sobre monstruos espeluznantes.

Frankie empezó a echar chispas. No porque el tema de la invasión de monstruos le pareciera ofensivo, sino porque no se lo parecía. Para nada. Y mantener la boca cerrada cuando podías tener razón era peor que abrirla y confundirte.

Frankie levantó la mano.

—Mmm, ¿puedo decir una cosa?

Su voz era demasiado suave como para llamar la atención, pero las chispas de sus dedos lo consiguieron. Una vez que los chicos y chicas se apaciguaron, lo mismo le ocurrió a las chispas. Todos la miraron, expectantes. Pero Frankie no tenía miedo. Sabía que lo que iba a decir les impresionaría aún más que su espectáculo de luces particular.

—Eh… A mí el tema de la invasión de los monstruos me parece bien.

Los murmullos cobraron fuerza de nuevo. Cleo le pegó un puntapié en la espinilla, como hiciera en el coche. Pero la señora J dio dos palmadas y devolvió la palabra a Frankie.

—En mi opinión, que los normis se quieran disfrazar de nosotros es un halago —alegó—. La imitación es el mejor piropo, ¿no? —algunos de los presentes asintieron, reflexionando sobre las palabras de Frankie—. A ver, ¿qué no están hartos de copiarles a *ellos*?

Lala y Blue se pusieron a aplaudir; el estruendo de su apoyo recargó a Frankie con la fuerza de la luz solar.

—Puede que sea un signo de los tiempos. Puede que los normis estén preparados para un cambio. Puede que nos necesiten para demostrarles que no tienen por qué asustarse.

Y puede que la mejor manera de hacerlo sea asistir al baile de la invasión de monstruos *sin* disfraz.

Los murmullos se elevaron como globos de helio a la deriva. La señora J levantó la palma de la mano.

—¿Qué estás sugiriendo exactamente? —preguntó.

Frankie jaló la costura del cuello.

—Bueno, estoy diciendo que una fiesta de disfraces con los monstruos como tema significa que podemos ir tal como somos. Entonces, cuando todo el mundo se esté divirtiendo, explicaremos a los normis que no llevamos disfraces. Se darán cuenta de que somos inofensivos, y tendremos la oportunidad de vivir libre y abiertamente.

Se hizo el silencio en la estancia.

—Por fin podría soltarme el pelo —bromeó Deuce.

—Y yo me podría quitar este *blazer* ridículo —apuntó Claude.

—Yo podría sonreír para las fotos —comentó Lala.

—¿Y qué más da? —replicó Cleo con una sonrisa—. De todas formas, no sales en las fotos.

Lala le enseñó los colmillos. Cleo puso los ojos en blanco. Acto seguido, ambas se echaron a reír.

—¿Y si lo sometemos a votación? —propuso la señora J—. Quienes estén a favor de salir del ataúd en el baile de septiembre, que levanten la mano.

Frankie levantó la suya de inmediato. Fue la única mano en el aire.

—Ahora, los que estén a favor de permanecer ocultos.

Todos los demás levantaron un brazo. La señora J levantó los dos.

—¿En serio? —Frankie se sentó, incapaz de mirar a los ojos a nadie. Y no porque ellos no lo intentaran. La desilusión y la vergüenza compitieron por el dominio del espacio interior de Frankie destinado al corazón. Pero la depresión absoluta apareció de la nada y se alzó con la victoria.

¿Por qué todo el mundo tenía tanto miedo? ¿Cómo iban a cambiar las cosas alguna vez si no aprovechaban la oportunidad? «¿Bailaré alguna vez con Brett en la playa?»

—En ese caso, está decidido —anunció la señora J—. Cuarenta y tres contra uno...

—Dos —rectificó una joven voz masculina.

Frankie recorrió la estancia con la vista en busca de su único partidario, pero no vio a nadie.

—Aquí —dijo una pegatina flotante que revoloteaba por encima de Frankie. La pegatina decía: «HOLA, ME LLA-MO BILLY»—. ¿Qué tal? Sólo quería que supieras que cuentas con mi voto.

—Electrizante —repuso Frankie, tratando de aparentar entusiasmo por su invisible compañero de armas.

—¿Qué vamos a hacer? —preguntó la señora J a gritos.

—¡Ocultarnos sin avergonzarnos! —gritó en respuesta todo el mundo.

Todo el mundo menos Frankie.

CAPÍTULO PERDIDO

DE CUYO FUNESTO NÚMERO NO SE HARÁ MENCIÓN

CAPÍTULO 14

UN, DOS, TRES, EL ESCONDITE INGLÉS

—¿Alguien me puede decir qué significa autótrofo? —preguntó la señora J a sus alumnos de ciencias mientras colocaba en alto una ficha de referencia.

La mano de Frankie, cubierta de F&F, salió disparada hacia arriba. Casi todas sus amigas seguían bostezando por culpa del RIP de la noche anterior; pero ella estaba que ardía, en el buen sentido.

—¿Sí, Frankie? —dijo la señora J.

—Autótrofo es todo organismo capaz de generar energía a partir del sol.

—Muy bien —levantó otra ficha—. ¿Y anabiótico?

Frankie volvió a alzar la mano, lamentando no haber elegido un *blazer* más misericordioso. La lana le oprimía y le picaba. Al menos, la bufanda de cachemir rosa que le había prestado Lala le permitía bajarse el cuello, pero ahora tenía que pasarse la clase con la bufanda puesta. ¿Qué vendría a continuación? ¿Un collarín cervical? ¿Un cono de plástico, como el de los perros? ¿Una mata de pelo pintado de rojo, como Clawdeen?

La señora J inspeccionó las cuatro filas de pupitres. Sus ojos color avellana contemplaban a todos los alumnos de igual manera, como si la reunión de la noche anterior no hubiera existido.

Mientras tanto, Lala, Cleo, Clawdeen y Blue actuaban con aire despreocupado. Vestidas con la ropa de clase habitual, hacían garabatos en los apuntes, se examinaban el pelo en busca de puntas abiertas, se toqueteaban las cutículas de las uñas… Es decir, daban exactamente el mismo aspecto que las demás chicas de la clase, un aspecto de aburrimiento y normalidad.

La única persona que mostraba algo de orgullo RAD era Brett quien, sentado al lado de Frankie, tallaba en su pupitre una zombi en biquini. Era una señal. Seguro que sí. El día de playa con él estaba más cerca.

—¿Sí, Frankie? —dijo la señora J, con tono igualmente aburrido.

—Anabiótico es el estado de animación suspendida de un ser vivo.

—Correcto —sacó otra ficha—. ¿Y biótico?

—¡Un organismo cibernético! —soltó Brett de un tirón—. Como Steve Austin en esa antigua serie de la tele, *El hombre nuclear*.

—¿*Quién*? —preguntó Bekka, con una nota de celos en la voz.

—Era alucinante —prosiguió Brett, entusiasmado—. Corría a cien kilómetros por hora, y tenía un *zoom* en el ojo, y…

—Eso es *biónico* —corrigió la señora J. Toda la clase soltó una risita—. Pregunté el significado de *biótico*.

Frankie levantó la mano, decidida a demostrarle a Brett que ella era algo más que una cara bonita.

—¿Alguien que no sea Frankie? —solicitó la señora J con un suspiro.

No se oyó ni un alma.

—Biótico significa relacionado con la vida —repuso Frankie, agradecida por la obsesión de sus padres por la biología.

—Bien —la señora J agarró un pedazo de gis con sumo cuidado y se mantuvo apartada de la polvorienta repisa del pizarrón, no fuera a deslucir su oscura vestimenta—. Como saben, todas las cosas son o bien...

Frankie volvió a levantar la mano y tomó la palabra.

—¿Son anabióticos los no muertos?

Lala, Cleo, Clawdeen y Blue levantaron la cabeza e intercambiaron miradas temerosas.

La señora J se quitó sus gafas de montura negra.

—¿*Perdón?*

Frankie no veía lógico dejarse intimidar por una persona que, evidentemente, ya estaba intimidada. Despertar interés en los demás era el primer paso para conseguir un cambio... y para que Brett se fijara en ella.

—¿Y los zombis? ¿O los vampiros y fantasmas? ¿Cómo se califican?

—¡Pues claro! —intervino Brett—. Los zombis son anabióticos, apuesto a que sí.

Dedicó una sonrisa a Frankie. Ella se la devolvió. Bekka, sentada al otro lado de Brett, propinó un puntapié a la silla de su novio.

La señora J, exasperada, soltó el gis en la repisa del pizarrón.

—¡Basta ya! Estoy hablando de ciencia de verdad, y no de imaginaciones…

Iiiiiiiuuuuuu Iiiiiiiuuuuuu Iiiiiiiuuuuuu…

—¡Suban a los pupitres! —vociferó la señora J. Se plantó de un salto en su propia mesa, en la parte frontal del aula.

Ni uno solo de los alumnos se movió. En cambio, empezaron a mirar a sus vecinos de pupitre, preguntándose si se trataría de una broma. ¿Cómo explicar si no la sirena ensordecedora, la actitud histérica de la profesora, el desconcierto generalizado?

Iiiiiiiuuuuuu Iiiiiiiuuuuuu Iiiiiiiuuuuuu…

—*¡De prisa!* Es un simulacro de emergencia.

Esta vez, obedecieron.

—Menos mal que hoy me puse zapatos planos —comentó por lo bajo Cleo, al tiempo que admiraba el acabado en bronce de sus sandalias de gladiador con tacón de ocho centímetros.

Las chicas soltaron una risita, sin saber aún de qué se trataba el simulacro.

Iiiiiiiuuuuuu Iiiiiiiuuuuuu Iiiiiiiuuuuuu…

—¡Silencio! —ordenó la señora J.

—Dígaselo a la sirena —replicó Clawdeen. Se tapaba las orejas con las manos y tenía el rostro contorsionado de dolor—. Es insoportable.

Iiiiiiiuuuuuu Iiiiiiiuuuuuu Iiiiiiiuuuuuu…

—A lo mejor tienes orejas biónicas —bromeó Brett desde lo alto de su pupitre.

—O sentidos de perro —añadió Bekka.

—Tú deberías saberlo —siseó Clawdeen—. Con todas esas pecas, pareces un dálmata.

Bekka ahogó un grito y luego miró a Brett, esperando que acudiera en su defensa. Pero no le fue posible. Estaba ocupado tratando de reprimir una carcajada.

Iiiiiiiuuuuuu Iiiiiiiuuuuuu Iiiiiiiuuuuuu...

—Ahora, levanten las sillas y láncenlas al aire —prosiguió la señora J, haciendo la demostración desde lo alto de su mesa. Con falda negra, blusa de seda negra y labios rojo intenso, podría ser el anuncio de una nueva tendencia: domadora de leones chic—. Y hagan tanto ruido como puedan.

Paseó las vista por sus alumnos, quienes se encontraban en diversos estadios de levantamiento y proyección de sillas en el aire. Aun así, ni siquiera los más obedientes se vieron capaces de hacer ruido.

—Pero ¿qué estamos haciendo? —preguntó Cleo, negándose a levantar una pesada silla a menos que fuera absolutamente imprescindible.

Un estruendo de chillidos, gritos, alaridos y pisotones resonaba por los pasillos vacíos. Saltaba a la vista que otras clases del instituto eran más receptivas a tan misteriosa propuesta.

—¡Es un *simulacro*! —insistió la señora J, aún hurgando en el aire con las patas de la silla.

Iiiiiiiuuuuuu Iiiiiiiuuuuuu Iiiiiiiuuuuuu...

—¿Qué clase de simulacro? —se superpusieron varias voces.

—Un simulacro de invasión de monstruos, ¿de acuerdo?

—¿Un *qué*? —preguntó Lala con los labios cerrados.

—Un simulacro de invasión de monstruos —la señora J bajó la silla al suelo—. Por si algún monstruo apareciera en nuestro instituto. El director Weeks considera que debemos estar preparados.

«¿En serio? —pensó Frankie, alarmada por la actitud resuelta de la profesora—. ¿De veras lo aprueba?»

—¡Bieeeen! —Brett se puso a agitar su silla en el aire y a gritar como un guerrero salvaje.

Los otros normis lo imitaron. Frankie los comprendía. Habían heredado el miedo de sus padres. Pero ya que los enseñaban a tener miedo, ¿acaso no podían enseñarlos a no tenerlo?

Lala, Cleo, Blue y Clawdeen evitaron intercambiar miradas y, a regañadientes, realizaron el absurdo simulacro: justo igual que la señora J.

Frankie deseaba con todas sus fuerzas poder hacer lo mismo. Apartar a un lado sus creencias en aras de un bien mayor. Convertir su vida en una farsa en lugar de felicitarse por ella. Ocultarse sin avergonzarse…

Pero era imposible. La sola idea le llenaba de ladrillos el hueco del corazón. Una cosa era que los RAD intentaran encajar, pero asustarse de sí mismos era una historia muy distinta. Porque el miedo sólo conduce a más miedo, como habían demostrado las películas de terror que fueron el comienzo de todo el asunto. Hasta que el miedo desapareciera, nada cambiaría.

Iiiiiiiuuuuuu Iiiiiiiiuuuuuuu Iiiiiiiiuuuuuuu…

Frankie soltó su silla, que aterrizó con el ruido de una negativa tajante.

—¡Frankie, recógela, vamos! —ordenó la señora J, como si no se hubiera percatado de aquella rebelión a pequeña escala.

—Es que no tengo miedo —repuso Frankie con calma, sin echar chispas.

Brett dejó de rugir y examinó a Frankie con renovado interés. Los mechones desiguales de su pelo negro apuntaban en todas direcciones, pero sus ojos del azul de la mezclilla se clavaron directamente en ella.

—Pues deberías tenerlo —advirtió la señora J.

—Súper —susurró Brett.

Frankie se giró hacia él.

—¿Qué?

Él le señaló el cuello. Un latigazo de electricidad recorrió la espina dorsal de Frankie. Con tanto subir y agitar sillas se le había aflojado la bufanda de Lala. ¡Tenía los tornillos al aire!

—Me encantan tus *piercings* —musitó él. Acto seguido, abrió la boca y le enseñó su *piercing* plateado en la lengua.

—Qué bien —Frankie soltó una risita.

Por fin cesó el ruido de la sirena.

—Vuelvan a sus asientos, por favor —la endeble voz del director Weeks se escuchó por los altavoces—. Pueden estar tranquilos, sólo fue un simulacro. Pero queremos estar preparados por si se produce otro avistamiento —añadió.

Frankie puso los ojos en blanco. ¡Si supieran que el peligroso «monstruo» del que hablaban sacaba sobresaliente en Biología!

—Y ahora, estimadas criaturas —soltó una risita—, el profesorado de Merston High quiere demostrar a esos seres colosales que no tenemos miedo.

Gritos y silbidos de asentimiento recorrieron el instituto.

—De modo que el tema elegido para el baile de septiembre de este curso es... ¡LA INVASIÓN DE LOS MONS-

TRUOS! —hizo una pausa para que los alumnos volvieran a vitorear.

—Se premiará con una cena a bordo del *Willamette Queen* a la pareja con el disfraz más espeluznante, así que compren sus entradas antes de que se acaben *¡Uuuuuuuuuh! ¡Auuuuuuu! ¡Aaaaaah!* —terminó su anuncio con una particular imitación de la risa histérica del demente que aúlla a la luna. Siguió a continuación el sonido de un trueno.

Frankie, avergonzada, se tiró de las costuras.

—¡Soy Frankenstein! —exclamó Brett.

—Y yo, tu encantadora novia —repuso Bekka con entusiasmo. Lo agarró del brazo mientras lanzaba a Frankie una mirada furiosa. Sus ojos de águila no habían pasado por alto el momento de complicidad entre ambos.

Frankie se moría de ganas de contarles que iban a ir disfrazados de sus abuelos. Y que el auténtico vestido de la encantadora novia se encontraba en el garaje de su propia casa. Y que la abuela Frankenstein bailó descalza aquella noche porque los zapatos le rozaban las costuras. Y que el abuelo obligó a todos los hombres presentes a que arrojaran al suelo sus chaquetas para que su amada no se ensuciara los pies. Pero, por lo visto, aquella historia era demasiado espeluznante como para hacerla pública.

Desplomada en su silla, Frankie cruzó los brazos, enfundados en el *blazer* que tanto picaba. Lanzó miradas indignadas a la señora J, enviando invisibles rayos de vergüenza a la mujer en quien había depositado su esperanza de que los salvara a todos de la situación. Pero la señora J esquivó los ojos de Frankie y se puso a examinar una pila de folletos.

Riiiiiiing. Riiiiiiing.

La clase, por fin, había terminado.

—Frankie, por favor, no te vayas —dijo la señora J, aún ocupada con los papeles.

En lugar de desearle suerte, los RAD recogieron sus libros rápidamente y se apresuraron a salir del aula, mientras que los normis se tomaron su tiempo intercambiando ideas sobre los disfraces y susurrando acerca de su pareja perfecta para el baile.

Una vez que la estancia se vació, Frankie se aproximó a la mesa de la señora J.

La profesora se quitó las gafas y las soltó de golpe sobre la superficie de madera.

—¿Puedes explicarme qué estás haciendo? ¿Tienes idea del peligro que supone tu actitud?

Frankie soltó chispas.

La señora J espiró con fuerza.

—Mira —dijo mientras se volvía a poner las gafas—, sé que eres nueva aquí. Entiendo tu frustración, tus deseos de cambiar las cosas. No estás sola. Todos tus amigos han sentido lo mismo alguna vez. Yo también. Y lo hemos intentado. Pero al final, cada uno de nosotros ha llegado a la conclusión de que es mucho más fácil, y mucho más seguro, seguir la corriente.

—Pero...

—¿Crees que no quiero plantarme ahí —señaló el altavoz por el que habían escuchado el anuncio del director Weeks— y decirle que su estúpido baile encima de los pupitres es innecesario? ¿O que resulta más humillante que ese video de YouTube, el de Tom Cruise dando saltos en el programa de Oprah?

—Pero...

—Pues claro que sí quiero. Quiero decir todo eso y unas cuantas cosas más —tensó la mandíbula—. Pero no puedo. Debo proteger a mi hijo. Como madre soltera, tengo que anteponer sus necesidades a las mías.

—Pero si dijera todo eso, lo ayudaría —consiguió decir Frankie, por fin—. Cambiaría las cosas, y su hijo disfrutaría de una vida mejor de la que tiene ahora.

—Es verdad. El cambio del que hablas, en efecto, mejoraría su vida —la señora J apoyó la barbilla sobre sus codos—. Pero no es la clase de cambio que conseguiríamos. Tendríamos que abandonar Salem y empezar desde el principio en algún otro lugar. Mira, Frankie, desvelar nuestra identidad nos llevaría de vuelta a la década de 1930.

—Mmm, pues me parece que con el simulacro de la invasión de los monstruos ya se ha conseguido.

—No sabes lo que dices —contradijo la señora J—. En aquellos años, los nuestros lo perdieron todo; algunos, incluso, perdieron la vida.

La señora J anudó con delicadeza la bufanda rosa de Frankie de manera que le cubriera los tornillos.

—Algún día las cosas serán diferentes. Pero por el momento necesito, todos necesitamos, que no te hagas notar y sigas el juego —esbozó una sonrisa amable—. ¿Lo harás?

Frankie soltó un suspiro.

—Por favor.

—De acuerdo.

—Gracias —la señora J sonrió de nuevo. Sus dientes se veían de un blanco inmaculado en contraste con su lápiz de labios rojo mate.

Sin más palabras, Frankie recogió sus libros y se marchó.

Al unirse a la multitud del pasillo y escuchar lo emocionado que estaba todo el mundo por disfrazarse de RAD, no pudo evitar pensar que, tal vez, su generación fuera más abierta que la de sus padres. Cierto era que las chicas de Mount Hood High se habían dado un susto de muerte al verla, pero resultaba comprensible. Nunca habían visto a nadie con la piel verde. La reacción era lógica.

Pero ¿y si se metían en su página de Facebook? ¿Y si leían su perfil? ¿O veían sus videos de ella y las *fashionratas* bailando al ritmo de Lady Gaga? ¿O si se enteraran de que le gustaba Brett? ¿Y se hicieran amigas de sus amigas? ¿Reaccionarían de manera diferente? Frankie se formuló estas preguntas una y otra vez camino a su segunda clase de la mañana, e invariablemente llegaba a la misma conclusión: ella había empezado todo aquello. Y ella lo terminaría.

Mantendría la promesa que había hecho a la señora J y seguiría el juego.

Pero con sus propias reglas.

CAPÍTULO 15
AMORES QUE ASUSTAN

Era una de esas noches que recuerdan a la sopa de tomate y a los macarrones con queso.

La luz, del color de la nieve fangosa, se iba desvaneciendo poco a poco, como si estuviera controlada por un potenciómetro, y suplicaba perdón desde el barranco a espaldas de la casa de Jackson. El cielo en penumbra engañaba a la vista, pues un árbol delgado parecía un frágil anciano.

Había dejado de llover después de las clases; pero aún «arbolaba», expresión local para describir el agua que se desprendía de las hojas. Lamentablemente, no existía otra expresión local para describir el frío que calaba hasta los huesos. En opinión de Brett, eran las condiciones ideales para rodar su película, *Crónicas de la caza del monstruo*. Aunque, según comentaba Bekka, habían pasado siete minutos de la hora y aún no había llegado.

—Confío en que esté bien —Bekka se sentó en el tronco de un árbol caído. Haylee y ella estaban envueltas en una manta isotérmica que Melody le había quitado a Beau. Fabricada con una especie de papel aluminio que atrapaba el calor y revestida de forro polar, supuestamente proporcionaba calor a los escaladores en las cumbres más nevadas. Pero al tener a Jackson acurrucado a su lado, Melody había decidido que la manta le sobraba.

En un primer momento, había tratado de declinar la oferta para participar en lo que, en secreto, ella llamaba *El proyecto de la bruja de Brett,* porque había quedado con Jackson para estudiar. Pese a que él aún no lo sabía, ambos tenían una película por rodar. Se llamaba *Chica... interrupción.* No había más que ver los ejemplos de la noche de sábado. Rodar dos tomas de la escena del beso era una absoluta prioridad.

Pero Jackson estaba junto a la taquilla de Melody cuando Bekka le pidió a ésta el favor, y él ofreció el terreno de su casa como escenario de la grabación. Tras años de abandono, el barranco estaba descuidado, cubierto de vegetación. Y los coyotes —¿o eran lobos?— aullaban al llegar la noche. Bekka estuvo de acuerdo en que era perfecto, e inmediatamente envió un mensaje a Brett indicándole la nueva ubicación.

—¿Crees que estará con la chica nueva? —Bekka se ciñó la manta isotérmica hasta tal punto que Haylee parecía un rollito de *sushi.*

—¿A quién te refieres? —preguntó Melody, percibiendo el aroma tropical de su propio perfume. Estaba atrapado bajo la manta isotérmica y se mezclaba con el aceitoso olor a las pinturas al pastel de Jackson. Combinados, olían a primer amor.

—Frankie Stein —respondió Haylee.

—Ya sabes, la de todo ese maquillaje —añadió Bekka.

—¿Y por qué iba a estar Brett con *ella*? —preguntó Jackson, adorablemente dispuesto a tomar parte en la maliciosa conversación entre chicas.

—No lo sé —Bekka se arrancó un pasador que se le había soltado de un lado de su ondulada melena y se lo volvió a colocar—. Pero deberías haber visto cómo estuvo flirteando hoy con él, en clase de biología. Me extraña que tu madre no te lo haya comentado.

Jackson se burló ante la idea.

—Mi madre apenas habla últimamente, aparte de lo «estresada» que está por cierto asunto, el cual no puede comentar porque está demasiado «estresada».

Cada vez que mencionaba la palabra «estresada», Jackson sacaba las manos de la manta isotérmica y trazaba en el aire el signo de comillas.

—No hagas eso —dijo Melody entre risas, volviendo a taparlo—. Entra aire frío por tu culpa.

—Lo siento —Jackson se acurrucó de nuevo y le dedicó una sonrisa más prolongada de lo que correspondería a un simple amigo. Aunque mechones aleatorios habían ido abandonando sin permiso su ya de por sí desastrada coleta, y además se estaba cociendo con su equipo de gimnasia de sexta hora, Melody se sentía hermosa en un sentido que no guardaba relación con la simetría.

—No sé, igual tiene que ver con ese extraño simulacro de los monstruos —repuso con una risita incrédula—. A ver, ¿de qué se trata ese rollo? ¿Alguien lo entiende?

—Fue un poco raro; pero, mira —Bekka se encogió de hombros—, si nos mantiene a salvo, lo apoyo.

—¿A salvo de qué, exactamente? —se interesó Melody, mientras se preguntaba cómo aquella danza primitiva con las sillas podía mantener alejado a algo más peligroso que un pedo—. Suponiendo que esos monstruos existan de verdad, no creo que vayan a hacer daño a nadie, ¿de acuerdo? ¿Quién sabe? A lo mejor son simpáticos y todo.

—¿Por qué te pones de su parte? —Bekka aflojó la presión en la manta isotérmica y se inclinó hacia Melody.

Ésta deseaba decir: «Sabes, Bekka? Ser juzgado por las apariencias es algo que conozco bien. El bando de los monstruos es también mi bando». Pero en lugar de eso, se encogió de hombros y masculló:

—No sé; por pasar el rato, me imagino.

Bekka respondió con una sonrisa radiante. Se levantó de un salto tan de repente que Haylee estuvo a punto de desplomarse sobre las hojas mojadas.

—Perdona —se disculpó Bekka distraídamente al tiempo que le arrebataba la manta a su amiga—. ¡Llegaste! —exclamó a gritos, dirigiéndose a Brett, que empuñaba una linterna.

—Pues claro —respondió Brett elevando la voz conforme se acercaba a trompicones. Sus botas de escalada ultrapesadas trituraban las hojas muertas con la fuerza de una apisonadora. Con sombrero de fieltro negro y suéter a rayas rojas y marrones, o estaba rindiendo homenaje a Freddy Krueger, o bien era el mismísimo Krueger. Su acompañante, Heath, iba rezagado, cargando dos cámaras y el equipo de sonido.

—Hola, Heath —Haylee agitó la mano de la manera en que la gente limpiaría una ventana.

—Ay, Hay —el pelirrojo, delgado como un palillo de dientes, soltó una risita ante su propio juego de palabras y plantó sus bártulos a los pies de Haylee.

Vestida con *leggings* dorados bajo una camisola estrecha de seda y tul, saltaba a la vista que Haylee se había arreglado para la ocasión. Lo dejó patente al decidirse por tiritar en vez de enfundarse su cazadora de plumas color salmón.

Heath, por el contrario, había optado por unos *enormes jeans* rasgados y una gigantesca sudadera negra con capucha.

—Este sitio está increíble —Brett entrechocó los puños con Jackson—. Hombre, si fuera mío, acamparía aquí afuera todas las noches.

—¿No te daría miedo? —Bekka corrió hasta él y lo envolvió con la manta térmica.

—De eso se trata precisamente, pequeña. Soy adicto al olor de mis propias feromonas —replicó Brett, y luego la besó como si estuvieran solos los dos.

Haylee y Heath mostraron un repentino interés por las cámaras. Melody, incómoda, apartó la vista.

Observar cómo una pareja se acariciaba mientras estaba envuelta en una manta con el chico con quien le gustaría tener una relación la hacía sentirse al descubierto. Expuesta. Transparente. Como si sus pensamientos estuvieran revelándose ante los ojos de *él*.

Por fin, Brett trató de apartarse sin el consentimiento de los labios de Bekka. El desconcierto provocó el sonido acuoso que se produce al morder un melocotón. Todos los presentes se encogieron de vergüenza.

—Muy bien, chicos —anunció Brett, examinando el perímetro—. Estamos perdiendo luz. Heath, Jackson, acompáñenme. Necesitamos ramas para instalar el trípode. Quiero que la cámara grande esté fija para la secuencia del descuartizamiento.

Heath recogió su equipo.

—S-sí, claro —Jackson se desembarazó de la manta térmica y se adentró en el bosque detrás de los otros chicos.

Haylee salió corriendo en busca de su cazadora de plumas, cerró la cremallera y se reunió con sus amigas en el tronco de árbol.

—Jackson es más simpático de lo que me imaginaba —susurró Bekka.

—No está mal —repuso Melody con tono despreocupado, esforzándose por no mostrar excesivo entusiasmo.

—Entonces, ¿te crees esa excusa de las lagunas mentales? —presionó Bekka—. ¿Crees que *no* sabía que estaba teniendo un romance con Cleo?

Haylee sacó su celular del bolsillo y se puso a teclear.

—No todo el mundo es tan celoso como tú —replicó Melody. Y no porque pensara que Bekka estaba equivocada. De hecho, temía que Bekka estuviera en lo cierto—. Yo le creo.

—Está bien —Bekka se levantó, haciendo oscilar los flecos de su chaqueta *vintage* de ante. Escudriñó el claro entre los árboles y se colocó una mano alrededor de la oreja.

—¿Qué estás escuchando? —preguntó Melody con el corazón acelerado—. ¿Qué es? ¿Oyes algo?

—No —Bekka soltó un suspiro y regresó a toda prisa al tronco del árbol.

—A ver, les explico —susurró, inclinándose hacia sus amigas—: Brett no está buscando palos para el trípode. Pretende darles un buen susto.

Los pulgares de Haylee volaban sobre el teclado del teléfono.

—¡Deja de escribir! —espetó Bekka—. Esto va en serio.

Haylee levantó la cabeza y se ajustó las gafas a la nariz.

—¿Por qué quiere asustarnos? —preguntó Melody.

—Quiere filmar reacciones verdaderas para su película. De modo que no se asusten, pero finjan que están aterrorizadas.

El aire nocturno se había vuelto más frío e ilustraba la conversación con nubes de aliento que recordaban a las de un cómic.

—¿Por qué nos lo cuentas? —preguntó Melody, sinceramente desconcertada.

Bekka miró a Haylee, otorgándole el privilegio de responder.

—Las amigas son lo primero.

—¿Incluso por encima de Brett? —preguntó Melody a Bekka.

—Siempre —repuso Bekka. Su cara pecosa, por lo general alegre, se veía muy seria.

—Guau —respondió Melody, sorprendida. Eran amigas de verdad. Escucharlo la ayudaba a sentirlo. Y sentirlo era como hundirse hasta el fondo en un baño caliente.

De pronto, una ramita crujió en la distancia.

Bekka guiñó el ojo a sus amigas. Se cubrieron la boca y empezaron a reírse.

Más pisadas sobre las hojas.

Luego, silencio.

«¡Gracias!», dijo Melody a su amiga moviendo los labios sin hablar. Sin la advertencia previa, podría haberse hecho pipí en los *pants*.

Bekka, con otro guiño, respondió: «De nada», y cambió a modo de actriz.

—¿Oyen algo? —preguntó, acaso demasiado alto.

—Sí —lloriqueó Haylee.

—Seguro que sólo es el viento, chicas. Relájense —aventuró Melody.

Otra ramita se partió.

—¡Ay, Dios mío! ¡Lo oigo! —soltó Melody, tratando de contener la risa.

Algo que sonó como Darth Vader sobre una cinta de correr vino a continuación.

—Chicas, me muero de miedo —chilló Haylee.

—¡Brett! —gritó Bekka.

—¡Jackson! —vociferó Melody.

Más silencio. Y entonces...

—*¡Aaaaaaaaaaaaaaaaaaaaaah!* —disfrazado con un casco de *hockey* y una camiseta manchada de sangre, agitando un machete de plástico, Brett atacó desde los arbustos. Heath lo seguía, grabando la acción con una cámara digital.

—*¡Aaaaaaaaaaaaaaaaaaaaaah!* —gritaron las chicas; acto seguido, saltaron una a los brazos de la otra.

Brett las rodeó, blandiendo su machete.

—Cuando vayas al carnicero, que te corte por aquí, y por aquí, y por aquí...

—¡Socorro! —gritó Haylee. O era una actriz de gran talento o no había asimilado la advertencia de Bekka.

—¡Que alguien nos ayude! —vociferó Melody, presa del pánico, aunque sólo por contagio de Haylee.

—¡Brett! —chilló Bekka de nuevo.

—Yyyyyyy *¡corten!* —gritó Brett al tiempo que se quitaba el casco—. Lo tenemos.

—¿Eras tú? —gritó Melody, avergonzada de su dudosa interpretación como actriz.

—Pensé que la cámara me delataría, pero supongo que ustedes, miediosillas, estaban demasiado aterrorizadas como para darse cuenta —chocó los puños con Heath y atrajo a Bekka hacia sí para un abrazo de celebración.

—¡Cretino! —Haylee propinó un empujón a Heath en plan de broma.

—Llorona —le devolvió el empujón y luego le hizo una llave de cabeza y la golpeó con los nudillos.

Haylee, entre risas, le pegó en las piernas, suplicándole que parase. Aunque seguramente confiaba en que no lo hiciera.

—Mmm, ¿dónde está Jackson? —preguntó Melody.

—Ah, dijo que no se encontraba bien —repuso Brett sin darle importancia al asunto.

—¿Adónde fue?

—Creo que a su casa —respondió Brett, disponiéndose a dar otro mordisco al jugoso melocotón.

—Ahora vuelvo —anunció Melody a nadie en particular. Con una manta térmica y la promesa de un beso de amor por todo equipaje, salió disparada en busca de Jackson.

—¿Jackson? —llamó en dirección a la densa maleza—. ¡Jack-soooon!

¿Y si le había dado una laguna mental? ¿Y si se había desmayado y caído? ¿Y si se había desmayado y caído en los labios de Cleo? Melody apartaba a manotazos las ramitas y las hojas de filo cortante que encontraba por el camino. Y se esforzaba por no admitir que estaba sola en un barranco donde podía haber un...

—¿Melody? —lo oyó susurrar. ¿O acaso era el viento?

—¿Jackson?

Una diminuta luz púrpura parpadeó desde las ramas, por encima de su cabeza.

—Aquí arriba —indicó él con suavidad, antes de bajar de un salto.

—¿Estás bien? —preguntó Melody. Llevaba la manta térmica alrededor del cuello, a modo de capa de superhéroe. Trató de ver más allá de las gafas de Jackson y fijarse en sus ojos; pero la oscuridad se lo impedía—. No habrás tenido una laguna o algo parecido, ¿verdad?

—No —sacudió la cabeza con la inocencia de un niño—. Pero me alegro de que te preocupes —se apoyó contra el árbol a sus espaldas y cruzó los brazos sobre su chaqueta de punto con cremallera.

—Pues claro que me preocupo —Melody dio un paso para acercarse más—. Bueno, ¿por qué te marchaste?

Jackson se encogió de hombros como si resultara evidente.

—No quería asustarte.

Melody se sumergió aún más hondo en el baño caliente. Y aunque Jackson no dijo nada, ella supo que él también se sumergía. Nunca se había sentido tan segura, tan a salvo, con alguien que no fuera su familia. Deseó poder atrapar aquel momento, y los sentimientos que lo acompañaban, y apartarlo del resto del mundo. Para que siempre permaneciera exactamente igual.

Acercándose aún más, Melody levantó la manta térmica por encima de sus respectivas cabezas y la dejó caer, apartándose así del mundo real. Y allí, envueltos por las tinieblas y el calor, por el susurro de las hojas y el distante aullido de los coyotes, por las manos con aroma a perfume tropical y a pinturas al pastel, se besaron… y se besaron… y se besaron…

CAPÍTULO 16
BESO DESASTROSO

... y se besaron... y se besaron... y se besaron.

El sudor les cristalizaba las mejillas como si fueran donas y les salaba los labios como si fueran *pretzelts*. De no haber sido por la falta de oxígeno, unida a sus bronquios obstruidos, Melody podría haberse quedado con Jackson en aquel placentero capullo hasta el día de la graduación. Pero su dificultad para respirar iba en aumento y no llevaba consigo el inhalador.

—¡Aire! —exclamó ahogando un grito al tiempo que arrojaba a un lado la manta térmica y se echaba a reír al ver el estado de desaliño de ambos.

—¿Dónde... están... tus... gafas? —preguntó, falta de aliento.

Jackson tenía el rostro empapado de sudor y se comía a Melody con los ojos. Se inclinó hacia delante para besarla otra vez.

—Espera —dijo ella entre risas, empujando el torso de Jackson con una mano—. Deja que recupere la respiración.

—Ten —repuso él, acercándose más—. Toma la mía —su voz sonaba más baja, más controlada.

—¿Qué? —Melody soltó una risita—. ¿Dónde oíste esa frase? Recuerda un poco a Chuck, ¿no?

—¿Quién es Chuck? —Jackson se apartó, ofendido.

—Un personaje de *Gossip Girl,* la serie.

—Ah —soltó la referencia con un gesto de la mano. Luego, examinó el rostro de Melody—. En realidad, ¿quién eres *tú*?

—¿Qué? —ella volvió a reírse, pero algo en la expresión de Jackson le dijo que no estaba bromeando.

—En serio, ¿estamos juntos en clase?

—¡*Jackson!* —exclamó Melody, a pesar de la opresión en sus pulmones—. ¿Qué te pasa?

—¿Quién es *Jackson*? —su expresión se agrió, e hizo una pausa. Luego, su aspecto demacrado dio paso a una sonrisa traviesa—. Ah, sí, ya sé. Te encantan los juegos de rol.

—Jackson, basta ya —Melody dio un paso para apartarse de él—. Me estás volviendo loca.

—De acuerdo, lo siento —con delicadeza, atrajo a Melody hacia sí.

Deseando confiar en él, Melody recuperó el aliento y respiró hondo. Jackson olía diferente, como a vitaminas. ¿O acaso era el hedor de la realidad, una vez que el amor se había marchado?

—Entonces, si yo soy *Jackson,* ¿quién eres tú?

—¡Eh! —Melody lo apartó de un empujón—. ¡Ya está bien!

—Espera —dio un paso atrás—. No lo entiendo. ¿Te gusto o no? Porque estoy dispuesto a lo que sea. Sólo quiero saberlo.

Melody sintió que el estómago se le revolvía. ¿Sería otra de las bromas de Brett? ¿Es que Jackson formaba parte de su equipo? ¿Acaso Bekka le había tendido una trampa y, con engaños, la había introducido en su siniestro círculo de amigos para que pudieran capturar la escena real de un corazón que se destroza? Rápidamente, examinó los arbustos en busca de una cámara escondida.

—Apuesto a que algo de música vendría bien —comentó él—. Quizá deberíamos ir a tu casa —le tendió la mano. Las manchas de pintura al pastel habían desaparecido.

—No, gracias —repuso Melody con un sollozo. Recogió su manta térmica del suelo mojado y se la enrolló alrededor del cuerpo, a modo de abrazo compasivo.

—Así que ésas tenemos, ¿eh? —retiró la mano y se la pasó por su sudoroso cabello—. No importa. De todas formas, estoy saliendo con otra. Ella sí que es como los fuegos artificiales, ¡pura dinamita!

Melody abrió la boca. Pero no salió nada. Había perdido hasta la voz.

—Adiós —consiguió decir; luego, se marchó a casa a toda prisa mientras su cuerpo tembloroso se desesperaba por dar rienda suelta al huracán de lágrimas que iba cobrando fuerza tras sus párpados. Pero combatió el impulso, negándose a darle a Jackson ni una sola pizca de lo que le quedara por dar en su interior.

A medida que se lanzaba como una flecha por Radcliffe Way, las primeras gotas consiguieron escapar y le surcaron las mejillas: la calma posterior a la tormenta. Aun así, Melody se las arregló para escribir un mensaje de texto a Bekka antes de que la visión se le empañara por completo.

MELODY: «Si Brett quiere encontrar monstruos de verdad, que empiece a salir con chicos ☹».

Pulsó «ENVIAR».
Y el dique se rompió.

CAPÍTULO 17
¿BOICOT? NO, GRACIAS

—Frankie, cariño, pasa los espárragos a nuestros invitados, por favor —solicitó Viveka con una nota del falso acento británico de Madonna. Frankie no se sorprendió. Todo lo relativo a la cena organizada por sus padres había sido artificial. Hasta la sonrisa relajada que ambos lucían en el rostro.

Lo cierto era que, de haber tenido un caballo, aquella mañana Viveka habría atravesado la cocina y al mismo tiempo grita: «¡Vienen los normis! ¡Vienen los normis!» En cambio, comprobó tres veces el maquillaje de toda la familia, enrolló bufandas alrededor de los cuellos altos de sus respectivas prendas y cerró la puerta del laboratorio.

—Esta noche es muy importante para nuestra familia —había advertido con antelación, mientras Frankie la ayudaba a poner la mesa para cinco, en vez de para tres, como era habitual—. El nuevo decano podría entregar a tu padre mucho dinero para sus investigaciones, de modo que tenemos que dar una buena impresión.

Primero la señora J y, ahora, su propia madre. Frankie estaba cansada de que le dijeran cómo comportarse con los normis.

—¿Pongo platos para las *fashionratas*? —preguntó, incapaz de reprimir su frustración.

Viveka colocó el último plato con un sonoro tintineo.

—¿Cómo dices?

—¿No van a ser las afectadas si papá consigue el dinero? —Frankie dobló una servilleta de color gris acero y la ubicó en el lugar correspondiente—. Ya sabes, haría experimentos con ellas.

—En realidad, quienes se verán afectados por el dinero del decano Mathis son veteranos heridos y pacientes ingresados en hospitales, a la espera de un trasplante de órganos.

—Te refieres a los *normis* ingresados en hospitales, ¿no? —presionó Frankie.

—Me refiero a todo el mundo —insistió Viveka. Miró hacia abajo con sus ojos violeta—. Con el tiempo.

En la cocina sonó la alarma del reloj.

Viveka se marchó a toda prisa para sacar el asado del horno.

—¡Por fin! —exclamó con un suspiro mientras apartaba a un lado su oscura melena y examinaba la crujiente pieza de ternera—. Perfecto. La tercera es la vencida.

—¿Sabes? —Viveka regresó a la mesa con otras dos copas de cristal y un nuevo brío en su andar—. Si todo sale según lo previsto, algún día tu padre no necesitará costuras para unir los miembros de los afectados. Sus partes del cuerpo artificiales se aferrarán al tejido del paciente, y el tejido se regenerará.

—Porque las costuras son feas, ¿verdad? —los ojos de Frankie se cuajaron de lágrimas.

—No, Frankie, no estoy diciendo eso —Viveka corrió al lado de su hija.

—¡Eso es lo que dijiste! —Frankie echó a correr hacia el laboratorio y cerró la puerta de un golpe a sus espaldas. La repentina brisa arrancó la cara de Justin Bieber del esqueleto. Otro normi más que no soportaba mirarla.

—Frankie, los espárragos, *por favor* —dijo Viveka desde la cabecera de la mesa, esta vez un poco más alto.

—Ah, lo siento —Frankie se inclinó hacia delante para tomar la fuente blanca de cerámica y se la pasó a la señora Mathis, sentada al otro lado. Pero la rolliza señora con el peinado de Hillary Clinton y el color de pelo de Bill Clinton estaba demasiado absorta con la teoría de Viktor (acerca de la energía electromagnética, que podría otorgar vida a los objetos inanimados) como para darse cuenta.

La señora Mathis soltó una risita.

—¿Oíste, Charles? —se dio una palmada en el escote, salpicado de manchas solares—. Tal vez acabes casándote con esa televisión de pantalla plana.

—Por eso nos encanta este científico loco —el decano Mathis alargó la mano por detrás de su mujer y apretó el hombro de Viktor—. Algún día va a inventar algo que cambiará nuestra forma de vida para siempre.

Ay, si Viktor reuniera el valor electromagnético para decirle al decano Mathis que ese «algo» ya se había inventado, y que en ese momento estaba pasando una fuente de espárragos a su mujer.

—Ya lo hizo —anunció Frankie, colocando la fuente sobre la mesa.

—¿Ah, sí? —el decano se recostó sobre la silla de aluminio anodinado y se acarició los lados de su barba canosa—. Y dime, ¿qué es?

—Yo —Frankie sonrió con todo el encanto de una Shirley Temple contemporánea.

El decano y su mujer se echaron a reír. Viktor y Viveka, no.

—¿Alguien quiere espárragos?

—Yo no, Viv, gracias —la señora Mathis rechazó la fuente con un gesto de la mano.

—Cora no soporta los vegetales —explicó el decano.

—Vamos, Charles —se giró para mirarlo cara a cara—. Sabes que no es verdad. Sólo odio los verdes. Hay algo en ese color... No resulta apetitoso. ¿Tengo razón?

Frankie echó chispas.

Viktor se aclaró la garganta.

—¿Alguien quiere repetir? —ofreció Viveka.

—¿Qué es *eso*? —preguntó la señora Mathis.

A Frankie le costaba creer que la rechoncha señora Mathis no estuviera familiarizada con *repetir* un plato. Entonces, se dio cuenta de que el dedo de la mujer, adornado con una sortija de rubí, señalaba la puerta principal, donde un guante rojo de chenilla introducía un pedazo de papel por la ranura del buzón.

—Pero ¿qué...? —Viktor se levantó y abrió la puerta de un tirón.

Las dos chicas al otro lado soltaron un alarido.

Blue y Lala.

—¡Eh! —Frankie se levantó de un salto, ansiosa por escapar de la mesa. Había algo en el color blanco que a Frankie le resultaba de lo menos apetitoso.

—¿Qué pasa, chicas? —preguntó Viktor, agachándose para recoger el papel.

Ambas intercambiaron una mirada nerviosa.

—Nosotras, eh… queríamos dejarle algo a Frankie —explicó Blue, cuyos rizos rubios estaban recogidos en coletas bajas.

Frankie arrancó el papel de las manos de su padre.

—¿Están recogiendo firmas?

—Vamos a boicotear el baile de septiembre, a menos que cambien el tema de la invasión de los monstruos —explicó Lala, tiritando bajo su suéter de cachemir rosa chicle con cuello escotado—. Pero no se preocupe —susurró a Viktor—. Vamos a decir que no nos gusta el tema porque nos da miedo, y no porque resulte ofensivo —saltaba a la vista que no le importaba romper la norma de no hablar de asuntos de los RAD ni siquiera en conversaciones en las que sólo hubiera RAD.

—Yo no quiero boicotear el baile —protestó Frankie, pensando en Brett y en la cena en el barco que podrían ganar—. Quiero asistir. Quiero bailar con los chicos —añadió mientras ejecutaba unos pasos de baile.

—¿Y qué pasa con el tema de los monstruos? —preguntó Blue, haciendo caso omiso del baile de Frankie en contra del boicot—. ¿No te molesta?

Una ráfaga de viento arrastró una maraña de hojas y de plantas rodadoras urbanas por la calle sin salida.

—¿Quieren entrar? —ofreció Frankie.

—Mmm, no me parece una buena idea —Viktor agarró el picaporte con fuerza —. Tenemos invitados.

—Podemos ir a mi habitación —sugirió Frankie.

—Otra vez será —respondió Viktor al tiempo que lanzaba una seria advertencia bizqueando los ojos—. Buenas noches, chicas.

Les cerró la puerta en las narices sin darles oportunidad de despedirse.

—Pero ¿qué *haces*? —Frankie dio un tirón de la sofocante mezcla de cuello tortuga y bufanda.

—Viktor —la voz de Viveka llegó desde el comedor—. ¿Cómo se llamaba ese compañero de habitación chiflado que tuviste en la universidad? El que se extirpó su propio apéndice.

—Tommy Lassman —replicó Viktor desde la puerta, aún bizqueando.

—Sí, es verdad —Viveka se echó a reír y continuó relatando su historia.

—¿Por qué nos desafías últimamente? —susurró Viktor.

—No los desafío —por primera vez en la noche, Frankie notó que su estado de crispación se suavizaba—. Es sólo que me siento frustrada.

—Entendemos cómo te sientes, pero dar la nota no es la mejor manera de expresarlo.

—Entonces, ¿cuál es? —Frankie se apoyó en la fresca pared de cemento y cruzó los brazos sobre el pecho—. ¿Firmar en apoyo de una causa equivocada? ¿Fingir que tratas de inventar cosas que ya has inventado? ¿Tratar de conseguir dinero para investigaciones que ayuden a los normis cuando tu propia gente está…?

—¡Basta ya! —Viktor dio una palmada.

Frankie pegó un brinco por el sonido atronador.

—¿Eso que oigo es otra tormenta? —preguntó la señora Mathis—. Esta lluvia no se acaba nunca.

En condiciones normales, Frankie y su padre se habrían doblado de risa por la equivocación de la mujer. Pero ambos sabían que la situación distaba mucho de ser divertida.

—Puedes firmar sin problemas, porque no vas a ir al baile.

—¿*Qué?* —Frankie pateó el inmaculado suelo blanco con su bota hasta la rodilla de Pour La Victoire—. ¿Qué tendrá que ver el baile con...?

—Tienes que aprender a ser discreta. Hasta que lo consigas, no me puedo fiar de ti.

—Seré discreta, te lo prometo —repuso Frankie con sinceridad—. Confía en mí.

—Lo siento, Frankie; pero es demasiado tarde.

«¿De veras está haciendo esto?»

—¿Qué sentido tiene que me hayas dado la vida si no me dejas vivirla? —preguntó a gritos.

—Ya basta —masculló él.

—No, hablo en serio —insistió Frankie, harta de que la mandaran callar—. ¿Por qué no me hiciste normi?

Viktor suspiró.

—Porque no es lo que somos. Somos especiales. Y me siento muy orgulloso de ello. Tú también deberías sentirte orgullosa.

—¿*Orgullosa?* —Frankie escupió la palabra como si la hubieran empapado con quitaesmalte de uñas—. ¿Cómo puedo sentirme orgullosa cuando todo el mundo me pide que me esconda?

—Te pido que te escondas para que estés a salvo. Aun así, puedes enorgullecerte de lo que eres —explicó Viktor, como si fuera tan simple—. El orgullo tiene que venir de tu interior y permanecer contigo, diga lo que diga la gente.

«¿Qué?»

Frankie cruzó los brazos de nuevo y apartó la mirada.

—Yo construí tu cerebro y tu cuerpo. La fortaleza de ánimo y la confianza en ti misma son cosa tuya —explicó Viktor, consciente del desconcierto de su hija.

—¿Y cómo consigo eso? —preguntó Frankie.

—Lo demostraste la mañana que te llevamos al instituto de Mount Hood —le recordó él—. Antes de que permitieras que esas animadoras te lo arrebataran.

—¿Y cómo lo recupero? —se preguntó Frankie en voz alta.

—Probablemente tardes un tiempo —repuso Viktor, quien con sus ojos bizcos miraba por encima del hombro de su hija para observar a sus invitados—. Pero cuando lo encuentres, agárralo con todas tus fuerzas. Y no permitas que nadie te lo arrebate, por mucho que lo intente. ¿Entendido?

Frankie asintió, aunque no lo entendía.

—Muy bien —Viktor le guiño un ojo.

La desconcertante lección comenzó a batir la rabia de Frankie hasta convertirla en algo que nunca antes había sentido: una especie de merengue emocional. El tacto etéreo de la soledad recubierto con la capa crujiente de la injusticia. Sin embargo, el sabor no resultaba dulce en lo más mínimo.

Viktor regresó al comedor a paso tranquilo, columpiando los brazos a ambos costados con aire despreocupado.

—¿Quién quiere postre?

Frankie se marchó a su habitación a toda prisa, sin importarle quién pudiera verla o qué pudieran pensar de ella. Sin importarle nada en absoluto. En el instante mismo que agarró el picaporte, empezó a sollozar. Apoyada en la pared, se deslizó hacia abajo hasta quedarse sentada en el frío suelo y escondió la cara entre las manos. Luego se puso a pensar en la única persona de las que conocía que encontraba belleza en los monstruos.

El baile de septiembre era su gran oportunidad para relacionarse con Brett, para ayudarle a conocer a la verdadera Frankie.

«Y eso haría, en cuanto le entregara una toallita desmaquilladora...»

—*Adelante —diría ella, una vez que ambos se hubieran instalado bajo el hueco de las escaleras. Desde el gimnasio, la machacona música inundaría el pasillo desierto y trataría de engatusarlos para que regresaran a la pista de baile. Pero resistirían la tentación, optando en cambio por la melodía a capela del latido de sus corazones—. Límpiame la mejilla —añadiría.*

Él frotaría entre los dedos (con las uñas pintadas de negro) el áspero tejido de la toallita y lo consideraría demasiado abrasivo para su tierno cutis. Pero ella insistiría. Y él acataría sus deseos.

Su tacto cariñoso le provocaría una lágrima.

El descubrimiento de la piel verde menta le provocaría una lágrima a él.

—¿Por qué no me lo dijiste? —preguntaría.

Ella, avergonzada, bajaría la mirada.

—¿Estás loco, o qué?

—Sí.

Otra lágrima.

Después de secarla, él le levantaría la barbilla con el dedo y declararía:

—*Estoy loco por ti.*

Un apasionado beso de los que cambian la vida vendría a continuación. Acto seguido, entrarían en el gimnasio para un último baile y saldrían con el premio a la pareja mejor disfrazada. El amor de ambos florecería durante la cena en el barco. Y al poco tiempo, él empezaría a lucir la cara de ella en sus camisetas: su belleza natural atraería a millones de personas, incluso a la señora Mathis. Antes de Navidad, habría una línea de ropa llamada Frankie... Las empresas de juguetes fabricarían muñecas Frankie... Las lunetas serían únicamente de color verde...

Frankie se detuvo, pues ya no le bastaba con soñar despierta, ni con las promesas de un mañana mejor. Tal vez su padre tuviera razón al no confiar en ella. Tal vez ya no fuera la niñita perfecta de papá. Porque la niñita perfecta de papá obedecería sin chistar. No asistiría al baile de septiembre y practicaría la discreción.

Pero Frankie no encontraba sentido en actuar de esa manera.

CAPÍTULO 18

TEMPERATURA MÁXIMA

Haylee siguió a Bekka por el pasillo denominado «Hasta que la muerte los separe» del Castillo de los Disfraces como una disciplinada dama de honor. Melody seguía a Haylee como una celosa invitada a la boda.

—¿Qué tal éste? —Haylee descolgó de la percha un sedoso vestido de novia y lo colocó en alto.

—Demasiado brillante —repuso Bekka.

Haylee sujetó otro vestido.

—Demasiado encaje.

—¿Éste?

—Demasiado rimbombante.

—¿Éste?

—Demasiado blanco.

—Igual deberías ir vestida de novia cadáver —gruñó Melody.

—Y tú, de madrastra de Blancanieves —contraatacó Bekka.

Melody no pudo reprimir la risa ante la ocurrencia de su amiga.

Bekka también se rió. Acto seguido, volvió manos a la obra.

—Quiero algo que sea terrorífico, *sexy* y sofisticado al mismo tiempo.

—¿Éste? —Haylee volvió a probar suerte.

—Demasiado desaliñado.

—¿Éste?

—Demasiado artificial.

—Bekka, estamos en una tienda de disfraces, ¿lo recuerdas, verdad? —señaló Melody.

—Buena observación —Bekka agarró su collar y empezó a deslizar el dije en forma de «B» de un lado a otro de la cadena—. Y tú deberías empezar a pensar en qué te vas a poner. El baile de la invasión de los monstruos es el viernes que viene. Hoy es sábado, así que te queda menos de una semana para…

—Basta —Melody levantó hacia el cielo sus ojos cansados—. Ya te lo dije. No voy a ir.

—¿Por qué? ¿Porque anoche Jackson y tú tuvieron una discusión absurda?

Haylee levantó el último vestido de novia.

—Demasiado cursi.

—No fue *absurda* —replicó Melody, lamentando haber mencionado la disputa de la noche anterior. ¿Cómo explicar algo que ni ella misma entendía? El comportamiento de Jackson le había dejado una sensación, y no una historia que contar. Y la sensación era la de estar destrozada.

—De acuerdo. Pues, en ese caso, busca otra pareja —opinó Haylee, pellizcando el tul de un velo bordado y frotándolo entre los dedos.

—¡Eh! Acabo de ver llamas, lo juro. Me pregunto si tendrán vestidos de más calidad en la parte de atrás —comentó Bekka—. Mmm —levantó la vista hacia las arañas gigantescas que colgaban del techo y se dio unos golpecitos en la barbilla—. Hayl, ¿te importa preguntarle a...?

—Ahora mismo —Haylee salió apresuradamente en busca del encargado. Su pequeño trasero se movía con la eficacia de un juguete de cuerda.

—Y dime, ¿tienes alguna idea sobre el disfraz? —preguntó Bekka, tratando de mostrarse atenta y comprensiva.

—¿Qué tal si voy de chica invisible? —Melody pasó la mano sobre las muestras de pastoso maquillaje para Halloween. Con colores denominados negro murciélago, rojo sangre, verde macabro y blanco fantasma, aguardaban en el interior de sus estuches de plástico. Melody se inclinó hacia abajo y olfateó. No olían como las pinturas al pastel de Jackson, en absoluto. Era un aroma más dulce, menos intenso. De todas formas, los ojos se le llenaron de lágrimas.

—Toc, toc —dijo Bekka mientras consultaba el precio de una liga negra.

—¿Quién es? —repuso Melody con un sollozo.

—*Buuuu.*

—¿*Buuuu?*

—Ya que llevas lloriqueando toda la mañana, podías ir disfrazada de fantasma deprimido.

Melody soltó una risita y un sollozo al mismo tiempo.

—No tiene gracia.

—Entonces, ¿de qué te ríííes? —replicó Bekka rompiendo a cantar.

—Nooo me rííío —respondió Melody, también cantando.

213

—Muy bien —Bekka se apartó de los vestidos de novia de treinta y cuatro dólares y cruzó los brazos sobre su cazadora de mezclilla con bolsillos—. Si tú no vas, yo tampoco.

—Anda ya —Melody, en plan de broma, dio una palmada a su amiga en el brazo—. ¿Y vas a desperdiciar la ocasión de ir de novia de Brett?

—Las amigas son lo primero —declaró Bekka, clavándole sus ojos verdes sin rastro de vacilación.

—No puedo permitírtelo.

—Entonces, me da la corazonada de que irás al baile —la cara pecosa de Bekka irradiaba triunfo.

Haylee regresó; su andar apresurado denotaba determinación.

—Hablé con Gavin, el ayudante del encargado. Dice que no esperan recibir más disfraces de la novia de Frankenstein hasta mediados de octubre. Pero me dio el número de... —comprobó la tarjeta de visita que llevaba en la mano—. Sí, Dan Money. Es el encargado de la tienda y volverá el lunes. Lo consultaremos con él.

La devoción de Haylee por Bekka le provocaba a Melody un hormigueo en las tripas. Distaban mucho de ser las típicas alumnas de cuarto de bachillerato, pero eran fieles como las que más. Melody había acabado adorándolas por ambas razones.

—No, está bien —Bekka soltó un suspiro, doblegándose a los modelos que tenía frente a sus ojos—. Lo compensaré con un peinado impresionante.

—En ese caso, te recomiendo ese vestido, el que brilla —indicó Haylee, y lo descolgó de la percha—. Es sencillo y elegante. Además, mi vestido de dama de honor terrorífica también es brillante, así que parecerá que nos pusimos de acuerdo.

—¡Genial! —Bekka se colocó el vestido sobre el brazo—. Ahora sólo nos queda... —sus ojos vagaron por la estancia—. ¡Eh! Mira quién es...

—Hola —Melody escuchó una voz masculina que le resultó conocida.

Se giró. Era Deuce. A pesar de la escasa iluminación, llevaba unas Ray-Ban de montura roja y una gorra de lona de la marca Ed Hardy. Sólo de verlo, sus labios le pidieron a gritos una capa de brillo. Era la manera que tenían de comunicarle que no les importaría posarse en los del recién llegado. Melody cerró la boca, asegurándoles que a ella tampoco le importaría.

—Hola.

Deuce sonrió, incómodo. Llevaba unos auriculares Bose pegados a las orejas y no hizo intento de quitárselos.

—¿Qué te trae por aquí? —preguntó Bekka con el tono de una madre entrometida.

Haylee empezó a teclear.

—Mmm, vengo en busca de un disfraz —levantó su cesta de metal. Dando por hecho que Bekka no se había fijado en el gorro que llevaba, anunció—: Voy a disfrazarme de sombrerero loco.

—¿Y Cleo? —presionó Bekka.

Melody resistió el impulso de abofetearla.

Deuce se rebulló, incómodo.

—Este año no va a asistir.

—¿Problemas en el paraíso?

—¡*Bekka*! —espetó Melody—. No es asunto tuyo.

—De hecho, nos queda genial —Deuce esbozó una débil sonrisa—. Es sólo que algunas de sus amigas decidieron no ir al baile, de modo que seguramente se quedará con ellas y...

—Entonces, ¿vas a ir solo?

—Puede ser. No estoy del todo...

—¡Perfecto! —Bekka dio una palmada—. ¿Y si Melly y tú van juntos?

—¡Bekka! —Melody estampó su Converse negro contra el suelo. En su interior, el hormigueo se convirtió al instante en chirrido.

—¿Qué pasa? —preguntó Bekka con aire inocente, fingiendo interés en un ramo de novia teñido de sangre—. Será divertido. ¿No te parece, Deuce?

—Sí, claro —asintió él. La idea empezaba a gustarle—. Pero sólo en plan de amigos porque, ya saben, Cleo y...

—¡Pues claro! —concertó Bekka.

—De acuerdo —Deuce sonrió con dulzura.

—Saca tu iPhone —apremió Bekka—. Te grabaré el número de Melody.

—Estoy aquí, por si no te has dado cuenta —Melody se indignaba por momentos.

—Una, dos, tres y... ¡bum! —Bekka y Deuce entrechocaron los teléfonos.

—Lo tengo —dijo Deuce a la pantalla. Luego, se dirigió a Melody—: Te enviaré un mensaje de texto.

—Buenísimo —Melody sonrió con la boca aún cerrada.

Al salir del Castillo de los Disfraces, el breve trayecto en bicicleta discurrió primordialmente en silencio. Soleado y optimista, el cielo azul parecía desafiar a Melody al igual que Bekka la había desafiado, haciendo casi imposible que pudiera regodearse en su pena. Cada dos o tres manzanas, Bekka aseguraba a Melody que sólo trataba de ayudar. Y Melody respondía que se lo agradecía, pero no le había pedido ayuda. Luego, silencio otra vez.

—Me quedo aquí —anunció Melody a medida que se aproximaban a Radcliffe Way.

—Sigues sin tener disfraz —insistió Bekka elevando la voz.

—Y me sigue dando igual —Melody se despidió con un gesto de la mano y, a pesar de todo, esbozó una leve sonrisa.

Pasando precipitadamente junto a su madre, que colocaba unas botellas de vino sobre la mesa, Melody subió a pisotones los peldaños de madera hasta su habitación.

—Unos vecinos van a venir a una clase de cata de vino dentro de una hora —anunció Gloria desde el piso de abajo—. Por si te extrañaba.

Melody cerró de un golpe la puerta de su cuarto, comunicando a su madre que no, no le extrañaba.

—Tengo tu ventilador —le dijo Candace desde su dormitorio—. Te lo devolveré cuando se me hayan secado las uñas.

—Lo que tú digas —masculló Melody.

Subió la escalera de mano hasta su litera y se dejó caer boca abajo en el edredón lavanda y lila de Roxy. Una vez que pasó la primera oleada de gemidos, se giró sobre sí misma y contempló las vigas de madera del techo.

Su iPhone emitió un gorjeo. Tenía un mensaje de texto, de Deuce.

DEUCE: «Se me olvidó preguntarte cómo vas a ir disfrazada».

En lugar de responder, Melody arrojó a un lado el teléfono. ¿En serio iba a ir al baile con *Deuce*? La idea de una cita por compasión con el novio de otra chica la hacía sentirse más sola que si acudiera sin compañía.

Hasta con las ventanas abiertas, el calor en la casa resultaba insoportable, aunque Beau llevaba semanas intentando solucionar el problema. Y no es que a Melody le importara gran cosa. Estaba entumecida por completo. De no haber sido por el sudor que le empapaba la frente, ni cuenta se habría dado.

Empezó a regodearse en su pena una vez más. El sudor le traía recuerdos de la noche anterior... bajo la manta térmica... besando a Jackson...

—Hola —lo oyó decir.

Se incorporó de un salto y se golpeó la frente contra una viga.

—¿Estás bien? —Jackson colocó la mano en un travesaño de la escalera.

Melody asintió, incapaz de articular palabra.

Ahí estaba él. Gafas. Sonrisa tímida. Camisa verde de manga corta. Yemas de los dedos manchadas de pintura al pastel. Como si nada hubiera ocurrido.

—¡Cuánto calor hace aquí! —Jackson se abanicó la cara.

—En ese caso, márchate —Melody se dejó caer de espaldas sobre la cama.

—No quiero —protestó él.

—¿Y qué quieres, entonces?

—Vine a decirte que lo de anoche fue divertido —respondió.

—Sí, hasta que dejó de serlo.

Jackson soltó un suspiro.

—Tuve otra laguna, ¿verdad?

—Más bien una crisis de perversión —Melody se incorporó. Se sentó con las piernas colgando del borde de la cama, se apoyó sobre las manos y clavó la vista en los armarios. Mirar a Jackson resultaba casi tan difícil como perdonarlo—. Y déjate ya de esa excusa de las lagunas mentales, ¿de acuerdo? Es insultante. Ve a probarla con esa chica tuya que es pura *dinamita*. Puede que sea lo bastante tonta como para creérselo, porque yo no lo soy.

—Te juro que es verdad —suplicó él—. Recobré el conocimiento junto a la casa del final de la calle.

—Pues allí te deberías haber quedado.

—Si me hubiera quedado no tendrías pareja para el baile de septiembre —repuso él, intentando ser amable.

—Sí tendría pareja —replicó ella, intentando lastimarlo—. Voy a ir con Deuce.

Jackson no respondió. Misión cumplida.

—Melody —se acercó al extremo inferior de la cama y la agarró por los pies, aún oscilantes—. Lo último que recuerdo es haberte besado bajo la manta. Después, yo...

—Hazme caso —por fin, lo miró. Jackson tenía el semblante cubierto de sudor, de vergüenza y desconcierto—. No tienes lagunas mentales. Casi preferiría que las tuvieras.

—Entonces, ¿por qué no me acuerdo de nada? —se secó la frente.

—Claro que te acuerdas. Sólo utilizas eso como excusa para decir lo que deseas y besar a quien se te antoja y...

Jackson se quitó las gafas y se desabrochó la camisa, proporcionando a Melody un pase privado para contemplar sus relucientes abdominales perfectos, al estilo de los chicos de los grupos musicales juveniles.

—¿Qué haces? —Melody agarró su iPhone. Implicar a la policía no quedaba descartado, de modo que empezó a grabar por si se necesitara una prueba.

—¿Otra vez tú? —Jackson elevó las cejas—. Debería haberlo sabido, con todo este sudor —se pasó los dedos por el torso—. Chica, *me subes la temperatura.*

—¡Jackson, basta! —Melody se bajó de la cama de un salto.

—¿Por qué me llamas Jackson todo el tiempo?

—Porque es tu nombre —replicó Melody mientras se pegaba el iPhone blanco a la cara.

—Nada de eso.

—¿Ah, no? —desafió Melody—. Entonces, ¿cómo te llamas?

—D.J. —respondió él, clavando la vista en el objetivo—. D.J. Hyde. Como el doctor Jeckyll y míster Hyde. Igual que mi bisabuelo... que era un súper *friqui,* por cierto. Encontré unos papeles en el desván de casa y, por lo visto, en su día hizo un montón de experimentos extraños con tónicos, ¡y los probaba él mismo! Después de beber las pociones, se convertía en un hombre desenfrenado. A mí no me gusta el alcohol, pero bailar me enloquece —guiñó el ojo y paseó la vista por la desordenada habitación—. ¿Tienes música? —Melody dejó de grabar. Antes de que pudiera detenerlo, D. J. Hyde había salido despedido hasta la estación de carga de color blanco colocada sobre el escritorio y había conectado su propio iPhone. *Carry Out,* de Timbaland, empezó a retumbar por los altavoces. Girando las caderas y extendiendo los brazos de manera que los laterales de su camisa parecían alas, empezó a bailar como si estuviera actuando en un estadio abarrotado de chicas histéricas.

—¿Qué pasa aquí? —Candace apareció en el umbral con el ventilador de Melody a cuestas. Descalza, con *jeans* holgados y camiseta sin mangas blanca y ajustada, su aspecto desenfadado le otorgaba un aspecto de lo más *sexy*—. ¿Están grabando una cinta de audición, o qué?

—Sí, para un pequeño espectáculo al que llamo *¿Y tú quién eres?* —le arrancó el ventilador de las manos y la atrajo hacia él.

—Soy Candace —repuso entre risas, permitiendo que la sujetara.

Las percusiones de Timbaland les llegaban como pelotas a una jaula de beisbol, y D.J. las iba devolviendo una por una con un chasquido de dedos sobre la cabeza.

—Melly, ¿quién se lo iba a imaginar? —gritó Candace por encima de la música. Luego, también ella colocó las manos en alto.

—Yo no —Melody enchufó el ventilador.

—Máquina de viento, ¿eh? —vociferó D.J.

Al instante, Candace y él se pusieron a girar frente al ventilador. La camisa de D.J., flotando al aire, daba la impresión de que realmente formaran parte del video de Timbaland.

—Uuuuuuh, uuuuuuh —gritó Candace, cuyas manos trazaban ahora estrechos círculos por encima de su cabeza. Se inclinó y aumentó la velocidad del ventilador.

D.J. estiró las manos al estilo de Supermán.

—¡Estoy volando! —anunció mientras la camisa ondeaba a sus espaldas como una capa.

—¿Qué suena ahí arriba? —llamó Glory.

—Nada —respondió Melody. Imposible explicar la verdad.

—Bueno, pues bajen de volumen esa *nada,* por favor. Mis invitados llegarán de un momento a otro.

Encantada de poner fin a la fiesta, Melody se apresuró a retirar el iPhone de la estación de carga.

Candace y D.J. tardaron unos segundos en dejar de bailar. Y unos cuantos más en dejar de reírse. Y transcurrieron unos cuantos más hasta que el ambiente se calmó.

—Fue increíble —Candace entrechocó las palmas con su compañero de baile—. Tienes bastante más pila de lo que parece.

—¿Cómo dices? —se puso las gafas, un tanto desconcertado.

—Con esas gafas y la camisa —Candace le señaló el torso—. Ya sabes, cuando está abrochada —soltó una risita—. Pareces, no sé, *nerd.* Pero eres muy divertido.

Él bajó la vista y, a toda velocidad, se abrochó los botones.

—¿Ah, sí?

Melody notó que el aguijón de la clarividencia le recorría la espina dorsal.

—¿Cómo te llamas?

—¿Qué?

—¿Cómo te llamas? —insistió.

—Jackson —dio un paso atrás, se apoyó en la escalera de la cama y se frotó la frente húmeda—. ¡Ay, no! ¿Volví a tener una laguna?

—Sí —repuso Melody—. Sólo que no fue exactamente una laguna—se plantó a su lado y pulsó el botón «Reproducir» de su iPhone—. Jackson, te presento a D.J. Hyde.

—¡Jackson, espera! —gritó Melody. Pero él no la escuchó.

Tras darse cuenta de cómo había actuado delante de Melody, se marchó a más velocidad que los *paparazzi* a la caza de Britney Spears.

Candace no pronunció palabra. Se limitó a lanzar a su hermana una mirada furiosa y a sacudir la cabeza en señal de desaprobación.

—¿*Qué?*

—Exacto —Candace levantó su rubia melena y colocó la nuca frente al ventilador.

—Exacto, ¿qué? —espetó Melody, cuyos pensamientos giraban sin parar hasta volverse borrosos, como el boceto del tiovivo dibujado por Jackson.

—¿Qué vas a hacer ahora?

—¿Qué *puedo* hacer? —Melody volvió la vista a las cajas sin desembalar en su habitación. Tal vez se encargaría de ellas—. No creo que sea cuestión de llamar a la policía.

—Quizá deberías ir a buscarlo —sugirió Candace, como si realmente le importara.

—No, gracias —Melody se puso a tirar de una cutícula suelta hasta que empezó a sangrar—. Una relación con un chico... o lo que quiera que sea, impredecible, no es precisamente lo que busco en estos momentos.

—En ese caso, tú te lo pierdes —Candace se giró para marcharse; su trasero bamboleaba bajo la abundancia de tela de sus *jeans* extra grandes.

—¡Espera!

Candace se detuvo en seco.

—¿Qué significa eso de que yo me lo pierdo? —preguntó Melody.

—Todo lo impredecible es divertido —declaró Candace con la seguridad de quien lo sabe de primera mano—. Aunque Jackson sólo esté la mitad del tiempo, vas por delante de casi todas las chicas.

Melody pensó en él y sonrió.

—Es simpático, ¿verdad?

—Ve a buscarlo —insistió Candace, cuyos ojos azul verdoso irradiaban sinceridad—. Hay que aferrarse a lo que se desea —chasqueó los dedos—. La consejera sentimental se marcha.

Melody bajó las escaleras como de rayo y, a empujones, se abrió camino entre la pareja de alta estatura que se encontraba junto a la puerta de entrada.

—Cariño, quiero presentarte a los Stein; viven más abajo de la calle. Tienen una hija de tu edad...

—Encantada —repuso Melody por encima del hombro—. Vuelvo en seguida.

—No te preocupes —le dijo a Glory la mujer de larga melena oscura—. Mi hija es igual.

Mientras avanzaba a paso veloz en dirección a la vivienda blanca de estilo campestre, Melody se sentía como la protagonista de la típica comedia romántica en donde la chica corre hasta el aeropuerto antes de que despegue el vuelo del hombre que ama, al que poco antes ha abandonado. Pero las similitudes terminaban ahí. Por lo que ella tenía entendido, la historia de la chica que corría tras un monstruo abandonado no había llegado todavía a la gran pantalla.

La puerta de la casa estaba abierta con una rendija.

—¿Jackson? —preguntó con suavidad—. ¿Jackson?

Melody empujó la puerta con el dedo índice. Una ráfaga de aire helado la golpeó en la mano. Entró. La temperatura no subía de los quince grados. ¿De veras era tan difícil controlar los termostatos de Salem?

En un primer momento, había tenido sus dudas acerca de irrumpir en casa de Jackson, sobre todo porque la madre de éste era su profesora de biología; pero él había entrado de improviso en la suya dos veces, así que...

—¿Jackson? —volvió a llamarlo con un susurro.

Polvorientos sofás de terciopelo y alfombras orientales de tonos oscuros, así como rincones atestados de cachivaches que podrían haber llegado desde el Londres del Viejo Mundo a través de la máquina del tiempo, otorgaban al reducido espacio una sensación de agobio y lo hundían en una especie de hastío histórico, lo que suponía un inesperado contraste con la radiante y alegre inocencia de la fachada exterior. Melody sonrió para sí. Era un tipo de contraste que ella conocía, acaso demasiado bien.

—Si sabías quién era yo, ¿por qué no me lo dijiste? —gritó él desde algún lugar de la planta de arriba.

Melody escuchó la voz de la madre de Jackson.

—¡Quería protegerte! —alegó ella.

Melody sabía que debería marcharse, pero no se sentía capaz.

—¿Protegerme de *qué*? —replicó Jackson entre sollozos—. ¿De despertarme en jardines de desconocidos? ¿De hacer el ridículo en casa de los vecinos? ¿De asustar a la única chica que me gusta de verdad?

Melody no pudo evitar una sonrisa. Le gustaba *de verdad*.

—Pues sábete que no me has protegido de nada de eso —continuó Jackson—. Todo eso me ha pasado. ¡Y en las últimas veinticuatro horas! Quién sabe lo que habré hecho en los últimos quince años.

—De eso se trata precisamente —explicó su madre—. No lleva ocurriendo quince años. Fue empeorando a medida que te hacías mayor.

Guardaron silencio unos segundos.

—¿Qué lo provoca? —preguntó Jackson, ahora más calmado.

—El exceso de calor —repuso la señora J con suavidad.

Melody se puso a repasar mentalmente sus encuentros con D.J. «¡Pues claro!» La manta térmica… su dormitorio… el ventilador…

—Exceso de calor —repitió Jackson con lentitud. Como si lo hubiera debido saber desde el principio—. Por eso en casa hace siempre tanto frío.

—Y por eso no te dejo practicar deporte —añadió la señora J quien, por el tono de voz, parecía sentir alivio al compartir su secreto.

—¿Y por qué el calor?

—Jackson, siéntate un momento —se produjo una pausa—. Nunca te lo he contado, pero el doctor Jeckyll era tu bisabuelo… Un hombre tímido y discreto, igual que tú. A veces, su timidez lo frenaba, de modo que inventó una poción que le otorgaba valor y lo hacía más… enérgico. Se volvió adicto a esa droga que, con el paso del tiempo… lo mató.

—Pero ¿cómo he…? —empezó a decir Jackson.

Su madre lo interrumpió.

—La poción era tóxica y acabó por corromper su ADN. Y esa condición fue pasando a través de las generaciones. Tu abuelo y tu padre también la tuvieron.

—Entonces, ¿papá no nos abandonó?

—No —se le quebró la voz—. Nos conocimos cuando él era investigador genético y yo... Hice todo lo que pude —sollozó—. Pero los cambios de personalidad llegaron a ser intolerables y... en fin, lo volvieron loco.

Jackson no respondió. La señora J se quedó en silencio. Los únicos sonidos que llegaban de la habitación del piso de arriba eran sollozos y gemidos que partían el corazón.

Melody también rompió a llorar. Por Jackson. Por la madre de Jackson. Por los antepasados de la familia. Y por sí misma.

—¿Es lo que me va a pasar a mí? —preguntó él, por fin.

—No —la señora J se sonó la nariz—. Contigo es diferente; posiblemente esté mutando. Por lo que he comprobado, te afecta cuando te acaloras demasiado. Una vez que te enfrías, regresas a tu ser.

Se produjo una pausa prolongada.

—Entonces tú también eres... —Jackson hizo una pausa—. Eres la madre de *él*.

—Sí, claro —respondió ella sin darle mayor importancia—. Porque eres tú... sólo que distinto.

—¿Distinto en qué sentido?

—A D.J. le encanta ser el centro de atención, mientras que tú eres tímido. A él le encanta la música; a ti, la pintura. Él rebosa confianza en sí mismo; tú eres reservado. Ambos son maravillosos, a su manera.

—¿Sabe él de mi existencia?

—No —la señora J hizo una pausa—. Pero sabe quiénes son sus antepasados.

—¿Cómo ha...?

La señora J lo interrumpió.

—D.J. ha indagado en su pasado, pero no sabe nada de ti. Él también cree que sufre de lagunas mentales. No me puedo fiar de él. Ni de nadie. Tienes que guardar el secreto. Prométemelo. ¿Lo harás?

Melody tomó estas palabras como señal para marcharse. No quería escuchar la respuesta de Jackson. Ya había escuchado demasiado.

CAPÍTULO 19
TOCATA Y FUGA

El plan «A» estaba listo para ser activado. Tras una semana de intensos preparativos y planificación, era la manera más respetable de que Frankie pudiera asistir al baile de septiembre. Aunque no la única.

—Mamá, papá, ¿puedo hablar con ustedes un minuto? —preguntó, sintiéndose como nueva tras su recarga vespertina y el baño de vapor con aromaterapia que le suavizaba las costuras.

Sentados en el sofá, escuchaban *jazz* y leían junto a la chimenea. Se habían quitado su maquillaje F&F y tenían los tornillos del cuello al descubierto. La familia había cenado (gracias a Frankie), la vajilla estaba limpia (gracias a Frankie) y no se habían producido indiscreciones durante los últimos siete días (gracias a Frankie).

La hora había llegado.

—¿Qué pasa? —Viktor soltó su revista médica y retiró sus zapatillas desgastadas de la tapicería de otomán: una invitación para que su hija se sentara.

—Mmm... —Frankie se palpó las costuras del cuello. Se notaban holgadas y blandas después del baño de vapor.

—No te jales los puntos —advirtió Viveka. Sus ojos de color violeta adoptaban un tono berenjena en contraste con su cutis verde. Resultaba indignante que los demás no pudieran disfrutar de la belleza natural que poseía.

—¿Estás nerviosa por algo? —preguntó Viktor.

—No, qué va —Frankie se sentó sobre sus manos—. Sólo quería decirles que durante esta semana he reflexionado mucho sobre mi comportamiento y estoy de acuerdo con ustedes. Fue peligroso y desconsiderado.

Las comisuras de los labios de sus padres se elevaron una pizca, como si no quisieran comprometerse a una sonrisa completa hasta saber adónde conducía la conversación.

—Tal como me pidieron, volví a casa directa del instituto todos los días. No he enviado mensajes de texto, ni me he conectado al correo electrónico, ni a Twitter, ni a Facebook. Durante el almuerzo en la cafetería, sólo he hablado cuando me han hablado a mí.

Todo era verdad. Había evitado incluso cruzar la mirada con Brett. Lo cual no había resultado demasiado difícil, ya que Bekka había intercambiado el pupitre con él en la clase de biología.

—Lo sabemos —Viktor se inclinó hacia delante y dio dos golpecitos en la rodilla de su hija—. Y estamos muy orgullosos.

Viveka asintió en señal de acuerdo.

—Gracias —Frankie bajó los ojos con actitud humilde. «Uno... dos... tres... ¡YA!»—. ¿Entoncespodríanconfiarenmíydarmepermisoparairalbaileestanoche? —soltó de corrido antes de perder el valor.

Viktor y Viveka intercambiaron una mirada fugaz.

«¿Lo están pensando? ¡Sí! Confían...»

—No —respondieron al unísono.

Frankie resistió el impulso de soltar chispas. O de chillar. O de amenazarlos con ponerse en huelga de recarga. Porque se había preparado para semejante respuesta. En todo momento había sido una posibilidad. Por eso había leído completo *Curso de interpretación para jóvenes actores: la guía para adolescentes definitiva*, de Mary Lou Belli y Dinah Lenney. Para *actuar* como si entendiera la denegación de un permiso. Para *actuar* como si la aceptara. Y para *actuar* a la hora de regresar a su habitación con actitud serena.

—Bueno, gracias por escucharme —dijo. Acto seguido, les dio un beso en la mejilla y se marchó a la cama—. Buenas noches.

—¿Buenas *noches*? —se extrañó Viktor—. ¿Y ya está? ¿Sin discusión?

—Sin discusión —repuso Frankie con una tierna sonrisa—. Tienen que obligarme a cumplir el castigo; si no, no voy a escarmentar. Lo entiendo.

—M-muy bien —Viktor regresó a su revista médica, sacudiendo la cabeza como si no acabara de creer lo que estaba escuchando.

—Te queremos —Viveka le sopló un beso.

—Y yo, a ustedes —Frankie sopló dos besos en respuesta.

Hora para el plan «B».

—A ver, *fashionratas* —dijo Frankie a sus confidentes espolvoreadas con purpurina, al tiempo que las trasladaba a la zona de estar del glamoroso laboratorio—. Esto no va a ser agradable. Se romperán reglas. Se pondrán amistades a prueba. Y se correrán grandes riesgos. Pero es un precio pequeño a pagar por el amor verdadero y la libertad personal, ¿no les parece? —colocó la jaula sobre la mesa auxiliar lacada en naranja. Las ratas arañaron el cristal en señal de acuerdo.

Luego de poner *Just Dance,* de Lady Gaga, a todo volumen, Frankie abrió de un tirón una caja de decolorante de cabello y trazó gruesas rayas blancas desde el cuero cabelludo hasta las puntas. Separadas a diez centímetros, eran exactas a las de su bisabuela. Mientras esperaba a que la solución hiciera efecto, se reclinó sobre el diván rojo cubierto de almohadones y empezó a escribir un mensaje de texto a Lala.

—Ahí va —dijo con un suspiro.

FRANKIE: «¿Sigue en pie el boicot?»

LALA: «Sí. Cleo, Clawdeen y Blue están aki. Qué ilu que escribas otra vez. ☺ ¿Fijo que no puedes venir?»

FRANKIE: «Castigada ☹».

—Ahora voy a manipular un poco a mis amigas —explicó Frankie a las *fashionratas*—. He guardado el secreto toda la semana, y tengo que soltarlo —tecleó un mensaje y pulsó «Enviar»—. No me juzguen.

FRANKIE: «Mis padres estuvieron en casa de Melody la nueva del insti el pasado finde en cata de vino y se enteraron de que va al baile con Deuce».

LALA: «Alquilaron la casa a mis abuelos, ¿sabes?»

No era la respuesta con la que Frankie había contado.

FRANKIE: «Bien lo de tus abuelos. ¿Crees lo de Deuce? ¿Lo sabe Cleo?»

Silencio… silencio… silencio… silencio… silencio… Eran las 18.50. El baile comenzaría en cuarenta minutos. ¿Dónde…?

CLEO: «¿¿Es verdad??»

Frankie se incorporó. «¡Sí!»

FRANKIE: «Eso dice mi mamá».
FRANKIE: «¿Quieres sorprenderlos?»
CLEO: «¡Claro! Pero no tenemos disfraces ☹»

«¡Sí, sí, sí!»

—Funciona —anunció Frankie a las *fashionratas*. Se sentía un tanto culpable por manipular la situación, pero todo cuanto había dicho era verdad. Y había actuado en beneficio de sus amigas tanto como en el propio. Con el paso del tiempo, se lo agradecerían. Todo el mundo se lo agradecería. Sólo tenía que conseguir que asistieran al baile.

FRANKIE: ¡¡Invasión de monstruos!! ¡¡Nacimos disfrazadas!! ¡¡Disfraces alucinantes!!»
FRANKIE: «Nuestra gran oportunidad de ver qué piensa la gente de nosotros, de nuestro verdadero yo».
FRANKIE: «Tenemos que demostrarles que no hay por qué tener miedo»
FRANKIE: «Si nosotros no superamos el miedo, ellos nunca lo harán»

Era el momento de tomarse un descanso, antes de que sus amigas la acusaran de parecer una pegatina para la defensa del auto. Pero le costaba dejar de dar el sermón. Nunca había albergado sentimientos tan intensos sobre nada. Ni siquiera sobre Brett.

Silencio... silencio...

—¿Qué hacen? —Frankie se reclinó hacia atrás y echó chispas.

Silencio... silencio...

CLEO: «¿Tú no estabas castigada?»
FRANKIE: «Me escaparé por la ventana».

Silencio... silencio... silencio... silencio... silencio... silencio... silencio... silencio... silencio... silencio... silencio...

LALA: «Nos vemos al final de Radcliffe en n.5».
FRANKIE: «☺».

Se puso a pedalear en el aire con los pies, calzados con mocasines. «¡Sí, sí, sí!»

Sopló un beso a las *fashionratas,* apagó la música y agarró la bolsa guardarropa que había cogido del garaje. Con unos *pants* por toda vestimenta y una espesa capa de brillo en los labios, se escabulló por la ventana de cristal esmerilado y ejecutó el salto de dos metros que la separaba de la libertad, sintiéndose más cargada que una Visa en navidades.

CAPÍTULO 20
PASARLO DE MIEDO

—A ver, ¡una última foto! —el padre de Bekka se apresuró a bajarse del Cadillac SRX rojo. Iba vestido con un forro polar color vino, pantalones Dockers y zapatillas azules.

—¡Papá! —Bekka pateó el suelo con sus zapatos de raso de tacón de aguja. Señaló las escaleras de entrada al instituto, salpicadas de gigantescas huellas verdes y ocupadas por adolescentes embutidos en disfraces, los cuales fingían ser demasiado sofisticados como para entrar al baile. Retazos de niebla se filtraban por las rendijas de la puerta de doble hoja (ahora forrada para que no se viera el interior), arrastrando con ella el repetitivo sonido de un bajo—. Brett me espera ahí adentro.

—Tranquila —Melody rodeó a Bekka y Haylee con los brazos—. No nos vamos a morir por una foto más.

—No, tienes razón —masculló Bekka mientras unas cuantas animadoras de último curso, disfrazadas de zombis, pasaban de largo dando saltitos—. Nos vamos a morir de vergüenza.

—¡Sonrían! —insistía el señor Madden, quien se colocó las gafas en lo alto de la calva.

Bekka y Haylee, obedientes, esbozaron una sonrisa. Melody lo intentó. Le había costado menos recuperarse de la cirugía facial. Sí, era una chica sana, casi curada del asma, y formaba parte de una familia unida. De todas formas, ¿era mucho pedir una relación que durara más de lo que dura un beso?

Jackson la había esquivado durante toda la semana. Alegando tener tarea o dolor de cabeza, había frustrado una tras otra las peticiones de Melody acerca de salir a dar una vuelta. Y, como respetuosa amiga traidora que escuchaba a escondidas, ella había contestado que lo entendía. Pero Melody quería ayudar. Quería ser el hombro sobre el que Jackson llorara. Compartir su carga. Contarle que durante toda su vida se había sentido como un «monstruo». Decirle que lo comprendía. Pero saltaba a la vista que Jackson no quería su hombro, ni ninguna otra parte de su cuerpo. Y eso le oprimía el pecho más de lo que el asma había conseguido nunca.

Por las noches, a solas en su habitación llena de cajas, Melody resistía el impulso de confiar su dilema a Candace. El secreto de Jackson era demasiado dañino para compartirlo. En cambio, trató de convencerse de que la distancia que Jackson ponía entre ambos no tenía nada que ver con sus sentimientos hacia Melody, y sí tenía mucho que ver con la promesa que le había hecho a su madre. Pero las dosis de narcisismo que podía aplicar a la herida tenían un límite. Pasado un rato, resultaba patético; era como mandarse flores a sí misma el día de San Valentín.

Melody realmente no pudo deshacerse de su mal humor; pero sí había conseguido prepararse para el baile. No quería fallar a sus dos nuevas amigas: la novia de Frankenstein y la dama de honor terrorífica.

—¡Están preciosas, chicas! —exclamó entusiasmado el señor Madden mientras regresaba a la portezuela abierta de su coche—. Las recogeré a las diez en punto —anunció. Acto seguido, arrancó el motor y se marchó.

Las luces traseras del automóvil se desvanecieron en la distancia, llevándose consigo la esperanza de Melody: marcharse pronto del baile. ¿Por qué había accedido a dejar su bolso en el coche? Bekka había comentado que les «daría libertad». ¡Ja! Haría justo lo contrario, al dejarla atrapada dos horas y media con un chico que no le correspondía.

—¿Intentarás divertirte? —suplicó Bekka, como si le estuviera leyendo la mente.

Melody le prometió que lo haría y añadió:

—Estás guapísima.

—Más me vale —Bekka soltó un tembloroso suspiro, se recogió la cola del vestido nupcial y empezó a subir los escalones, tambaleándose sobre sus tacones de diez centímetros.

Bekka se tomaba el papel de novia de Frankenstein como una especie de prueba de cara a una futura boda con Brett. Había coloreado de verde esmeralda cada centímetro de su cuerpo —incluso aquellas partes que, según insistía su madre, «nadie podía ver, salvo Dios y el hueco de un inodoro»—. En lugar de ponerse peluca, Bekka se había cardado su propio pelo y, con laca, había formado un enmarañado cucurucho; asimismo, había utilizado decolorante de vello facial para trazar vetas blancas. Sus costuras, realizadas con auténtico hilo de sutura, iban pegadas al cuello con cinta adhesiva transparente de doble cara, ya que dibujarlas con lápiz de ojos negro no habría sido «hacer justicia al personaje». Había cambiado el vestido de novia del Castillo de los Disfraces por otro más «auténtico», adquirido en El Granero Nupcial. Si aquella noche Brett no veía su propio futuro en los ojos de Bekka, maquillados con una gruesa capa de sombra negra, jamás lo haría. O eso creía ella.

—Tú también estás estupenda, Hayl —añadió Melody.

—Gracias —Haylee esbozó una amplia sonrisa. Tenía el aspecto de una niña poseída que se presenta a un concurso de belleza infantil. La dama de honor terrorífica lucía un vestido amarillo brillante con medias blancas, y llevaba la cara pintada de blanco, negro y rojo. Transportaba una cesta repleta de insectos de goma.

Ninguno de los compañeros de Melody la felicitó por su disfraz. Si lo hubieran hecho, ella habría sabido que mentían. Vestida con *leggings* negros, el *blazer* negro de Chanel de su madre, zapatillas de *ballet* negras y boina, y con la cara maquillada de rojo y negro, había adoptado el estilo *friqui* chic. Todo el mundo coincidió en que era preferible a su idea anterior: el disfraz de ola asesina.

En el instante que Bekka abrió las puertas del instituto, Melody sintió una opresión en el pecho.

—¡No puedo!

En su lugar, entraron un esqueleto y un cíclope.

—Melly, supéralo, ¿quieres? —replicó Bekka con brusquedad.

—No —repuso su amiga, con respiración sibilante—. La máquina de niebla. El asma. El inhalador está en el coche de tu padre...

—¡Entra! —Bekka empujó a Melody a través de la densa capa de humo gris y la condujo en dirección al gimnasio. Pulsó hacia abajo la barra hidráulica plateada y la puerta se abrió con un siseo.

Oscuridad. Luces negras. *Remix* de Rihanna. Bolsas de basura pegadas a las paredes. Capullos gigantescos rellenos de falsos cadáveres suspendidos de las tuberías del techo. Olor a suelas de goma y cinta adhesiva de embalaje. Mesas para bocadillos, divididas en zonas de alergia marcadas con lápidas. Mesas redondas sobre las que se desparramaban falsas partes del cuerpo humano. Sillas envueltas en sábanas blancas salpicadas de pintura roja. Chicas disfrazadas que bailaban en la pista. Chicos disfrazados que se armaban de valor para reunirse con ellas. Mientras Melody luchaba por respirar, semejantes detalles le recorrían los sentidos a toda velocidad, como si le suplicaran que, antes de sufrir un colapso, se fijara en ellos.

—Toma —Bekka le entregó un inhalador.

Melody aspiró con fuerza por la boquilla.

—Aaaaaah... —se deleitó con la expulsión ininterrumpida de aire—. ¿De dónde lo sacaste?

—De tu bolso, antes de que nos bajáramos del coche —se lo entregó a Melody—. Al director Weeks le encanta esa máquina. La utiliza incluso en Acción de Gracias. Dice que había niebla el día que los primeros colonos llegaron a Plymouth Rock.

—Gracias —Melody sonrió y frunció las cejas al mismo tiempo—. Si esta noche Brett no te pide que te cases con él, te lo pediré yo.

—Olvídate de la proposición de matrimonio. Sólo prométeme que intentarás pasarlo bien.

—Lo prometo —Melody colocó en alto la palma de la mano. Era lo menos que podía hacer.

Deuce se acercó a ellas con andar confiado.

—Aquí llega el sombrerero loco —anunció Haylee.

Con sombrero de copa de terciopelo rojo, esmoquin a juego y sus características gafas de sol, Deuce estaba impresionante. Melody decidió que ya que tenía que pasarse el baile con el novio de otra chica (cuando le hubiera gustado estar con otro que ojalá fuera su novio), Deuce era el candidato perfecto.

—Hola, chica de la boina —saludó, tratando de no insultar el ambiguo atuendo de Melody.

—Vengo de friqui chic —se quitó la boina de un tirón y puso los ojos en blanco en señal de lo patético que encontraba su propio disfraz.

—Ah, claro; ahora me doy cuenta —asintió él al tiempo que sonreía.

—Vamos a buscar a Brett y a Heath —anunció Bekka. Acto seguido, se marchó con Haylee a toda prisa, antes de que Melody pudiera detenerlas.

De pronto solos, no tuvieron más remedio que fijarse en el ambiente de diversión que los rodeaba. Monstruos de todas las clases imaginables alternaban entre sí, se saludaban mutuamente con piropos y tiraban de sus reticentes parejas hacia la pista de baile.

—¿Cómo es que llevas gafas de sol? —preguntó Melody, por sacar algún tema de conversación—. Hay muy poca luz. ¿A poco puedes ver? —con el espíritu bromista y juguetón propio de las fiestas, se las arrancó de la cara.

—¡Dámelas! —gritó él. Estaba tan furioso que no podía ni mirarla. En cambio, dirigió la vista por encima de su hombro, apretó los ojos y palpó el aire en busca de sus Oakley como lo haría un ciego.

—Toma —Melody le colocó las gafas en sus manos bronceadas. Deuce se las puso con urgencia—. Perdona, yo sólo estaba... —se interrumpió. ¿*Qué* estaba haciendo?

—No importa —repuso Deuce con voz amable—. Debería llamar a Cleo. Está sola en casa, ya sabes, así que... ¿Te molesta quedarte aquí un momento?

—No, para nada.

—Genial —repuso Deuce, mientras sin querer chocaba contra la solitaria estatua de piedra de una bruja. Después, salió disparado hacia la salida.

Tras estabilizar a la bruja fluctuante (que guardaba un gran parecido con una chica de su clase de lengua), Melody se dispuso a ir en busca de Candace y, sobre todo, de dinero para un taxi. ¿Qué más daba que su casa estuviera a sólo tres manzanas del instituto? Volver caminando sola después de un baile era tan patético como no asistir a la fiesta y tirarse en el sofá con un cono de helado Ben & Jerry. Si el sentimiento que albergaba en aquel momento fuera un sabor de helado, sería el de uvas ácidas.

Ahora que eran casi las 20:00, la multitud demasiado sofisticada como para llegar puntual entró con parsimonia en el gimnasio. Con un paso arrogante que daba a entender que tenían otros lugares mejores adonde acudir, examinaron la decoración con la actitud de un posible comprador. Aferrándose unos a otros en pequeños grupos, resistieron el impulso de bombardear la pista de baile cuando empezó a sonar *On to the Next One,* de Jay-Z, lo que imposibilitaba a Melody localizar a Candace, que iba vestida de hada malvada. La mayoría de las morenas aprovechaban las fiestas de disfraces para ponerse rubias, y las rubias nunca se ponían morenas, de modo que aquello era, en el mejor de los casos, como buscar una aguja en un pajar.

Mientras examinaba la zona vegetariana en busca de su hermana, Melody se encontró con una elaborada fuente libre de carne que incluía zanahorias *baby* con la etiqueta «dedos de duende», y porciones de tofu a las que llamaban «dientes de bestia».

—¿Ponche sangriento? —le ofreció alguien a sus espaldas.

La voz masculina resultaba amable, pero en absoluto endeble. Se parecía a una que conocía, pero con un tono añadido de seguridad. Era como si el modelo original se hubiera mejorado y Melody estuviera a punto de conocer la versión 2.0.

«¿D.J.?».

Melody se dio la vuelta rápidamente. Un líquido rojo le salpicó en la cara.

—¡Vaya, lo siento! —D.J. (¿o era Jackson?) agarró la pila de servilletas de coctel negras que había junto al cuenco de Lay's Gourmet con el cartel «UÑAS DEL DIABLO».

—No pasa nada —Melody se secó la cara—. Necesitaba una excusa para quitarme este maquillaje.

Al instante, él se convirtió en una caja humana de pañuelos de papel, y fue entregando una ininterrumpida serie de servilletas con la máxima formalidad. Una vez que el líquido fue absorbido y las servilletas, arrojadas al cubo marcado como «BASURA INHUMANA», intercambiaron una cálida sonrisa que provocó la sensación de cuando vuelves a casa después de un largo viaje.

—¿Jackson?

Él asintió con gesto afectuoso.

—¿Qué haces aquí? —preguntó Melody, aliviada—. No me refiero a que no tengas derecho a estar en el baile ni nada de eso. Es sólo que... ya sabes... has estado muy ocupado últimamente.

—Pensé que igual se te antojaba un poco de... mmm... ¡acción! —señaló el almohadón encajado a modo de joroba bajo su suéter.

—Ah —el ánimo de Melody se desplomó en picada. Agarrándolo de la muñeca, lo condujo hasta una mesa vacía y susurró:

—¿D.J.? ¿Eres tú?

—*No* —Jackson se ruborizó—. Era una broma. Me pareció que un poco de humor no te vendría mal.

—¿A mí? ¿Por qué a *mí*?

—Vi que Deuce se marchaba, y sé que era tu pareja de esta noche...

Melody ahogó un grito, tratando de mostrarse ofendida. Jackson se esforzaba en parecer preocupado porque la pareja de Melody se hubiera marchado, aunque fracasaba en el intento, pues una sonrisa le rondaba los labios sin parar. Parecía adorablemente encantado por haber descubierto que Melody se había quedado libre. Y Melody también lo estaba, la verdad.

—¿Me estuviste espiando?

Jackson agarró un brazo de plástico verde de la mesa y lo agitó frente a la cara de Melody.

—Tú me enseñaste a espiar.

—¿*Yo*?

—A ver, ¿es que no me espiaste la noche que te descubrí en la habitación de Candace?

Melody abrió la boca para defenderse pero lo que hizo fue soltar una carcajada. Jackson también se echó a reír y la agarró de la mano. Una cálida corriente se trasladó del cuerpo de Jackson al de ella, y del cuerpo de Melody al de él, como si fueran tomas de electricidad, conectadas entre sí.

—Entonces, ¿viniste a separarnos a Deuce y a mí? —bromeó Melody.

Jackson se pasó la mano por su cabello cortado a capas y volvió la vista a los monstruos que giraban en la pista de baile.

—Quería asegurarme de que te trataba bien, nada más.

Melody le dio un apretón en la mano para decirle: «Gracias». Jackson le devolvió el apretón para responder: «De nada».

Rodeada por la vertiginosa algarabía de la fiesta, se sentía como un globo de agua en una fiesta de helio. Vencida por la carga de conocer el secreto de Jackson. Y molesta por la falta de disposición de éste a compartirlo. Con cada día que pasara, sería más difícil conectar con él. Los secretos de ambos acabarían por interponerse entre los dos, obligándolos a apartarse como imanes de polos idénticos.

Jackson pasó el dedo por la sangre falsa de la silla.

Melody sonrió, incómoda.

Jackson le devolvió la sonrisa.

«Y ahora, ¿qué?» Había mucho por decir, pero no existía una manera acertada de sacar el tema. Ni hilo conductor. Ni frase de transición. Ni manera de justificar una torpe introducción al estilo: «Hablando de espiar…»

—Hablando de espiar… —probó a decir de todas formas.

—¿Qué? —Jackson soltó su risita característica, que denotaba una mezcla de fascinación y asombro. De la manera en que uno contemplaría a dos ciempiés copulando.

—Verás, me sorprendiste espiándote, ¿de acuerdo? Y ahora te he sorprendido espiándome a mí.

—Bueno, no me sorprendiste exactamente. Yo me adelanté y...

—De acuerdo. Mejor aún —Melody cerró los ojos y respiró hondo—. Porque yo me voy a adelantar para decirte que... —aspiró a toda prisa del inhalador—. Has entrado en mi casa varias veces sin llamar, ¿no?

Jackson asintió.

—Bueno, pues yo hice lo mismo en la tuya, más o menos.

Aguardó, confiando en que él reaccionara. O incluso que averiguara lo que Melody iba a decir y terminara la historia por ella. Pero se limitó a mirarla, expectante. Sin ofrecerle una salida fácil.

—Lo sé todo. Losoíhablandoatiyatumadreymedebíahabermarchadoperonolohiceporquequeríaenterarme —se detuvo para recobrar el aliento—. Quería entender qué pasaba.

El corazón de Melody daba golpes al ritmo del bajo que sonaba por los altavoces.

«¡Di algo!»

Jackson clavó la vista en el suelo del gimnasio y, lentamente, se levantó. Se marchaba.

—Tengo que decirte una cosa —se metió la mano en el bolsillo frontal de los *jeans*.

Melody sintió una opresión en el pecho. Volvió a aspirar por el inhalador. No sirvió de nada.

—¿*Qué*? Dímela.

Jackson sacó un pequeño ventilador de pilas y encendió el interruptor. Las cuchillas de plástico blanco empezaron a girar sobre la base de color azul. Emitían el zumbido de una abeja.

—¡Este cacharro es lo máximo!

—¿*Qué?* —Melody se rió a medias—. ¿Escuchaste lo que te acabo de decir?

Asintiendo con la cabeza, Jackson se reclinó hacia atrás y cerró los ojos, entregándose al lujo de la insignificante brisa.

—Jackson, conozco tu secreto —insistió—. Escuché a escondidas.

—¿Y qué quieres que haga? —se inclinó hacia delante—. ¿Te mando castigada a tu habitación?

—No, pero...

—Tranquila —esbozó una sonrisa—. Ya lo sé.

—¿En serio?

—Dejé la puerta abierta a propósito —repuso él con tono tranquilo—. Y te vi volver a casa, corriendo.

—¡Me viste! ¿Por qué no me dijiste nada?

—Quería asegurarme de que no te importaba. No quería que te sintieras en deuda conmigo. Es un secreto bastante pesado para llevarlo a cuestas, ¿sabes?

—¿Por eso te salió esa joroba en la espalda?

Jackson se echó a reír.

Melody se echó a reír.

Entonces, esperaron a que sonara una canción lenta y bailaron.

Mejilla contra mejilla, oscilaron al ritmo de Taylor Swift, una auténtica monstruo en un gimnasio lleno de impostores. La invisible fuerza repelente había desaparecido. Lo único que ahora circulaba entre ellos era la suave brisa del ventilador en miniatura de Jackson.

CAPÍTULO 21
PERDER LA CABEZA

De pie ante la puerta de doble hoja del gimnasio, Frankie, Lala, Blue, Clawdeen y Cleo juntaron las manos como las Pussycat Dolls a punto de salir a saludar al público por última vez. Habían reunido valor en el trayecto hasta el instituto. Se habían dado unas a otras los retoques finales en el estacionamiento. Y habían declarado la ocasión como un pequeño paso para la raza de los monstruos. Sólo les quedaba reunir el coraje suficiente para entrar antes de que el baile terminara.

—Vamos, a la de tres —Frankie echó hacia atrás los hombros, visibles sólo a medias gracias al delicado vestido de novia de encaje que perteneciera a la abuela Frankenstein—. Una... dos...

De pronto, la puerta se abrió de golpe. A modo de arrollador todoterreno rojo, alguien atravesó los brazos de las chicas y rompió el vínculo que las unía.

—¡*Deuce!* —Cleo ahogó un grito mientras sus pendientes de oro con forma de candelabro oscilaban bajo su melena recta negra. Iba envuelta en tiras de lino blancas de la cabeza a los pies, y adornada con espléndidas joyas de oro y turquesas. Su corona de oro macizo en forma de serpiente con ojos de rubí podía hacer las veces de arma, y Cleo no temía utilizarla para ser infiel con otros chicos. O eso había comentado en el coche.

—Hola —balbuceó él, ajustándose el sombrero de copa de terciopelo rojo—. Salía corriendo a llamarte por teléfono. Creía que estabas en casa... boicoteando.

—Ligoteando, más bien.

—¡Así se habla! —Clawdeen, aparentemente disfrazada con un minivestido de pelo largo, entrechocó con Cleo una mano peluda.

—Un momento —Deuce dio un paso atrás—. ¿De qué están vestidas?

Examinó a las chicas una por una, fijándose en las mechas blancas y la piel verde de Frankie, los colmillos de Lala, las aletas de Blue, el pelaje al descubierto de Clawdeen, y el cuerpo momificado de Cleo.

—¿Es que se han vuelto locas? —susurró, indignado, al tiempo que las empujaba hacia la pestilente máquina de niebla.

La canción de Beyoncé *Single Ladies, Put a Ring on It* («Chicas solteras, pon un anillo en el dedo») empezó a sonar en el gimnasio.

—¡Es mi canción! —anunció Cleo. Extendió las manos y sus amigas se agarraron.

—Cleo, ¡tú no estás soltera! —Deuce consiguió plantar su cuerpo entre ella y la puerta—. Todo ese asunto de Melody es un malentendido. Te lo juro. Iba a llamarte ahora mismo.

—Si tanto te gusto, ¿por qué no me has puesto un anillo en el dedo? —bromeó Cleo.

—¿En cuál? —Deuce colocó en alto la enjoyada mano de Cleo—. No hay sitio. Todos están ocupados.

—En ese caso, vete a estacionar a otro lado —hizo un gesto para que se retirara, abrió de un puntapié la puerta del gimnasio y arrastró a las chicas hasta el interior.

—¡No me hagas esto! —gritó Deuce a sus espaldas.

Demasiado tarde. El frenético ritmo de Beyoncé condujo a las chicas directamente a la pista con el poder hipnótico del canto de la sirena. Protegida por la camaradería entre el grupo e impulsada por su devoción al cambio, Frankie se abría paso entre la multitud con la seguridad de una superestrella.

Las cabezas se volvían a medida que pasaba. Los piropos aterrizaban a sus pies como pétalos de rosa. Las *fashionratas* se habrían sentido orgullosas. Al igual que Viv y Vik.

Conforme se aproximaban al borde de la pista, Bekka y su secuaz de flequillo castaño claro aparecieron. *¡Sin Brett!* Era una señal magnífica. Bekka se plantó delante de Frankie, obligando a ésta a soltar la gélida mano de Lala.

—¿Qué pasa? —Bekka señaló los pies descalzos de Frankie—. ¿Qué no te quedaba dinero para zapatos después de comprarte el vestido en la tienda de «todo a dólar»?

—¿Sabías que la auténtica novia de Frankenstein estuvo descalza en su boda?

—¿Y sabías tú que la auténtica novia de Frankenstein tenía un *novio*?

—Sí —repuso Frankie con un dejo de engreimiento—. De hecho, mi... —se interrumpió a sí misma. Una cosa era jugar con fuego. Revolcarse entre las llamas, otra bien distinta—. ¿Sabes? El verde te sienta bien —añadió con sinceridad.

—Pues a ti no —replicó Bekka—. Lo que no deja de ser sorprendente, porque el verde es tu color —su pequeña amiga se encontraba a su lado, tecleando en el celular.

—Mmm, de acuerdo; pero no le veo sentido —Frankie puso los ojos en blanco.

La secretaria levantó la vista de la pantalla.

—El verde es el color de los celos.

—Y es evidente que tienes celos de mí, por Brett —Bekka se plantó las manos en las caderas y recorrió el gimnasio con una mirada rápida.

—¿Por qué iba a tener celos de *ella*? —Frankie señaló a la encargada de los mensajes.

—Yo no soy Brett —alegó la chica.

Frankie se rió y se despidió con un gesto de la mano. Estaba demasiado cargada de electricidad como para tomarse el asunto como cosa personal, sobre todo porque venía de una imitadora de tercera con un peinado a la Marge Simpson y mechas torpemente aplicadas.

—Fue gracioso —le susurró un chico al oído.

Frankie se giró. Una rosa negra flotaba en el aire, frente a sus ojos.

—Toma —la rosa se acercó—. Se la quité a una chica que venía de hada malvada. Es para ti.

—¿Billy? —preguntó Frankie entre risas.

—Sí —respondió el chico invisible—. Lo que están haciendo es muy valiente, en mi opinión.

Colocó la rosa detrás de la oreja de Frankie.

—No te preocupes; le quité las espinas.

—Gracias —Frankie acarició la flor con la misma ternura que había sentido al recibirla.

—¡Auuuuuuuuuuuu! —aulló Clawdeen desde el centro de la pista de baile.

—¡Auuuuuuuuuuuu! —respondieron todos al unísono.

Frankie se abrió camino entre la sudorosa multitud, impaciente por reunirse con sus amigas. A medida que avanzaba, una serie de manos fueron rozándole la piel.

—¡Alucinante!

—Ese maquillaje verde es increíble.

—¡Tu disfraz es total!

—¿Son *piercings* lo que llevas en el cuello?

—Me encantan.

—Claro; a mí también.

—Sus costuras están mejores que las de mi pelota de beisbol.

Frankie estaba emocionada por la reacción tan positiva de todo el mundo, si bien no le sorprendía. Sabía que ésa sería la respuesta. Nunca existió duda alguna. Sólo había que demostrarlo. Y sus amigas, vestidas de sí mismas y bailando con los normis, lo estaban demostrando bien. Frankie echó una ojeada a su celular para fijarse en la hora exacta de un acontecimiento que pasaría a la historia. Eran las 20:13.

—¡Iayyyyyyyyyy! —gritó al sumarse al grupo de amigas.

—¡Frankieeeeeee! —gritaron ellas en respuesta.

—Esto es maravilloso, te lo juro —comentó Blue al tiempo que se volcaba una botella de agua sobre la cabeza. Su piel cubierta de escamas relucía con plateada opalescencia.

—¡Bieeeeeeeeeeeen! —vitorearon los normis ante lo que tomaron por un desenfreno total.

El pelaje de Clawdeen empezaba a rizarse por la humedad. Cleo estaba pasándolo en grande con un chico normi que llevaba puesta su corona de serpiente. Y Lala era todo sonrisas y colmillos.

—Miren —se señaló su pálida frente—. ¡Sudor!

—¿No tienes frío? —Frankie esbozó una sonrisa radiante.

—¡No tengo frío! —Lala agitó en el aire su chal de cachemir y lo lanzó entre la gente.

La euforia del grupo de amigas provocaba en Frankie un ímpetu que nunca había conocido.

—Hola, hermosa novia —le susurró un chico al oído.

—¿Billy?

Se giró para mirarlo.

—Mmm, en realidad soy Brett. Pero prefiero que me llamen Frankendaddy.

«¡ELECTRIZANTE!»

Brett, colocado frente a ella con su traje oscuro, la agarró por los hombros cubiertos de encaje y frotó los pulgares contra su piel. Con el cutis maquillado de verde menta, tornillos, costuras y flequillo hacia delante, era la viva imagen de Frankenstein. Y había acudido a buscarla.

En la fantasía de Frankie, se habían ocultado bajo el hueco de la escalera. Pero ahí estaban ambos, en mitad de la fiesta. Rodeados de normis y de RAD. Acariciándose abiertamente. Mirándose a los ojos. Sin miedo.

Brett pasó la mano por el cabello de Frankie, negro y con mechas blancas. Se produjo en ella un cosquilleo eléctrico.

—Me alegro de que te hayas decidido a peinártelo liso, en vez de ese enorme moño cardado —sonrió con sus ojos del azul de la mezclilla—. Es mucho más *sexy*.

Frankie no podía responder. No podía hacer más que mirarlo fijamente.

«¿Esto es lo que sienten los zombis?»

Con sus cálidas manos, Brett sujetó el cuello de Frankie... atrajo su rostro hacia él... y la besó por primera vez. De la manera que la gente besa en las telenovelas. Sólo que mejor.

Mucho mejor.

Frankie empezó a echar chispas. Luego, se elevó como un globo de helio que se desprende de un ramo de cumpleaños. A medida que su cuerpo flotaba más y más alto, el mundo de más abajo se iba empequeñeciendo. Los sonidos perdieron su significado. Las responsabilidades no tenían sentido. Las consecuencias se volvieron insondables. Toda su existencia se limitaba a aquel momento. Nada antes. Nada después.

Sólo *ahora*.

Brett le frotaba con los pulgares las costuras del cuello, con una presión que iba en aumento a medida que el beso se intensificaba. Frankie flotó más alto aún, satisfecha por haber bañado sus costuras con vapor y haberles aplicado aceite. Orgullosa de lo suaves y maleables que debían de resultarle a Brett. Convencida de que acabarían por ser una de esas cosas que más le gustarían de ella.

Brett le agarró la cabeza. La movió de lado a lado, como si quisiera que ambos ejecutaran un baile cuya coreografía él hubiera inventado especialmente para los dos. «Mmm». A Frankie le gustaba la idea. Un baile sólo para...

¡CRRRRRAC!

Un agudo y repentino dolor le atravesó el cuello. Sus labios se inmovilizaron al instante. Chispas centelleaban delante de sus ojos. El mareo y la desorientación la dominaron. Era un osito de peluche dentro de una lavadora en marcha. Luego se detuvo. Lo único que vio fue el tejido de un traje oscuro. Y lo único que oyó fue:

—¡Aaaaaaaaaaaaaaaaaaaaaaaaaaaaaaaaaaaaaaaaaaaaaa aaaaah!

Su cabeza salió disparada hacia el cielo con la fuerza de un cohete. Estaba cara a cara con Brett. Sus ojos del azul de la mezclilla se desvanecían. Giraron a la izquierda. A la derecha. Después, hacia atrás. Sus párpados se cerraron. Brett empezó a tambalearse. Frankie también se tambaleaba. Empezaron a caer… y a caer…

Se estrellaron contra el suelo del gimnasio. El cuerpo de Frankie, inerte como el de un muñeco de trapo, aterrizó sobre el de Brett. La cabeza de Frankie salió rodando en dirección a la cabina del *disc jockey*.

—¡Ayyyyyyyyyyyyy!

Chillidos, pisadas frenéticas y pánico generalizado se combinaron formando un tumultuoso caos. Una bota gigantesca retrocedió como si se preparara para propinar un puntapié a la cabeza de Frankie, pero una ráfaga de viento con manos la recogió en alto y se la llevó por los aires.

—¡Esa cabeza está flotando!

—¡Está FLOTANDO!

—¡FLOTANDO!

—¡CABEZA FLOTANDO!

Nada se veía con nitidez. Las imágenes fracturadas se agitaban a su alrededor como vibrantes piezas de un rompecabezas.

—¡MONSTRUO! —gritó una voz. Podría haber sido Bekka, si bien era imposible asegurarlo.

—¡Cabeza de monstruo flotando! —vociferó alguien.

—Agarra el cuerpo —susurró un chico—. Que nadie lo vea. Me reuniré contigo en el coche de Claude.

«¿Billy? ¿Eres tú?», trató de preguntar Frankie. Pero el insoportable dolor de cuello le impedía articular palabra.

Iiiiiiiuuuuuu Iiiiiiiuuuuuu Iiiiiiiuuuuuu…

Sonó la alarma de la invasión de los monstruos.

—¡Todo el mundo encima de las mesas!

Iiiiiiiuuuuuu Iiiiiiiuuuuuu Iiiiiiiuuuuuu…

—¡Agarren las sillas!

—¡Arriba! ¡Arriba!

—¡De prisa!

Iiiiiiiuuuuuu Iiiiiiiuuuuuu Iiiiiiiuuuuuu…

—¡A gritar!

—¡Aaaaaaaaaaaaaah!

—¡Más alto!

Una nube de niebla pegajosa envolvió a Frankie. Incapaz de aguantar el dolor por más tiempo, cerró los ojos con fuerza. Mientras se sumía en la oscuridad, se preguntó en qué se habría convertido su mundo la próxima vez que abriera los ojos.

Iiiiiiiuuuuuu Iiiiiiiuuuuuu Iiiiiiiuuuuuu…

Suponiendo que hubiera una próxima vez.

CAPÍTULO 22
MONSTER HIGH

Cuando ocurrió el incidente, Melody disfrutaba con Jackson de un descanso posterior al baile en un rincón deshabitado del gimnasio. La oleada de chillidos procedentes de la pista no desvió su atención de las hilarantes historias de Jackson sobre sus estrafalarios vecinos, ni de la manera en la que éste iba saltando de anécdota en anécdota con un suave beso. No empezó a investigar hasta que Bekka gritó:

—¡Monstruo!

—¿Qué pasa? —preguntó a un murciélago que pasaba por allí.

—¡Estaban besuqueándose, y la cabeza de la chica se desprendió! —respondió a gritos mientras salía disparado hacia la salida.

Jackson se rascó la cabeza.

—¿Escuchaste lo mismo que yo?

Melody soltó una risita por lo demencial de la situación.

—Debe de ser algún truco preparado por Weeks.

—Eso espero —Jackson se mordió una uña.

—¿Acaso tienes miedo? —bromeó Melody.

—Un poco —admitió él, volviendo la vista por detrás del hombro—. Pero no de la chica.

Casi todos los alumnos y los profesores estaban de pie sobre las mesas; lanzaban sillas al aire al tiempo que gruñían. Aquellos con la valentía suficiente para luchar a ras del suelo se quitaban los disfraces a tirones unos a otros, con la esperanza de dejar al descubierto a algún culpable que anduviera suelto.

—¡MONSTRUO! —vociferaba Bekka—. ¡MONSTRUO! ¡MONSTRUO! ¡MONSTRUO!

Cuanto más se acercaba Melody a los chillidos de Bekka, más información le iba llegando. Resultó ser que el chico protagonista de la tragedia era Brett, y que la chica descabezada *no* era Bekka.

Siguiendo el rastro del caos, los centelleantes ojos avellana de Jackson se humedecieron a causa del pánico.

—Melody, tengo que marcharme, en serio —declaró, al tiempo que se colocaba frente a la cara el ventilador en miniatura. Un alumno que corría hacia la puerta derribó al suelo el aparato, que patinó hacia el otro extremo del gimnasio. Jackson tiró con más fuerza del brazo de Melody.

—No puedo abandonar a Bekka —alegó ella mientras, abriéndose camino a través del caos, lo conducía hacia su horrorizada amiga.

—¿Por qué? *Ella* no corre peligro —replicó Jackson con brusquedad.

—¡Brett acaba de engañarla con otra!

—¡Monstruo! —un fantasma espasmódico se estrelló contra Jackson. Acto seguido, desapareció.

Cuatro policías armados irrumpieron en el gimnasio, seguidos por un equipo de paramédicos que transportaba una camilla.

—¡Encierren a sus novios! Se están infiltrando. ¡Pretenden copular con nuestra especie! —gritó Bekka, y se arrodilló junto al cuerpo abatido de Brett. Arrancó un hilo negro del dedo de su novio y lo examinó con atención.

—¡Vamos! —Melody tiró de Jackson hacia la pista de baile una última vez.

Bekka se levantó. Tenía las mejillas empapadas de lágrimas y llevaba el moño cardado a media asta.

—¡Ahí estás! ¿Viste lo que pasó? Fue horrible —comentó entre sollozos.

Melody no sabía exactamente si Bekka se refería a la decapitación o al engaño por parte de Brett; de todas formas, convino en que había sido horrible.

Haylee y Heath se encontraban prestando sus respectivas declaraciones a uno de los agentes mientras uno de los paramédicos agitaba un frasco de sales bajo la nariz de Brett.

Recobró el conocimiento de golpe.

—¡AAAAAAAAAAAAAAAAAAAH! —gritó.

—¡Le duele! —exclamó Bekka con un chillido—. ¡Ayúdenlo!

Rápidamente le administraron una inyección que lo tranquilizó hasta el punto de convertirlo en un bebé balbuciente.

—¿Te encuentras bien? —Bekka se arrodilló a su lado—. Pensaste que esa chica era yo, ¿verdad?

Brett hizo girar su muñeca inerte y soltó una risita.

—¡Brett! Pensaste que era yo, ¿*verdad*?

Él la miró. Acto seguido, soltó una carcajada.

—¿Qué le pasó a tu pelo?

Bekka ignoró la pregunta, dándole preferencia a su propia argumentación.

—¡No llevaba brillo de labios con sabor a mango! ¿Eso no te dio la pista?

—Hola, Bekka, queseponebrillodelabiosconsaboramango —dijo él con lengua de trapo—. ¿La conoces? Es mi *shiiiiiiiica*.

—Lo sabía, agente —comentó Bekka entre lágrimas.

—Soy el sargento Garrett.

—No fue un beso, sargento Garrett. Fue un lavado de cerebro. ¡Eso es lo que hacen! Atraen a los chicos y luego les lavan el cerebro. Tiene que encontrarla. ¡Tiene que detenerla! —le entregó el hilo diminuto—. Envíe esto al forense. Es la única pista que tenemos.

—Mis mejores agentes están realizando una inspección de puerta en puerta en este momento —le aseguró, al tiempo que soltaba el hilo en una bolsa de plástico—. Si hay más criaturas no humanas en esta ciudad, las encontraré. Como hizo mi abuelo en su época.

Jackson tiró de la manga de Melody.

—Tengo que irme, de veras.

Los paramédicos colocaron a Brett en la camilla.

—¿Adónde lo llevan? —preguntó Bekka.

—Al hospital de Salem.

—Los acompaño —declaró Bekka.

—¿Es pariente? —preguntó uno de los paramédicos.

—Vamos a casarnos.

Jackson se quitó el suéter. La almohada que hacía de joroba cayó al suelo.

—¡Cada vez hace más calor! Deberíamos marcharnos.

—Melly —dijo Bekka elevando la voz mientras se apresuraba para alcanzar la camilla—. Haylee se va a quedar para entrevistar a los testigos. Sal de aquí y trata de encontrar esa... *cosa*. Te llamaré desde el hospital.

—¿Quieres que encuentre *qué*? —preguntó Melody, sin dar crédito—. No creerás que hay una *cosa* por ahí suelta, ¿verdad? Sólo fue una broma.

—De broma, nada —le advirtió Bekka—. Cuando encuentres a la monstruo, pásame la información y yo me encargaré —agitó la mano—. Ten cuidado.

—¿Cómo se supone que voy a encontrar a una monstruo imaginaria? —preguntó Melody a Jackson.

—No lo sé, pero tengo que salir de aquí —la jaló del brazo.

—Melody, ¿adónde vas? —Haylee se acercó con paso firme y soltó en el suelo su cesta con insectos.

Jackson tiró del brazo de Melody.

—Voy a tomar un poco de aire fresco, nada más —explicó ésta.

—¡No hay tiempo! —replicó Haylee con brusquedad—. ¡Tienes que atrapar a la bestia! —se dio una palmada en la cabeza—. ¡Maldición! Dejé la cámara en el coche del señor Madden, qué fatalidad. Podría haber tomado fotos y ahora las pondríamos en pósteres —se giró hacia atrás y apuró a los pocos alumnos que quedaban en el gimnasio a que entregaran sus cámaras; al menos, documentaría la escena del crimen.

Para una chica tan menuda, Haylee era toda una presencia a considerar.

—Melody, ¡vamos! —Jackson volvió a tirar de su brazo—. Si averiguan lo que soy, me perseguirán.

—¿Por qué iban a perseguirte a *ti*? No eres... —hizo una pausa, cayendo en la cuenta de que no tenía ni idea de qué podía ser Jackson. ¿Acaso descender del doctor Jeckyll y míster Hyde lo convertía realmente en un monstruo?

Haylee regresó al lado de ambos con fuertes pisotones.

—¡Vamos, Melody, en marcha! Tienes que hacerlo por Bekka. Ella lo haría por ti. Las amigas son lo primero, ¿lo recuerdas?

De pronto, Melody se sintió como una pelota de *ping-pong,* golpeada de un lado a otro sin que nadie le pidiera opinión. Quería apoyar a Jackson, pero también a Bekka. Aunque elegir a uno significaba defraudar al otro.

—Lo sé, pero...

—Melody, ¡ya vámonos! —insistió Jackson mientras la jalaba de la manga; tenía la frente empapada de sudor.

—¡Un segundo!

—Compórtate como debes —le advirtió Haylee antes de marcharse a toda prisa para llevar a cabo su investigación.

—¡Anda, vamos! —exigió Jackson apretando los dientes.

Melody suspiró. El desconcierto más absoluto giraba a su alrededor. Y ahora también en sus entrañas. La mano del arrepentimiento le propinó una bofetada. ¿Por qué se había marchado de Beverly Hills? ¿Por qué se había operado aquella nariz que parecía la joroba de un camello? De haber seguido siendo Narizotas, nadie se pelearía por ella. Y no se encontraría en aquella situación imposible.

Parada en mitad de un gimnasio casi desierto, rodeada de disfraces rasgados, bocadillos aplastados, sillas diseminadas y mesas marcadas con huellas, Melody se quedó inmóvil, como un disco duro bloqueado por sobrecarga.

Jackson la soltó de la mano.

Se giró hacia él, aunque fue incapaz de hablar.

Se había quitado las gafas y la decepción le inundaba los ojos.

—¿Otra vez *tú*? —se sacó la camiseta blanca por fuera de los *jeans*—. ¿Por qué apareces todo el tiempo? No te ofendas, pero es que eres *taaaaaaan* seria...

D.J. había regresado.

—¿Dónde está mi dinamita? —vociferó—. Dinamita, ¿dónde estááááááás?

Levantó la palma de la mano para entrechocarla con Melody.

—No te ofendas, ¿sí? Es sólo que aquí no hay música, y necesito algo más... *animado*.

—Lo entiendo —Melody entrechocó la palma con él y luego se despidió con un gesto de la mano. En lugar de perseguirlo, de tratar de protegerlo y encontrar a alguien que lo llevara a casa sin peligro, lo vio irse. Lo *dejó* irse.

Melody aspiró por el inhalador y a continuación se abrió camino entre la niebla que envolvía la puerta de entrada al instituto. No sabía cómo volver a casa. No sabía a quién salvar primero. ¿A su mejor amiga o a su novio? ¡La eterna cuestión!

En el exterior, las luces de las patrullas centelleaban mientras los policías apuraban a los alumnos para que regresaran a casa lo antes posible, sanos y salvos. El viento soplaba con ráfagas cortas e intensas, como el asmático que trata de comunicar un mensaje urgente. Con un runrún, arrastraba de un lado a otro del estacionamiento los vasos de plástico rojos procedentes de la fiesta, esparcidos por el suelo, creando así el ambiente perfecto para una caza de monstruos un tanto artificial: circunstancia que a Melody le habría hecho gracia de no haberse sentido el mayor monstruo de todos.

—¿Te llevo?

Melody se giró y vio a Candace, que emergía de la puerta envuelta en niebla. Disfrazada con un vestido corto de encaje negro, alas de purpurina negra y montones de rosas negras en la cabeza, descendió las escaleras con la gracia de las coristas de Radio City.

La sensación de vacío que provocaba el regreso de la adrenalina adondequiera que fuera su punto inicial debilitó el cuerpo de Melody de la cabeza a los pies. Las piernas se le aflojaron, el latido del corazón aminoró su ritmo, y la respiración se estabilizó. Su hada madrina (en este caso, hada malvada) había aparecido.

—¿Qué haces todavía aquí?

—No podía marcharme así, por las buenas, sin saber que estabas bien —repuso Candace, como si resultara obvio—. Además, es lo más emocionante que me ha pasado desde que nos mudamos a Salem. Fue mucho más divertido que cualquier baile en Beverly Hills, eso seguro.

Melody intentó esbozar una sonrisa.

—Ya vámonos.

—Mira —Candace señaló el gran cartel blanco situado delante del instituto. Alguien había cambiado las letras de color negro, de manera que en lugar de «MERSTON HIGH» ahora se leía «MONSTER HIGH».

—¡Ja! —soltó Melody sin rastro de humor.

En el breve trayecto de vuelta a Radcliffe Way, Melody contó hasta siete patrullas que circulaban a toda velocidad. El equipo estéreo del vehículo, que estaba apagado, provocaba un silencio más ruidoso que las sirenas. Candace era la clase de chica que ponía música a todo volumen hasta cuando su padre le pedía que sacara el coche del garaje y lo estacionara en la calle. Pero ahora estaba haciendo lo que Glory siempre hacía: sacar a Melody de su caverna por medio del silencio, a sabiendas de que el ruido en el cerebro de su hermana se volvería tan ensordecedor que necesitaría derramarlo, al menos en parte. ¿Y dónde mejor que el apacible espacio que ocupaban en ese instante? Era un recipiente vacío que aguardaba a ser llenado.

—Una pregunta.

—Sí —repuso Candace con expectación, clavando la vista en la oscura calle que tenía ante sus ojos.

—¿Alguna vez has tenido que tomar partido entre una amiga y un novio?

Candace asintió.

—¿A cuál de las partes se supone que tienes que apoyar?

—A la que tiene razón.

—¿Y si las dos tienen razón?

—Imposible.

—Pero es que las dos la tienen —insistió Melody—. Ése es el problema.

—No —Candace aminoró la marcha al pasar junto a una patrulla—. Ambos *creen* que tienen razón. Pero ¿quién crees *tú* que la tiene? ¿Cuál de las partes representa aquello por lo que vale la pena luchar, en tu opinión?

Melody miró por la ventanilla, como si esperara encontrar la respuesta en el césped de un vecino. Todas las casas, excepto la suya, tenían las luces apagadas.

—No lo sé.

—Claro que lo sabes —presionó Candace—. Lo que pasa es que no tienes el valor de ser sincera contigo misma. Porque, en ese caso, tendrías que enfrentarte a lo que no quieres hacer, y odias hacer cualquier cosa que te resulte difícil. Por eso abandonaste el canto y por eso no vives la vida y por eso siempre has sido una...

—¡Eh, de acuerdo! ¿Y si volvemos a la parte en la que estabas en plan Oprah?

—Melly, sólo una pregunta. ¿Qué harías si no tuvieras miedo? Ahí está la respuesta. Ése es el bando que tienes que escoger —torció por el camino particular en forma de círculo y colocó el todoterreno urbano BMV en la posición «Estacionar»—. Y si no eliges bando, te estás mintiendo a ti misma y a la gente de tu alrededor —abrió la portezuela y agarró su bolso—. Oprah se retira.

Cerró con un portazo.

Melody se recostó en el asiento, disfrutando del último rastro de calor antes de que el habitáculo del coche se enfriara. Se obligó a sí misma a analizar ambos bandos. No desde la perspectiva de Bekka o de Jackson, sino desde la suya propia. Lealtad contra aceptación social. Con cada segundo que transcurría, la temperatura en el coche iba descendiendo.

Para cuando llegó a la decisión final, tiritaba de frío.

CAPÍTULO 23

CUNDE EL PÁNICO

Olía como si la vida se hubiera detenido y ya sólo existieran fríos instrumentos quirúrgicos esterilizados. Soluciones químicas. Vidrio. Metal. Guantes de látex. Y algo más que Frankie no acababa de identificar… Trató de abrir los ojos, pero sintió como si sus párpados estuvieran cerrados con llave. Y sus piernas, encadenadas con grilletes. Y su voz, enmudecida. Dicen que los perros olfatean el miedo, así que debía de ser un olor. Seguramente se trataba de eso. Frankie olía el miedo.

Varias voces lo expresaban a su alrededor. Chorreaba de las bocas como cuando se estruja una esponja.

—Hay una auténtica caza de brujas ahí afuera.

—Dos polis llevan una hora husmeando en mi desván.

—Nuestras vidas están arruinadas.

—No lo entiendo. ¿Cómo puede uno no darse cuenta de que su hija se escapa de casa a escondidas?

—¿Y a eso se le llama ser buenos padres?

—Yo lo llamo peligro para la sociedad, sobre todo *nuestra* sociedad.

—¿Y qué pasa con el chico normi? Si no sobrevive, la noticia se propagará por todo el país.

—Si es que no se ha propagado ya.

—Eso seguro —dijo Viveka entre sollozos—. Estamos consternados. Además, tenemos tanto que perder como ustedes. Viktor y yo haremos todo lo posible para asegurarnos de que nunca vuelva a ocurrir.

—¿Que nunca *vuelva* a ocurrir? Tenemos problemas peores en este momento. ¿Qué hacemos con lo que está ocurriendo *ahora*? Tendrán que quitarle los colmillos a mi Lala si esto sigue así. ¡Los *colmillos*!

—Clawdeen y sus hermanos tendrán que hacerse la depilación láser. Su orgullo quedará herido de muerte. Y cuando llegue el invierno... ¡se congelarán!

—Al menos, sabéis dónde están vuestros hijos. Jackson no ha vuelto a casa aún. Cada vez que escucho una sirena de la policía, tengo que ponerme a respirar con una bolsa. ¿Y si empiezan a acorralar a los sospechosos? ¿Y si...? —la señora J rompió a llorar.

—Atención todo el mundo, por favor —habló Viktor con tono cansado y mortecino—. Aunque aceptamos toda la responsabilidad por el... contratiempo de esta noche, no se olviden de que nosotros tenemos más que perder que cualquiera de ustedes —ahogó un sollozo y se sonó la nariz—. Están buscando a nuestra hija. *Nuestra hija*. Es verdad, hizo algo irreparable; pero es a ella a quien persiguen. A mi pequeña. ¡Y no a sus hijos!

—*Por ahora.*

—Buscan a una chica verde sin cabeza que escapó de una fiesta de disfraces de monstruos —prosiguió Viktor—. Podemos decir que fue una travesura.

—Valiente travesura.

—Viveka y yo haremos cualquier cosa para acabar con esto. Empezaremos por sacar a Frankie de Merston High. Le daremos clases en casa y le prohibiremos salir.

—Pues yo creo que deberían abandonar Salem.

—¡Sí!

—Opino lo mismo.

—¿Abandonar Salem? —tronó Viktor—. ¡Creía que éramos una comunidad! ¿Cómo se atreven a darnos la espalda después de lo que...?

—Ha sido una noche muy larga para todos —interrumpió Viveka—. ¿Y si volvemos a reunirnos por la mañana?

—Pero...

—Buenas noches —zanjó Viveka.

La computadora emitió un último murmullo y luego se apagó.

—¡No doy crédito a lo que está pasando! —exclamó Viveka entre lágrimas—. *No podemos* mudarnos. ¿Y nuestros trabajos? ¿Y la beca de investigación? ¿Y nuestra casa? ¿Adónde iremos?

Viktor soltó un suspiro.

—No lo sé —con esparadrapo, colocó la última venda sobre los puntos de Frankie; después, amortiguó la luz—. La buena noticia es que no nos queda nada que temer.

—¿Por qué?

—Nuestra peor pesadilla se ha hecho realidad.

La puerta del glamoroso laboratorio de Frankie se cerró tras ellos.

Sola y semiinconsciente, se quedaba dormida de manera entrecortada. Pero con independencia del estado en el que se encontrara, no conseguía escapar de su abrumador sentido de culpabilidad por haber destruido la vida de tanta gente. En sus sueños, la culpabilidad adoptaba una multitud de formas. Frankie provocaba avalanchas mortales, hacía naufragar barcos, aterrorizaba a huérfanos, ofrecía a sus amigos agua que se transformaba en sangre, arrojaba a sus padres por un precipicio y besaba a Brett con letales labios de tijera.

Después de cada pesadilla se despertaba con un sobresalto, empapada en lágrimas. Pero no encontraba consuelo en el apacible silencio de su habitación, porque allí todo respondía a la realidad. La culpa era tan inmensa que resultaba insoportable. Cada vez que abría los ojos, los volvía a cerrar a toda velocidad. Y deseaba que fuera la última vez que se despertara.

CAPÍTULO 24
CHANTAJE Y EXTORSIÓN

El dedo de Melody osciló frente al timbre de la puerta. Pulsarlo significaba más que despertar a alguien. Significaba que había tomado partido.

Pulsó el timbre y dio un paso atrás. El corazón se le aceleró. No tenía miedo de la puerta que estaba a punto de abrirse, sino más bien de la que estaba a punto de cerrarse.

—¿Quién es?

—Melody Carver. Soy amiga de…

—Entra —dijo la señora J. Vestida con una bata de chenilla, agarraba en la mano un pañuelo de papel hecho bola. Miró por encima del hombro de Melody y luego, rápidamente, cerró la puerta con un pasador de cadena. La parte posterior de su corta melena estaba recogida en una desaliñada coleta, y manchas de rímel le marcaban las mejillas como si fueran las de las pruebas de Rorschach. Sin sus contundentes gafas estilo Woody Allen, parecía una madre preocupada común y corriente.

Melody echó una ojeada al interior de la casa, tenuemente iluminada. Los muebles estilo funeraria se veían más destartalados de lo que recordaba. Como si la tristeza anidara en sus fibras polvorientas.

—¿Está Jackson?

La señora J se llevó el pañuelo de papel a los labios y negó con la cabeza.

—Confiaba en que supieras dónde está. Ya debería haber vuelto a casa. Y con todo lo que... Estoy intranquila, nada más. Es complicado.

—Lo sé.

La señora J sonrió en agradecimiento a la cordialidad de Melody.

—No —Melody rozó la suave manga de chenilla de la bata—. Me refiero a que sé lo de Jackson.

—¿Cómo dices? —la expresión de la mujer se endureció.

—Sé lo que le pasa cuando suda. Sé en qué se convierte y por qué.

Los ojos color avellana de la señora J se desplazaron de un lado a otro. Como si dudara entre golpear a Melody en la cabeza con un atizador de chimenea o echar a correr.

—¿Cómo...? ¿Cómo te enteraste?

—Me lo contó —mintió Melody—. Pero no se preocupe —tomó de la mano a la madre de Jackson. Estaba helada—. No se lo diré a nadie. Vine para ayudar. Lo encontraré.

—Melody, no te das cuenta de lo que se pondrá en juego si se propaga el rumor sobre Jackson. Es más complicado de lo que piensas. Más complicado de lo que él mismo piensa. Mucha gente podría salir perjudicada.

—Le doy mi palabra —Melody colocó en alto la mano derecha, dispuesta a comprometerse. No porque estuviera enamorada de Jackson. Ni porque sus besos le hicieran cosquillas por dentro, como cuando se muerde un pastel de queso y chocolate. Sino porque encontrarlo implicaba salvarlo de sí mismo, y ese «sí mismo» también era el mayor adversario de Melody. Por otra parte, la monstruo ladrona de novios era asunto de Bekka. Y si lo de «las amigas son lo primero» era su auténtico credo, lo entendería.

Melody atravesó a toda velocidad la calle en tinieblas en busca de su bicicleta y una linterna. Pedirle a sus padres o a Candace que la llevaran en coche sería romper la confianza que la señora J le había depositado. Y no podía hacer eso. Ni lo haría. Encontrar a Jackson y llevarlo a casa sano y salvo sería su primer logro importante. Y no tendría nada que ver con la simetría, con el tamaño de la nariz ni con ser hermana de Candace. Aquella misión de rescate demostraría a Melody de qué estaba hecha. Y no lo que Beau podía hacer con ella.

—¿Qué tal el baile? —preguntó Glory elevando la voz desde la sala. Levantó su taza de té de la mesa auxiliar y se dirigió a la cocina.

—Estuvo bien —respondió Melody, siguiendo a su madre—. ¿Tenemos una linterna?

Glory negó con la cabeza.

—Ahora utilizamos faroles. Están en el garaje, en el cubo de plástico con la etiqueta «Iluminación exterior». También habrá velas, me imagino. ¿Por qué?

—Tengo ganas de ir a dar una vuelta. El ambiente en el baile estaba cargado, y aquí hace mucho calor.

—¿No será peligroso? —Glory elevó hacia lo alto sus ojos azul verdoso—. Los monstruos andan sueltos —colocó la taza en el fregadero—. ¿Lo puedes creer? Ha salido en todas las noticias —se rió por lo bajo—. Me encanta la vida en las ciudades pequeñas. No sabrán lo que son monstruos de verdad hasta que visiten nuestro antiguo vecindario, ¿tengo razón?

—Desde luego —repuso Melody, nerviosa—. Bueno, hasta mañana. No volveré tarde.

Glory sopló un beso a su hija y, acto seguido, se retiró a su dormitorio.

Melody se precipitó hacia la puerta. Ansiosa por comenzar su búsqueda, la abrió de un tirón y se estrelló contra Bekka.

—¡Dios mío! ¿Qué haces aquí? ¿Va todo bien? ¿Cómo está Brett?

¿Denotaba su voz lo culpable que se sentía?

—Estable. Pero ha tenido un ataque de histeria y no puede hablar.

Melody atrajo a Bekka hacia sí para abrazarla. Bekka se lo permitió, aunque no le devolvió el abrazo.

—Debes de estar muy preocupada.

—Lo estoy —repuso Bekka—. Bueno, eh… ¿por qué no estás buscando al monstruo?

—De hecho, salía ahora mismo —replicó Melody, orgullosa de no mentir.

—Muy bien —dijo Bekka sin señal de alivio—. Toma —entregó a Melody una mochila color caqui—. La dejaste en el coche de mi papá.

—Ah, sí. Gracias. No te debías haber molestado en traérmela esta noche —Melody se encogió por el tono insólitamente agudo de su voz teñida de culpa.

—Ya conoces mi regla —replicó Bekka con una sonrisa altanera—. Las amigas son lo primero.

—Sí; las amigas son lo primero —repitió Melody.

—Las amigas son lo primero —Bekka volvió a esbozar una sonrisa altiva.

Algo había cambiado. Iba más allá de la conmoción al descubrir que su novio, supuestamente, había besado a una monstruo. Más allá del remordimiento de Melody por no ir a la caza de un simple truco visual. La diferencia se palpaba en el aire. Y se ocultaba tras los ojos verdes de Bekka.

—También dejaste esto en el coche —le entregó a Melody su iPhone. Pero cuando Melody se dispuso a agarrarlo, Bekka lo retiró hacia atrás y dio dos golpecitos en la pantalla—. Mira lo que encontré de casualidad.

El video de Jackson convertido en D.J. apareció.

D.J.... D.J. Hyde. Como el doctor Jeckyll y míster Hyde. Igual que mi bisabuelo... que era un súper friqui, por cierto. Encontré unos papeles en el desván de casa y, por lo visto, en su día hizo un montón de experimentos extraños con tónicos, ¡y los probaba él mismo! Después de beber las pociones, se convertía en un hombre desenfrenado. A mí no me gusta el alcohol, pero bailar me enloquece. ¿Tienes música?

Melody sintió que el estómago se le revolvía. Que la boca se le secaba. Que le costaba respirar.

—¡Estuviste fisgando! —acertó a decir. Fue lo único que se le ocurrió.

—No, fue cosa de Haylee. Puso en duda tu lealtad.

«¿Por qué no lo borraría?» Melody sentía el golpeteo del pulso en el cerebro, como si reflexionara en qué medida el descubrimiento de Bekka afectaría a Jackson y a su madre. Bekka ya no era la amiga que le avisaba de los sustos que Brett tenía la intención de darle, o que acarreaba el inhalador de Melody por si hacía falta. Ahora era el enemigo, y le llevaba una ventaja monstruosa.

—Devuélvemelo —exigió Melody.

—En cuanto me reenvíe el video por *e-mail* —Bekka dio unos golpecitos en la pantalla y esperó la confirmación.

Bip.

—Aquí tienes —puso el iPhone de un golpe en la gélida palma de Melody.

—Ese video era una broma —trató de alegar aquélla—. Estábamos grabando una película. ¡Igual que Brett!

—¡Mentirosa! —Bekka chasqueó los dedos. Haylee apareció desde un lateral del porche. La sumisa ayudante abrió su maletín verde y sacó el contrato firmado por Melody. El que decía que nunca le coquetearía a Brett Redding, ni se metería con Brett Redding, ni dejaría de darle una paliza a cualquier chica que se *metiera* con Brett Redding. Lo rompió en pedazos del tamaño del confeti y los esparció sobre el tapete de la entrada que rezaba: «¿Te acordaste de limpiarte los pies?»

Dolía mucho más de lo que Melody se podía haber imaginado. A pesar de las extravagancias de Bekka y Haylee, las apreciaba sinceramente. Habían sido sus primeras amigas verdaderas.

—Bekka, siento...

Haylee presentó otro documento.

—Chitón, simpatizante de los monstruos —espetó Bekka con brusquedad—. Es evidente que te relacionas con ese grupito, así que tienes que saber dónde está ella.

—No lo sé, te lo juro —suplicó Melody—. Ni siquiera creo que esa chica sea un monstruo de verdad.

—Sé lo que vi —Bekka arrancó el documento de las manos de Haylee y se lo entregó a Melody—. Tienes cuarenta y ocho horas para encontrarla. En caso de incumplimiento, la filtración del video adquirirá las proporciones de Paris Hilton.

Haylee le entregó el bolígrafo rojo y plata.

—No voy a firmar —Melody dio un paso atrás.

—En ese caso, lo filtraré ahora mismo. Tú decides.

Melody agarró el bolígrafo y garabateó su firma en la parte inferior.

—Pon la fecha —demandó Haylee.

En esta ocasión, Melody apretó con tanta fuerza que perforó el papel.

Haylee sacó del maletín un cronómetro de cocina amarillo, con forma de huevo, y ajustó el tiempo a sesenta minutos.

Tic tac tic tac tic tac...

—Cuarenta y siete vueltas más y vendremos por ti —advirtió Bekka.

Haylee levantó el maletín y ambas bajaron los peldaños a pisotones en dirección al Cadillac del señor Madden.

Tic tac tic tac tic tac...

Arrancaron el motor y salieron rodando, dejando a Melody con un panorama despejado de la casa de Jackson. La alegre fachada de la vivienda le devolvía la mirada con la calidez de un inocente cachorrillo... Un cachorrillo al que ella estaba a punto de administrar una inyección letal.

CAPÍTULO 25
EN ESTADO
DE SHOCK

Frankie se había subido al estrado. Había hecho el juramento. Había llegado la hora de testificar.

¿Y qué si hacía un calor sofocante? ¿Y qué si su maquillaje se derretía y su piel verde quedaba al descubierto? ¿Y qué si sus costuras estaban tan tirantes que le hacían daño? Nada de eso importaba. Limpiar su nombre delante de los RAD *y de los normis que abarrotaban la sala del tribunal era lo único importante.*

Pediría disculpas a sus padres por traicionar su confianza. Por haberlos desacreditado frente a los RAD *y por no haber prestado atención a sus advertencias. Les explicaría a Lala, Blue, Clawdeen y Cleo lo mucho que su amistad había significado para ella, y que nunca había tenido la intención de ponerlas en peligro. Le diría a la señora J lo mucho que agradecía sus consejos. Pediría perdón a Brett por perder la cabeza, y a Bekka por besarse con su novio. Le daría las gracias a Billy por rescatarla y a Claude por llevarla a casa en coche. Admitiría que no merecía una segunda oportuni-*

dad; pero, en caso de que se la ofrecieran, nunca volvería a fallarles. Después, haría una última petición a los normis, suplicándoles que dejaran de temer a los RAD; que le permitieran al padre de Frankie compartir su genialidad con el mundo abiertamente; que valoraran el excepcional sentido de la moda de sus amigas, así como su excesivo crecimiento de pelo; que les permitieran salir del ataúd y vivir con libertad...

Pero cuando llegó el momento de hablar, las palabras se negaron a salir. Rechinó los dientes, soltó chispas y gimió como una zombi. Con cada nuevo intento por explicarse, su lamento iba subiendo de tono. Las mujeres y los niños empezaron a gimotear. Los hombres se subieron a los bancos y se pusieron a dar pisotones para ahuyentarla. Pero no funcionó. La frustración creciente provocaba que gimiera más alto, que rechinara los dientes con más fuerza y soltara chispas más refulgentes. Por fin, una multitud furiosa se apresuró hasta el estrado y empezó a descuartizarla. Sus extremidades verdes empezaron saltar de un lado a otro, como cuando se mezcla una ensalada. El dolor era insoportable. Frankie soltó un chillido capaz de reventar el cristal y...

—¡Aaaaaaaaaaaaaaaaaaaaaaaaaaaaaaaaaaaaaaaaaaaaaa aaaaaaaaaaaaah!

—¡Despierta! ¡Despierta! —alguien la zarandeó.

—¡Aaaaaaaaaaaaaaaaaaaaaaaaaaaaaaaaaaaaaaaaaaaaaa aaaaaaaaaaaaaah!

—Tranquila, sólo es un sueño. ¡Despierta!

Frankie parpadeó y, poco a poco, abrió los ojos. La habitación estaba oscura y silenciosa.

—¿Qué parte? —consiguió preguntar, a pesar de su garganta reseca.

—¿Qué parte qué? —preguntó un chico.

—¿Qué parte... fue un sueño? —Frankie bajó los ojos. «¡Ay! ¿De veras llevo puesto un camisón de hospital?»

—Todo fue un sueño.

Frankie se incorporó de un salto, desdeñando la sensación de mareo.

—¿En serio?

—Sí, Dinamita —susurró él con ternura—. En serio.

—¿D.J.? —Frankie se secó el sudor de la frente. Aquellas mantas electromagnéticas daban mucho calor—. ¿Está aquí alguna de mis amigas? ¿Cuánto tiempo estuve dormida? —examinó la estancia en busca de pistas. Nada estaba como recordaba. El diván había desaparecido. Las brochas de maquillaje y los brillos de labios ya no ocupaban los vasos de laboratorio. Y las *fashionratas* ya no estaban cubiertas de purpurina—. ¿Dónde están mis cosas? ¿Qué haces tú aquí?

—¡Eh! Vayamos por partes —repuso él—. Primero, estuviste durmiendo nueve horas. Segundo, tus amigas no están aquí. No las dejan salir de casa. Puede que te hayan llamado, pero tu papá te confiscó el teléfono. Tercero, tus padres han guardado en cajas todas tus cosas porque (son sus palabras, no las mías) llevan mimándote demasiado tiempo y eso tiene que cambiar. Y cuarto, me subí al coche con Billy y Claude después de ese bodrio de baile. Cuando te dejaron en casa, me bajé, me escondí y...

—¡Un momento! Entonces, ¿hubo un baile de verdad? —los ojos de Frankie se llenaron de lágrimas—. Creí que habías dicho que todo era un sueño.

—Esa parte no —se rió por lo bajo—. Chica, cuando esos tipos me contaron lo que le hiciste a ese normi, por poco me hago pipí en los calzoncillos —se pasó la mano por su flequillo caído. Estaba empapado de sudor.

—¡Uf! —Frankie se acostó de nuevo. De manera instintiva, se llevó la mano a la costura del cuello, pero estaba tapada con una gruesa capa de gasa—. ¿Qué voy a hacer?

—¿Acerca de qué? —D.J. se acarició el pelo. Frankie echó unas cuantas chispas. Él soltó una risita con deleite.

—¿Acerca de *qué*? —Frankie se incorporó—. ¡Acerca de arruinarle la vida a todo el mundo!

D.J. buscó su mirada con sonrientes ojos color avellana.

—No arruinaste la vida a nadie. Al contrario, le diste emoción.

—Sí, claro.

—¡Es verdad! —D.J. dio unos golpecitos en la pantalla de su iPhone—. Eres la única de por aquí que tiene chispa —la canción *Use Somebody,* de Kings of Leon, empezó a sonar. Como un perro con la cabeza fuera de la ventanilla en un día soleado, D.J. cerró los ojos durante el solo de guitarra inicial y se puso simular los rasgueos de las cuerdas. Una vez que la letra empezó, tomó a Frankie de la mano y la ayudó a bajarse de la cama. Luego la atrajo hacia sí, pegó su mejilla a la de ella y la fue llevando con pasos de baile por el aséptico laboratorio, ahora carente de estilo y de *glamour.*

I've been running around, I was looking down, at all I see...

Frankie se acordó de Lala y se preguntó hasta qué punto estaría enamorada de D.J.

—¿Qué haces? —soltó una risita nerviosa.

—Intentar que te olvides de Brett —le susurró al oído.

Frankie echó chispas.

Él sonrió.

Pasaron danzando junto al estante con los vasos de laboratorio vacíos. Los tubos de vidrio se veían solitarios sin los coloridos objetos de Frankie, quien les había dado una utilidad. También les había fallado a ellos.

You know I could use somebody, someone like you...

—¡Mira que soy idiota! —exclamó Frankie con un grito—. Pensé: «Ah, le encantan los monstruos; seguro que le gusto» —se mofó de su propia ignorancia—. No sabía nada de él. Sólo quería estar con alguien que no quisiera que me escondiese.

—Ahora estás con ese alguien.

Frankie se apartó de la mejilla de D.J. y le buscó la mirada.

—¿Por qué eres tan amable conmigo?

—Porque me gustas, Dinamita. Me gusta que no te asuste ir por todas.

—¿Ir por todas? —Frankie retorció la mano para liberarse y dio un paso atrás. Quería verlo de la cabeza a los pies.

—Por las cosas que deseas.

Frankie se palpó la parte posterior de su camisón de hospital para asegurarse de que seguía abrochado.

—Bueno, pues no puedo tener lo que deseo.

—¿Por ejemplo?

—Libertad.

—Puedes, si yo te ayudo —dio un pequeño paso en dirección a ella.

—¿Por qué ibas a ayudarme?

—Porque haces que me den ganas de escribir canciones —tocó uno de los tornillos de Frankie. Le dio un toque en el dedo—. Esa descarga tuya es una preciosidad, ¿o no?

Frankie soltó una risita.

—Una preciosidad, desde luego.

—¿*Frankie?* —la llamó Viktor con un susurró desde el pasillo.

—S...

D.J. le tapó la boca a toda velocidad y apagó la música.

—Hazte la dormida. Yo me esconderé.

La puerta del dormitorio se abrió ligeramente.

—¿Estás despierta?

Se mantuvo inmóvil.

—Esto parece un sauna —masculló Viktor para sí. Segundos después, una ráfaga de aire atravesó las rejillas de ventilación.

«Te quiero, papá —pensó Frankie—. Aunque tú no me quieras a mí».

Permanecieron quietos y en silencio durante los siguientes cinco minutos, por si las moscas. Pero la expectativa de volver a ver a D.J. provocaba en Frankie una crispación nerviosa. Era como un regalo que aún no había desenvuelto. Quería saber más de él. Contarle sus sueños de cambio. Escuchar los de él. Oír su música. Y soltar chispas.

—El peligro ya pasó —susurró en la oscuridad—. Puedes salir.

Nada.

—D.J., ¡sal de ahí! —insistió.

Todavía nada.

Frankie se bajó de la cama y, lentamente, se acercó al escondite de D.J., bajo la mesa del microscopio.

—Puedes salir.

Emergió despacio y, desconcertado, se rascó la cabeza.

—¿De dónde sacaste esas gafas? —preguntó Frankie entre risas.

—De Multiópticas —masculló arrastrando la voz.

«¿Habrás inhalado formol sin darte cuenta?»

Frankie le tendió la mano.

—¿Necesitas ayuda?

—¡Anda! —exclamó una vez que se colocaron cara a cara—. Tú eres la chica verde, la monstruo del baile, ¿no?

Frankie se agarró el estómago como si le hubieran propinado un puñetazo.

—¿*Qué*?

—¿Qué hago aquí? —miró a su alrededor y fijó la vista en el reluciente instrumental quirúrgico—. ¿Dije algo de lo que me voy a arrepentir? ¿Me tienes prisionero o algo por el estilo?

—¿Hablas en serio? —preguntó Frankie a gritos. Era la broma más desalmada que se pudiera imaginar—. No, no te tengo *prisionero*. Eres muy libre de irte cuando se te dé la gana —señaló la ventana de cristal esmerilado, junto a la que solía estar el diván.

—Gracias —se apresuró en esa dirección.

—¿De veras te vas? —Frankie ahogó un grito, desesperada por volver cinco minutos atrás—. Pensé que te gustaba.

Él se detuvo y se giró.

—¿Conoces a una chica que se llama Melody Carver?

Frankie negó con la cabeza, aunque más o menos la conocía.

—¿Esto es una represalia cruel por lo de esta noche?

—Lo siento —dijo por toda respuesta, y se impulsó a través de la ventana abierta.

—Entonces, no te vayas —suplicó Frankie a medida que la estancia se inundaba de soledad.

—No tengo más remedio. Lo siento mucho, de verdad —insistió él—. Encantado de conocerte.

—¡Quédate! —imploró Frankie mientras él echaba a correr—. Quédate —insistió, aunque era demasiado tarde.

Se había marchado.

CAPÍTULO 26

GOLPE DE CALOR

Mientras recorría el porche de un lado a otro, Melody se acordó de esos perros de cuerda que había visto en exhibición en el centro comercial. Ladraban, caminaban, se sentaban, giraban y volvían a caminar. Luego se estrellaban contra la barandilla lateral de la mesa de exposición y caían sobre las extremidades traseras. Con un pequeño brinco, volvían a colocarse a cuatro patas, listos para ladrar, caminar, sentarse y girar una vez más. Y, como ella, se movían, pero nunca llegaban a ninguna parte.

—¿Adónde se suponía que tenía que ir? ¿Debería perder el tiempo buscando a un monstruo ficticio? ¿O bien idear cómo borrar el video del iPhone de Bekka? ¿Sobornar a Haylee? ¿Contárselo a Candace? ¿Ir en busca de Jackson? ¿Regresar a Beverly Hills? Estaba preparada para la acción. Lo que no sabía era por dónde empezar.

El sonido de tenis sobre la acera captó su atención. Una esbelta figura corría calle arriba en dirección a ella.

—¡Melody! —la llamó.

—¿*Jackson*?

Salió corriendo hacia él, impulsada por la fuerza de un millar de remordimientos.

—¡Lo siento mucho! —lanzó los brazos alrededor de su cintura, allí mismo, en mitad de Radcliffe Way—. No debería haber permitido que te marcharas sin mí. Estaba desconcertada, tenía que elegir. Y te elegí a ti. En serio, te elegí a ti. Pero ahora…

Melody aflojó la presión. El pelo de Jackson olía a sudor y a amoniaco.

—¿Dónde te habías metido?

—¡*Jackson*! —la señora J, en bata, llegó corriendo de la casa de estilo campestre—. Gracias a Dios que estás bien.

Melody se asomó a la calle oscura; ya no se sentía capaz de mirar cara a cara a la señora J. Al cabo de cuarenta y siete horas, su hijo sería desenmascarado como «monstruo» por culpa de Melody. Pues sí que su palabra servía de mucho; caducaba antes que el *sashimi*.

—Hola, mamá —Jackson la abrazó—. Estoy perfectamente.

—¡Gracias! —agarró la cara de Melody entre sus manos y le besó la frente—. Gracias por encontrarlo.

Melody forzó una sonrisa y, acto seguido, bajó los ojos.

—Entra —la señora J tiró del brazo de su hijo—. ¿Sabes el peligro que corres deambulando por ahí esta noche?

—Mamá, estoy con Melody, y no deambulando por ahí.

—Al menos, no salgas a la calle —replicó ella.

Jackson le prometió que volvería pronto. Después, tomó a Melody de la mano y la acompañó a casa.

—¿Desde cuándo mi madre y tú son tan buenas amigas? —preguntó.

Melody respondió con una sonrisa distante.

—¿Sabes? Puede que, en realidad, *debas* volver a casa —comentó mientras subían los escalones del porche.

—¿Por qué? —Jackson frunció las cejas—. ¿Quién sufre de doble personalidad aquí, tú o yo?

—¿Qué?

—¿Qué ha sido de «te elegí a ti», y de «no debería haber permitido que te marcharas»? —se sentó en el columpio y empezó a mecerse con actitud traviesa.

—Jackson —Melody empujó con suavidad el respaldo del columpio—. Está pasando algo muy gordo que no te puedo contar y...

—¿Peor que lo que sabes de mí?

No estaba tan perdido.

El viento aún soplaba a rachas; arrastraba las hojas y luego las volvía a sumir en el silencio. Era como si trataran de explicarse pero no lo consiguieran. Melody entendía su frustración.

—Ocurrió algo terrible, por mi culpa.

—Jackson clavó la vista al otro lado de la calle y suspiró.

—Deuce.

—¡No! —replicó ella con brusquedad, ligeramente ofendida.

Jackson relajó los hombros.

—Entonces, ¿qué es?

Melody respiró hondo para armarse de valor; aun así, no consiguió articular palabra. ¿Y si Jackson la abandonaba? Se quedaría sin nadie. Pero ¿cómo no decírselo? De todas formas, lo averiguaría pasadas cuarenta y siete horas...

Tomó asiento a su lado.

—Mmm, ¿te acuerdas de ese...? —tomó más valor.

—¿Ese qué?

—Ese video en el que te conviertes en… ya sabes quién.

—Sí.

—Bueno, pues… —volvió a respirar hondo y añadió—: BekkaloencontróenmiteléfonoyamenazaconhacerlopúblicoamenosqueyoencuentrealasupuestamonstruoverdequesebesóconBrett —apretó los ojos con fuerza, como preparándose para una bofetada.

Pero Jackson no levantó un dedo. No se puso de pie de un salto ni empezó a recorrer el porche de un lado a otro. No se agarró la cabeza con las manos ni gritó «¿Por qué yoooooo?» al cielo carente de estrellas. Permaneció sentado. Meciéndose atrás y adelante, reflexionaba en silencio sobre el dilema.

—Di algo.

Se giró para mirarla.

—Sé dónde está.

Melody le dio una palmada en la rodilla.

—Vamos, la cosa va en serio.

—Yo también voy en serio —replicó él.

—Entonces… ¿existe?

—Claro que sí.

—¿Cómo la conociste?

—Puede decirse que D.J. me dejó allí —esbozó una leve sonrisa—. Creo que le gusta.

—¡No!

—¡Sí!

—No.

—Sí.

—No. Esto no puede estar pasando.

—Pues sí está pasando —Jackson se rió por lo bajo. ¿Qué otra cosa podía hacer?

Melody se levantó y se puso a andar de un lado a otro. ¿Acaso seguía en la mesa de operaciones de su padre, soñando bajo los efectos de la anestesia?

—En ese caso, en teoría, tienes novia.

—No sé si habrán hablado del tema; pero se ve que a ella él le gusta bastante.

—Muy bien —Melody se tranquilizó—. Me imagino que esto es positivo, ¿verdad? Llévame allí. Haré un trato con ella y luego se la entregaré a Bekka.

—No, imposible —replicó Jackson.

—¿Por qué no?

—Porque le gusta a D.J. No puedo hacerle eso... o hacérmelo a mí, o lo que sea... Es, no sé, mi hermano, o algo parecido.

—¿Y qué me dices de lo que esto va a perjudicarte a *ti*? ¿Y a tu madre? ¿Y a nosotros dos? —la voz de Melody se quebró—. Si Bekka le enseña el video a la policía, pensarán que eres un monstruo. Podrían arrestarte... o bien obligarte a que abandones Salem.

—No puedo, Melly —respondió él con suavidad—. Es una chica encantadora.

La disposición de Jackson a martirizarse a sí mismo por aquella... *cosa*... hizo que a Melody le gustara aún más. Tenía carácter. Corazón. Convicciones. Era evidente que valoraba el romance y las relaciones humanas. Además, besaba mucho mejor que Cara Paella. Melody no necesitaba salir con una cantidad de chicos a la escala de Candace para saber que semejantes cualidades eran difíciles de encontrar. Y por eso mismo tenía la intención de hacer todo cuanto estuviera en sus manos para salvarlo, aunque se tratara de una acción un tanto deshonesta.

—Lo entiendo —dijo, colocando una mano sobre su hombro—. Ya se nos ocurrirá algo.

Jackson suspiró y esbozó una sonrisa.

—Gracias.

—¡Eh! —dijo Melody con entusiasmo—. Tengo otra manera de recuperar ese video. Está en mi habitación. ¿Vienes?

—Claro que sí —Jackson se levantó. Se metió las manos en los bolsillos y, detrás de Melody, subió los desiguales escalones de madera que conducían al dormitorio.

—Shhh —dijo ella, llevándose un dedo a los labios—. Todos están durmiendo —cerró la puerta tras sus espaldas.

—A ver, ¿dónde dejé mis notas? —se puso a hurgar entre las cajas.

—¿Notas? —Jackson, incómodo, cambió el peso del cuerpo de un pie a otro.

—Sé que las escondí por aquí, en algún sitio. No puedo dejar nada a la vista cuando Candace anda suelta. Es una fisgona.

—Oye, ¿te importa si enciendo el ventilador? —preguntó Jackson, agachando la cabeza bajo la litera en alto.

—¿Por qué? ¿A poco tienes calor?

—Sí, un poco.

—Me parece que está en la habitación de Candace.

—No, está aquí —se dispuso a introducir el enchufe en la toma de corriente.

—¡Alto! —Melody se plantó de un salto a su lado y se lo arrancó de las manos—. Un poco de calor me resulta agradable.

—No hace un poco de calor; el ambiente es sofocante —razonó él; luego, la miró fijamente unos segundos. De pronto, se quedó boquiabierto—. No. ¡Olvídalo! No puedes hacerme esto. ¡No está bien! —alargó el brazo para agarrar el cable, pero Melody lo apartó de un tirón.

La frente de Jackson empezó a empaparse de sudor.

—Trato de ayudarte.

—No es la manera correcta —se secó la frente.

—¡Es la única manera!

Acordándose de la manta térmica, arrancó de la cama el edredón color lavanda y se lo arrojó encima de la cabeza.

«Unos segundos más…»

—¡Melody, basta! —dio un puñetazo a la manta, pero Melody se abrazó a ella para volver a colocarla en su sitio.

—Me lo agradecerás.

—¡Vas a asfixiarme!

—¡Voy a salvarte!

Dejó de forcejear.

—¿Jackson?

No emitió sonido alguno.

—¿Jackson?

Silencio.

—¿Jackson? ¡Oh, Dios mío, que no se haya muerto! —le arrancó la manta.

Se había quitado las gafas. Tenía el pelo empapado y las mejillas, coloradas.

—¿Otra vez *tú*? —preguntó.

—Hola, D.J. —dijo Melody, radiante—. ¿Tienes ganas de ir a ver a Dinamita?

CAPÍTULO 27

RECARGA A TOPE

Un guijarro rebotó sobre el cristal esmerilado de la ventana.

Luego, otro.

Plink.

Frankie se giró y se colocó boca arriba.

Y otro. *Plink.*

Pensó en una mujer que, impaciente, daba golpecitos sobre un mostrador. Tal vez se tratara de la multitud furiosa de su sueño, que acudía a poner fin a su sufrimiento de una vez por todas.

Se giró hasta ponerse boca abajo mientras la canción de Alicia Keys, *Try Sleeping with a Broken Heart* («Prueba a dormir con el corazón destrozado») le sonaba en la cabeza una y otra vez. A Frankie le dieron ganas de ponerse de pie en su cama metálica y gritar: «¡Es lo que intento hacer! Y me cuesta un montón porque no puedo dejar de pensar en Brett, D.J., mis amigas, mi familia y toda la gente que me tiene miedo, así que, ¿te importa callarte de una dichosa vez?»

Pero no quería despertar a sus padres. El sol saldría al cabo de una hora, y se levantarían poco después.

Y luego, ¿qué?

Tumbándose de espaldas otra vez, se preguntó cuánto tiempo más podría evitarlos, fingiendo que dormía. ¿Un día? ¿Una semana? ¿Una década? Fuera lo que fuese, estaba preparada. La vergüenza era una emoción insoportable, aunque requería la presencia de otra persona para sobrevivir. Alguien que chasqueara la lengua mientras sacudía la cabeza de un lado a otro y, después, soltara de corrido todo lo que Frankie había hecho para decepcionar a tanta gente. Sin esa persona, semejante emoción desciende de categoría y se convierte en remordimiento. Y aunque el remordimiento también puede resultar tremendamente fastidioso, es una condena más fácil de cumplir, ya que es una condena impuesta por uno mismo. Por lo tanto, uno mismo puede eliminarla.

—¿*Dinamita?*

Frankie se incorporó despacio, dudando si prestar atención a sus oídos. Al fin y al cabo, estaban controlados por su cerebro, que había demostrado ser muy poco fiable.

—¡Dinamita! ¡Abre!

«¡D.J. volvió!»

Frankie contempló la idea de hacerse la dura y darle a entender que había decidido seguir adelante sin él. Es lo que hacían las chicas en las películas. Pero se encontraba bajo arresto domiciliario. ¿Adónde iría exactamente? ¿A la cocina?

—Shhh —siseó mientras, a toda prisa, cubría el espantoso camisón de hospital con su bata de seda negra de Harajuku Lovers.

Frankie abrió el picaporte de la ventana. D.J. entró rápidamente, no sin dificultad, como un perro adulto que se cuela por la trampilla de un cachorro. Al verlo, un arco iris de neón iluminó el tormentoso día de Frankie. Lo que no dejaba de resultar extraño, pues diez horas antes sólo había tenido ojos para Brett. O quizá también entonces sólo había tenido ojos para D. J., sin haberse dado cuenta.

—¿Qué te pasó? ¿Por qué te fuiste como...? —Frankie hizo una pausa cuando vio a otro chico asomarse por la ventana. Tenía el pelo brillante y oscuro, ropa negra y nariz perfecta. Aterrizó con un golpe sordo.

—Shhh —siseó Frankie de nuevo.

—¡Ay, Dios mío! ¡Existes de verdad! —exclamó Melody, con una especie de temor reverencial—. Tu piel es realmente de color ver...

—¿Qué hace *ella* aquí? —Frankie se movía entre el desconcierto y la indignación.

—No tengo ni idea —D.J. hizo girar el dedo índice junto a su sien, cerró los ojos y susurró—: Creo que está obsesionada conmigo.

—¡Madre mía! —Melody se adentró en la estancia—. ¿Qué es esto? —señaló la jaula de cristal, junto a la cama de Frankie—. Eh, ¿son ratas?

—Hablo en serio, ¿por qué vino contigo?

D.J. le apretó los labios contra la oreja.

—Últimamente está en todas partes. Estoy pensando en una orden de restricción.

El cálido aliento de D. J. en su cuello hizo que Frankie soltara chispas por ambas manos.

—¡Guau! Lo echaba de menos —D.J. tiró de Frankie hacia sí para abrazarla.

—¿Para qué sirve esa mesa? ¿Y esos cables de cobre? ¿Y ese interruptor donde pone «alto voltaje»? —preguntó Melody, boquiabierta—. ¿Dónde estamos?

—¿Por qué estuviste tan raro antes? —Frankie preguntó a D.J. y le dio un empujón, desesperada por obtener una respuesta—. ¿Por qué te marchaste así, sin más? ¿Por qué...?

—¿Quién eres? ¿La hija de Frankenstein o algo parecido? —preguntó Melody entre risas.

—La bisnieta, por si te interesa —replicó Frankie con brusquedad—. Y si me sigues interrumpiendo, voy a darte un toque como el de aquel día, en la cafetería.

—¿Eras *tú*? —Melody se apresuró hasta el lado de Frankie—. Pero se te veía tan...

Frankie se plantó las manos en las caderas y le lanzó una mirada furiosa.

—¿Blanca?

Melody asintió. Frankie aspiró por la nariz.

—Sí, bueno; a los de por aquí, lo verde no les gusta tanto como dicen.

—Pues a mí me pareces increíble —Melody dio un paso al frente y alargó el brazo en dirección a la mano de Frankie—. ¿Puedo?

Frankie se encogió de hombros, como si no le importara.

—Si quieres.

—¿Vas a darme otro toque?

—A lo mejor.

Melody examinó la expresión de Frankie con ojos grises teñidos de seriedad, tratando de averiguar sus verdaderas intenciones. Lo consiguiera o no, Melody le acarició la mano. No le daba miedo pasar un dedo por la costura de la muñeca de Frankie. O tal vez sí, pero de todos modos lo hizo. Para Frankie, era una actitud digna de respeto.

—¿Quieres tocar mi piel? —preguntó Melody, como si ella también fuera un monstruo.

Frankie asintió.

—Tiene el mismo tacto que la mía, sólo que está más fría.

—Es verdad —Melody puso los ojos en blanco—. Siempre tengo frío.

—¿En serio? Yo siempre tengo calor. Supongo que es porque me recargo, y esas cosas.

—Un momento —Melody ladeó la cabeza—. ¿En serio te recargas? ¿Cómo funciona?

—Mmm, *hola* —D.J. se señaló la cara—. ¡Chico guapo presente!

Melody soltó una risita. Frankie no acababa de entender la situación.

Afuera, la incipiente luz matinal empezó a iluminar el blanquecino esmerilado de la ventana. Aun así, era imposible ver algo con claridad. La visión de Frankie —un calidoscopio de siluetas y sombras borrosas— era una advertencia. La hora de visitas estaba a punto de acabarse.

—Bueno, ¿qué te pasó? —le preguntó a D.J., de nuevo manos a la obra—. ¿Por qué actuaste como si no me conocieras y te marchaste de esa manera?

—Quizá yo pueda explicarlo —Melody, un tanto incómoda, agitó la mano. Volvía a sentirse como una extraña.

—Típico de una acosadora… —masculló D.J.—. Tiene explicación para todo.

Frankie buscó un sitio donde sentarse, ahora que su diván había desaparecido. Pero abandonó la idea una vez que Melody empezó su exposición.

A medida que el sol naciente continuaba contando los minutos que quedaban, la chica normi habló de su relación con Jackson Jekyll; de los problemas de éste con el exceso de calor; de la madre de Jackson, que era la señora J, la profesora de ciencias; del antepasado familiar, un hombre desequilibrado; y de cómo la suma de sudor más antepasado familiar desequilibrado era igual a D.J. Hyde. A continuación, pasó al tema de Bekka, de los celos, de Brett, el beso, el incidente de la cabeza, el video de Jackson, el chantaje, la necesidad de entregar a Frankie, el plazo de cuarenta y ocho horas —que ahora era más bien de cuarenta y seis— y su dilema al no saber qué hacer.

—A ver si entendí —intervino D.J. con una sonrisa radiante antes de que Frankie tuviera oportunidad de responder—. ¿Ando con las dos?

Melody soltó un suspiro.

—En teoría, sí.

—¡Bien! —D.J. entrechocó palmas consigo mismo.

Frankie rozó el bolsillo posterior de los *jeans* de D.J. Se produjo un chisporroteo y, después, un destello de luz.

—¡Ay! —gritó él, agarrándose el trasero.

—Shhh —Frankie le tapó la boca.

—¡Me dolió! —masculló a través de la mano de Frankie.

—De eso se trataba —Frankie se apartó unos pasos—. Por si no estabas escuchando, nada de esto es una buena noticia. ¡Nada!

—Perfecto —D.J. se alejó, al tiempo que se abanicaba la parte posterior de sus *jeans*.

—Entonces, ¿me vas a poner en manos de Bekka? —preguntó Frankie con voz temblorosa.

—Bueno —Melody suspiró—. Era mi intención en un primer momento, sí... pero... —suspiró otra vez—. Ahora no sé qué hacer. No quiero hacerte daño.

—¿Por qué? —Frankie bajó la vista. Una lágrima aterrizó en su bata y, como una gota de sangre, formó un surco sobre la seda negra—. Todos los demás quieren herirme.

Parecía como si Melody reflexionara sobre estas palabras.

—Creo que entiendo cómo te sientes.

—Espera... —Frankie levantó los ojos—. ¿Acaso eres una RAD?

—¿Qué significa RAD?

—Es la forma no insultante de decir «monstruo» —explicó Frankie—. Son las siglas en inglés de *Regular Attribute Dodgers,* es decir, «fugitivos de los atributos normales».

—Lo era, sí. Pero dejé de ser fugitiva, de alguna manera —Melody esbozó una sonrisa amplia, como si se estuviera despidiendo de un recuerdo que se apagaba—. Aunque a veces me arrepiento, la verdad.

—¿Por qué? —preguntó Frankie, incapaz de entender que alguien deseara pasar por lo que ella estaba pasando.

—Porque cuando tienes un aspecto diferente y, aun así, le caes bien a la gente, sabes que es por las razones correctas. Y no porque te tomen por una amenaza física que podría robarles el novio.

—¿Qué? —Frankie se secó las mejillas con la manga de su bata.

—Lo que digo es que estoy de tu parte —Melody esbozó una sonrisa preocupada, pero amable—. No quiero ceder a la intimidación. Quiero pelear. Quiero que las personas dejen de tener miedo de las diferencias de los demás. Para que la gente como Jackson... y como tú...

—Y yo —añadió D.J.

—... y D. J. puedan vivir una vida normal.

—¿Qué se supone que tenemos que hacer? —Frankie se llevó la mano a las costuras del cuello, pero se encontró con una capa de gasa.

—Primero, tenemos que quitarle el video a Bekka —dispuso Melody.

—¿Cómo? Me prohibieron salir de esta habitación, *en plan,* para siempre... —decirlo en voz alta otorgaba credibilidad a la situación.

—Ni idea —admitió Melody—. Sólo sé que tenemos que trabajar juntos, que no podemos permitir que nos descubran y que nos quedan dos días para conseguirlo.

—Ya. Electrizante —Frankie soltó un suspiro de impotencia.

Melody tendió a Frankie su mano derecha.

—¿Te apuntas?

—Me apunto —repuso Frankie, y le estrechó la mano.

—No va ser fácil —advirtió Melody.

—Sí va a serlo —replicó D.J. mientras, con ternura, levantaba dos de las *fashionratas* de la jaula. Sostenía a un animalillo en cada mano, como si los estuviera pesando; luego, los besó a los dos—. Lo difícil será decidir quién se quedará conmigo cuando todo esto haya terminado.

Frankie soltó chispas. Pero, esta vez, Melody no se apartó. Frankie, tampoco. Al contrario, continuaron estrechándose la mano, cimentando así su alianza en la batalla por la tolerancia y la aceptación social...

... y declarando la guerra a las dificultades en su lucha por el amor.

No te pierdas el
segundo libro de

¡Espéralo en 2011!